La vallée des promesses

NORA ROBERTS

La vallée des promesses

Jade

Titre original :
LAWLESS

Traduction française de MARIE-JOSÉ LAMORLETTE

Photos de couverture
Ciel : © GOODSHOOT / JUPITER IMAGES
Forêt : © JONARNOLDIMAGES / JUPITER IMAGES

83-85, boulevard Vincent-Auriol 75646 PARIS CEDEX 13.
ISBN 2-280-09407-X — ISSN 1773-7192

1

Boire, voilà ce que voulait Jake Redman. Du whiskey, brûlant et pas cher. Et après six semaines sur la piste, il lui faudrait aussi une femme — brûlante et pas chère, comme l'alcool. Certains s'arrangeaient pour avoir ce qu'ils voulaient ; Jake était de ceux-là. La femme pourrait attendre, décida-t-il en s'accoudant au comptoir du saloon où il se trouvait, mais il en allait autrement avec le whiskey.

Il avait encore une longue trotte à parcourir dans la poussière avant de rentrer au bercail. Si l'on pouvait appeler « bercail » une rôtissoire comme Lone Bluff. Pourtant, certains s'y sentaient chez eux, pensa Jake en désignant une bouteille au barman. Ceux qui ne pouvaient pas faire autrement.

Pour sa part, il n'était chez lui que dans les deux mètres carrés que couvrait son ombre — même si, ces derniers mois, Lone Bluff lui avait semblé un endroit aussi passable qu'un autre pour s'y arrêter. Là, il pouvait avoir une chambre, une baignoire et une femme bien disposée pour un prix raisonnable. En outre, c'était une ville dans laquelle un homme pouvait, selon son humeur, soit éviter les ennuis soit les trouver.

Dans l'immédiat, avec la poussière de la piste qui lui brûlait encore la gorge et un verre de whiskey dans son estomac vide, Jake se sentait trop fatigué pour chercher noise à quiconque. Il allait prendre un autre verre, puis se chercher un endroit où manger. Après quoi, il quitterait cette ville de pacotille surgie du désert et se remettrait en route.

Le soleil entrait à flots par-dessus les portes battantes du saloon. Quelqu'un avait épinglé sur le mur le portrait d'une femme vêtue de plumes rouges, seule présence féminine du lieu. Les endroits comme celui-là n'allaient pas jusqu'à fournir de la compagnie à leur clientèle ; ils s'en tenaient à l'alcool et aux cartes.

Même dans une ville aussi perdue, on trouvait toujours un saloon ou deux. C'était d'ailleurs l'une des seules choses sur lesquelles on pouvait compter dans un coin pareil… Il n'était pas encore midi, et la moitié des tables étaient occupées. L'air épais sentait le whiskey, la sueur et le cigare. Jake savait qu'il ne sentait pas très bon non plus. Il avait cravaché dur pour venir du Nouveau-Mexique. Il aurait continué d'une traite jusqu'à Lone Bluff s'il n'avait pas voulu ménager son cheval et s'emplir le ventre d'autre chose que de la viande fumée que contenaient ses sacoches.

Ce saloon, comme tous les autres, n'était guère avantagé par la lumière du jour. Le comptoir était maculé de traces de doigts, de coudes, de verres renversés, sa surface éraflée par les allumettes. Le sol en terre battue avait absorbé sa part de whiskey et de sang. Jake, qui avait vu pis, se demanda s'il s'accorderait le luxe de se rouler une cigarette tout de suite ou s'il attendrait d'avoir mangé.

Il pourrait refaire sa provision de tabac, s'il avait encore envie de fumer. Dans sa poche, il avait la paye d'un mois. Mais il ne risquait pas de convoyer de nouveau du bétail ; cette vie était faite pour les jeunes idiots — ou pour les idiots tout court. Quand il n'aurait plus d'argent, Jake aurait toujours la possibilité d'accompagner les diligences à travers les territoires indiens. Les gens de la ligne cherchaient toujours des hommes sachant manier un fusil, et c'était quand même mieux que de cavaler derrière un bœuf.

En ce milieu de l'an 1875, les immigrants de l'Est continuaient à affluer en quête d'or et de terre, en quête de rêves impossibles. Certains n'allaient même pas jusqu'en Californie ; contraints par le manque d'argent, d'énergie ou de temps, ils s'arrêtaient dans l'Arizona.

Ce n'était vraiment pas une chance pour eux, songea Jake tandis qu'il avalait un second whiskey. Il avait beau être né dans ce pays, il ne le considérait pas comme l'endroit le plus hospitalier de la terre. C'était une région aride et pauvre, écrasée par le soleil.

Pourtant, lui s'y sentait bien.

— Redman ?

Jake leva les yeux vers le miroir miteux qui surplombait le bar et vit l'homme, derrière lui. Un type jeune, maigre, à l'air tendu. Son chapeau noir était abaissé sur ses yeux, et de la sueur brillait sur son cou. Jake retint un soupir. Il ne connaissait que trop bien ce genre d'énergumène, prêt à tout pour avoir des ennuis — comme si les ennuis ne venaient pas assez vite tout seuls !

— Ouais ?

— Jake Redman ?

— Et alors ?

L'autre essuya ses paumes sur ses cuisses.

— Je suis Barlow, Tom Barlow. On m'appelle le Gringalet.

A en juger par son intonation, le gamin s'attendait que son nom soit reconnu — et provoque même un frisson. Le whiskey n'étant pas assez bon pour un troisième verre, Jake jeta une pièce sur le comptoir et s'arrangea pour garder les mains loin de ses revolvers.

— Où est-ce qu'on peut manger un steak, dans cette ville ? demanda-t-il au barman.

— Chez Grody, un peu plus bas, répondit l'homme en prenant prudemment ses distances. Je ne veux pas de désordre ici.

Jack le considéra d'un œil froid.

— Est-ce que je vous cause du désordre ?

— Je te parle, Redman !

Les jambes écartées, Barlow tenait une main posée sur la crosse de son arme. Une cicatrice courait de son pouce à son poignet, nota Jake. Le cuir de son étui, qu'il portait très haut, était usé. Le genre de détail qu'il valait mieux remarquer.

Très calme, sans bouger plus que nécessaire, il regarda le nouveau venu dans les yeux.

— Tu as quelque chose à me dire ?

— Tu as la réputation d'être rapide. On raconte que tu as battu Freemont, à Tombstone.

Jake se tourna complètement vers lui. Le gamin avait un colt 44 à la crosse noire et brillante. Sans doute y avait-il déjà creusé pas mal d'encoches. Ce Barlow semblait être de ceux qui tirent fierté de leurs meurtres.

— C'est juste.

Barlow serrait et desserrait les doigts sur son revolver. A une table, deux joueurs de poker s'interrompirent pour regarder la scène et parier sur le jeu plus dangereux qui se nouait devant eux.

— Je suis plus rapide, affirma Barlow. Plus rapide que Freemont, plus rapide que toi. C'est moi qui fais la loi, ici.

Jake regarda autour de lui, puis fixa de nouveau les yeux noirs et nerveux de son adversaire.

— Félicitations.

Alors qu'il s'apprêtait à partir, Barlow lui coupa le chemin. Jake plissa les paupières ; devant l'expression froide et déterminée de son regard, un homme sensé se serait écarté, il le savait d'expérience.

— Fais-toi les dents sur quelqu'un d'autre. Ce que je veux, c'est un steak et un lit.

— Pas dans *ma* ville.

Bien que la patience ne fût pas la qualité dominante de Jake, il n'était pas d'humeur à perdre son temps avec un gosse désireux d'améliorer sa réputation.

— Tu es prêt à mourir pour un morceau de viande ? lança-t-il.

Un grand sourire se peignit sur le visage de Barlow. Il se croyait immortel, pensa Jake avec lassitude. Comme tous les imbéciles de son espèce.

— Si tu revenais me trouver dans quatre ou cinq ans ? répondit-il. A ce moment-là, je serai ravi de te mettre une balle dans la peau.

— Pourquoi attendre, puisque je te tiens ? Quand je t'aurai supprimé, il n'y aura plus un seul homme à l'ouest du Mississippi qui ne connaîtra pas Barlow-le-Gringalet.

Pour beaucoup, une raison de ce genre suffisait à dégainer et tirer. Jake fit un nouveau pas vers la porte.

— Facilite-nous la tâche à tous les deux, lâcha-t-il. Tu n'as qu'à dire que tu m'as tué, et le tour sera joué.

— Il paraît que ta mère était une squaw. C'est sûrement ce qui te rend lâche à ce point.

Barlow souriait de nouveau jusqu'aux oreilles quand Jake se figea, puis se retourna. La rage, il connaissait. Elle pouvait envahir un homme et le dominer tout entier. Quand il la sentait monter, il s'arrangeait pour la contenir. S'il devait se battre — et cela semblait à présent inévitable —, il préférait le faire à froid.

— C'est ma grand-mère, qui était apache.

Barlow sourit encore, puis s'essuya la bouche du revers de sa main gauche.

— C'est bien ce que je disais, tu es de cette sale race puante. De cette race de lâches. On ne veut pas d'Indiens, par ici. Je crois que je vais devoir nettoyer un peu la ville.

Il empoigna son arme. Jake avait déjà deviné son geste

dans ses yeux. Froidement, rapidement, et sans regret, il tira la sienne de son étui.

D'après ceux qui assistèrent à la scène, ce fut aussi prompt que l'éclair et le tonnerre. Il y eut la lueur de l'acier, puis le grondement de la balle. Jake bougea à peine. Il tira, la main collée à sa hanche, se fiant à son instinct et à son expérience. Après quoi, il rengaina son revolver comme si de rien n'était.

Tom Barlow — surnommé le Gringalet — gisait sur le sol du saloon.

Jake poussa les portes battantes et marcha jusqu'à son cheval. Il ignorait s'il avait tué ou non cet homme, et il s'en moquait. Cette histoire lui avait coupé l'appétit.

Sarah avait terriblement peur de ne pouvoir garder le maigre repas qu'elle avait avalé tant bien que mal au dernier arrêt. Plus elle s'aventurait dans l'Ouest, moins elle comprenait que l'on puisse vivre dans des conditions aussi atroces. D'après ce qu'elle en voyait, cette région n'était vraiment faite que pour les serpents et les hors-la-loi.

Elle ferma les yeux, épongea son cou moite avec son mouchoir et pria le ciel de lui donner la force de tenir encore quelques heures. Au moins, grâce à Dieu, n'aurait-elle pas à passer une nuit de plus dans l'une de ces horribles étapes pour diligences où, chaque fois, elle redoutait d'être assassinée dans son lit. Et quand elle disait lit…

il s'agissait plutôt d'un misérable matelas de corde, sans draps. Quant à l'intimité, inutile d'en parler.

Mais à présent cela n'avait plus d'importance, se dit-elle. Elle était presque arrivée. Après douze longues années, elle allait revoir son père et prendre soin de lui dans la superbe maison qu'il avait bâtie aux abords de Lone Bluff.

Alors qu'elle avait six ans, il l'avait confiée à des bonnes sœurs avant de partir faire fortune. Des nuits durant, Sarah avait pleuré toutes les larmes de son corps tellement il lui manquait. Puis les années avaient passé, son chagrin s'était apaisé. Bientôt, elle avait été obligée de sortir le daguerréotype fané pour se rappeler son visage. Néanmoins, il lui avait toujours écrit. Et si son style était puéril et compassé, il y avait tant d'amour dans ses lettres ! Tant d'amour et tant d'espoir !

Elle avait reçu des nouvelles régulières, une fois par mois, de l'endroit où il se trouvait. Au bout de dix-huit mois, et de dix-huit lettres, il lui avait écrit de l'Arizona, où il s'était installé. Il avait convaincu Sarah qu'il avait bien fait de la laisser à Philadelphie, où elle recevrait l'éducation qui convenait à une jeune fille. Elle resterait dans son pensionnat jusqu'au jour où elle serait assez grande pour traverser le pays et venir vivre avec lui.

Ce jour était arrivé. A bientôt dix-huit ans, Sarah allait rejoindre son père.

Son arrivée, elle en avait la conviction, serait profitable à Matt Conway. Même si la maison qu'il avait construite était superbe, elle manquait à coup sûr d'une touche féminine. Comme son père ne s'était jamais remarié, Sarah l'imaginait en célibataire endurci, ne sachant jamais où se trouvaient ses cols propres ni ce que la cuisinière allait servir au dîner. Elle aurait tôt fait de régler tout cela. Un homme dans sa position avait besoin de recevoir, et pour cela il lui fallait une maîtresse de maison. Or, Sarah savait exactement comment organiser un dîner élégant et un bal en grande tenue.

Certes, ce qu'elle avait lu sur l'Arizona était déprimant — pour ne pas dire plus. Des histoires de bandits sans foi ni loi et de hordes d'Indiens sauvages. Mais on était tout de même en 1875 ! Pour la jeune fille, il ne faisait aucun doute que même un territoire aussi lointain que l'Arizona était sous contrôle, à présent. Les articles qu'elle avait lus étaient de toute évidence exagérés pour augmenter la vente des journaux.

En revanche, ils n'avaient rien exagéré pour ce qui concernait le climat.

Elle essaya de trouver une meilleure position. La masse imposante de sa voisine et son propre corset lui laissaient peu d'aisance. Et l'odeur ! Sarah avait beau vaporiser de l'essence de lavande sur son mouchoir, elle ne pouvait y échapper. Il faut dire que sept passagers occupaient la diligence bringuebalante, serrés les uns contre les autres des coudes aux genoux. Il n'y avait pas d'air dans l'habitacle, ce qui accentuait encore la puanteur de ce mélange de sueur, d'haleines fétides et d'alcool — cet alcool que l'homme assis en face d'elle ne cessait de boire à même un flacon de verre. Au début, son visage marqué par la vérole et son foulard dégoûtant avaient fasciné Sarah.

Mais lorsqu'il lui avait offert à boire, elle s'était retranchée derrière la meilleure défense d'une femme : sa dignité.

Pourtant, il ne lui était pas facile de rester digne dans ses vêtements qui lui collaient à la peau et avec ses cheveux qui s'écroulaient sous son bonnet. Cela devint presque impossible quand la grosse femme assise près d'elle se mit à mordre à pleines dents dans une cuisse de poulet...

Mais quand Sarah était déterminée, elle finissait toujours par triompher !

Les bonnes sœurs n'avaient jamais réussi à la guérir de son entêtement, que ce fût par la prière, les punitions ou les sermons. A présent, le menton légèrement levé et le corps raidi pour lutter contre le tangage de la diligence, elle crispait les paupières et ignorait ses compagnons.

Les paysages de l'Arizona — si l'on pouvait parler de paysages —, elle les avait assez vus ! Apparemment, ce territoire n'était qu'un désert sans fin, chauffé à blanc par un soleil implacable. Certes, les premiers cactus qu'elle avait aperçus l'avaient fascinée ; elle avait même songé à en dessiner quelques-uns. Certains étaient aussi hauts qu'un homme, avec des bras dressés vers le ciel. D'autres, courts et trapus, étaient couverts d'une multitude d'épines qui semblaient très dangereuses. Mais quand Sarah en avait eu contemplé plusieurs dizaines, sans rien d'autre à côté, ils avaient perdu de leur attrait.

Les roches étaient sans doute elles aussi dignes d'intérêt. Les buttes et *mesas* au sommet plat qui émergeaient du sable possédaient une sorte de charme sauvage, surtout lorsqu'elles se détachaient sur le ciel d'un bleu profond.

Néanmoins, Sarah leur préférait les rues bien ordonnées de Philadelphie, avec leurs boutiques et leurs salons de thé.

Mais que ne supporterait-elle pas pour se retrouver avec son père ? Elle se sentait capable de vivre n'importe où, à partir du moment où elle l'aurait à ses côtés. Il serait fier d'elle. Elle voulait qu'il le soit. C'était pour lui que, durant toutes ces années, elle avait étudié, appris, et qu'elle s'était exercée à devenir la jeune fille bien élevée qu'il avait rêvée. Mais la reconnaîtrait-il ? se demanda Sarah. Elle lui avait envoyé un petit médaillon qu'elle avait peint elle-même pour le dernier Noël, sans être entièrement certaine de la ressemblance de la miniature.

Combien de fois avait-elle regretté de ne pas être jolie à la manière de son amie Lucilla, si douce et si potelée... Elle se consolait avec son teint, qu'elle savait beau. Contrairement à Lucilla, elle n'avait pas besoin de ces petits pots de rouge que les sœurs désapprouvaient. Quelquefois, pourtant, elle trouvait qu'elle avait un peu trop de couleurs. Quant à sa bouche, large et généreuse, elle l'aurait préférée toute petite, en arc de Cupidon. Et que dire de ses yeux, d'un marron ordinaire, alors que le bleu se serait si bien assorti à ses cheveux blonds ! Quoi qu'il en soit, elle était coquette et soignée — ou du moins l'était-elle avant d'entreprendre cet affreux voyage.

Bientôt, elle serait récompensée de ses misères. Quand elle embrasserait son père, et quand ils s'installeraient dans la belle maison qu'il avait bâtie. Quatre chambres ! C'était incroyable. Et un salon avec des fenêtres donnant à l'ouest. C'était merveilleux. Sans doute aurait-elle nombre de travaux de décoration à effectuer. Les hommes ne pensaient jamais à de jolies choses telles que des rideaux ou des tapis. Elle allait adorer ça ! Quand les vitres reluiraient et que des fleurs fraîches égaieraient les nombreuses pièces de la maison, Matt Conway verrait combien il avait besoin de sa fille.

Alors, toutes ces années de séparation ne compteraient plus.

Sarah sentit une goutte de sueur couler dans son dos. Ce qu'elle désirait avant tout, c'était un bain. Un bon bain frais, parfumé avec les sels au lilas que Lucilla lui avait offerts avant son départ. Elle s'y sentait presque, d'ailleurs... Son corps libéré de ce corset si serré, de ces vêtements brûlants, l'eau fraîche et parfumée glissant sur sa peau... Mmm ! ce serait délicieux. Presque un péché.

Quand la diligence fit une embardée, Sarah se trouva projetée contre sa voisine. Avant qu'elle ait pu se redresser, une giclée de whiskey bon marché inonda sa jupe.

— Monsieur ! s'exclama-t-elle.

Mais alors qu'elle s'apprêtait à tancer vertement le fautif, elle entendit le coup de feu et les cris.

— Les Indiens !

La cuisse de poulet s'envola, et la grosse femme plaqua Sarah sur sa poitrine comme pour s'en faire un bouclier.

— Nous allons tous être tués ! s'écria-t-elle.

— Ne soyez pas ridicule.

Sarah lutta pour se dégager. Elle n'aurait su dire ce qui

la contrariait le plus — le fait que la voiture se fût soudain lancée dans une course folle ou les taches de graisse et de whiskey sur sa robe neuve. Comme elle se penchait vers la fenêtre pour appeler le cocher, le visage de l'homme qui accompagnait ce dernier lui apparut soudain, à quelques centimètres du sien. Il ne resta suspendu ainsi que quelques secondes, la tête en bas, mais cela suffit à Sarah pour voir le filet de sang qui s'écoulait de sa bouche et la flèche plantée dans sa poitrine.

Tandis que la grosse femme se remettait à hurler, le corps du malheureux glissa et tomba par terre.

— Les Indiens ! cria-t-elle encore. Dieu nous préserve ! Nous allons être scalpés. Tous !

— Des Apaches, déclara l'homme au whiskey en finissant de vider son flacon. Le cocher a dû être touché aussi. Nous sommes livrés à nous-mêmes.

Il sortit son revolver, glissa jusqu'à l'autre fenêtre et commença à tirer, méthodiquement.

Figée de stupeur, Sarah continuait à regarder le spectacle. Elle entendait les hurlements, les vociférations, le bruit de tonnerre que faisaient les sabots des chevaux. On eût dit des diables. De vrais diables, pensa-t-elle, anéantie. C'était impossible ! Ridicule, même ! Les Etats-Unis avaient maintenant près d'un siècle. Ulysses S. Grant était président. Des bateaux à vapeur traversaient l'Atlantique en moins de deux semaines. On vivait dans une époque moderne, et les diables n'existaient plus !

Au même moment, un des Indiens, le torse nu et les cheveux au vent, monté sur un poney robuste bariolé de peinture, s'approcha un peu plus. Sarah le regarda droit dans les yeux ; elle vit la fièvre qui brûlait dans ses prunelles, tout comme elle vit les bandes de couleur vive qui striaient son visage et la couche de poussière qui recouvrait sa peau luisante. Il leva son arc. Elle aurait pu compter les plumes qui ornaient la base de la flèche.

Brusquement, contre toute attente, il tomba de sa monture.

C'était comme un spectacle, pensa Sarah. Mais le plus terrifiant des spectacles.

Un autre cavalier arrivait. Couché sur son cheval, il avait un revolver dans chaque main. Ce n'était pas un Indien même si Sarah, dans sa confusion, le trouva aussi terrible qu'eux. Il portait un chapeau gris sur ses cheveux noirs, et sa peau était presque aussi sombre que celle des Apaches. Quand elle rencontra son regard, elle n'y vit pas de la fièvre, mais de la glace.

Il ne lui tira pas dessus, ainsi qu'elle s'y attendait presque ; il fit feu par-dessus son épaule, d'abord de la main droite, puis de la main gauche, alors qu'une flèche sifflait au-dessus de sa tête. C'était stupéfiant, se dit Sarah tandis qu'une folle excitation commençait à le disputer à sa terreur. Avec son visage maculé de sueur et de poussière, ses yeux de glace, son corps mince et tendu collé à son cheval lancé au galop, l'homme offrait une vision magnifique.

C'est alors que la grosse femme attrapa de nouveau Sarah et se mit à gémir.

Jake tirait derrière lui, serrant son cheval entre ses genoux avec l'aisance d'un Apache. Il avait brièvement aperçu les passagers de la diligence, en particulier une pâle jeune fille aux yeux sombres, coiffée d'un bonnet bleu foncé. Ses cousins apaches auraient apprécié cette petite, pensa-t-il sans la moindre émotion tandis qu'il rengainait ses revolvers.

Le cocher, une flèche dans l'épaule, tentait de reprendre le contrôle des chevaux. Il faisait de son mieux, en dépit de la douleur. Mais il n'avait à l'évidence plus assez de forces. Avec un juron, Jake éperonna son cheval afin de s'approcher de la voiture folle. Il sauta.

Durant une seconde interminable, il ne resta suspendu que par les doigts.

Sarah distingua une chemise poussiéreuse, un avant-bras puissant, une longue jambe gainée de cuir et une botte éraflée. L'homme parvint à se rétablir et sauta sur le toit de la diligence. La grosse femme cria de nouveau, puis s'évanouit dès qu'ils s'arrêtèrent. Trop terrifiée pour rester assise, Sarah ouvrit la portière et descendit.

L'homme au chapeau gris venait de sauter à terre.

— M'dame, lança-t-il en passant près d'elle.

Au comble de l'émotion, Sarah pressa une main sur son cœur, qui battait à se rompre. Aucun héros, jamais, n'avait été aussi courageux que lui.

— Vous nous avez sauvé la vie, parvint-elle à articuler.

Il ne lui accorda même pas un regard.

— Content que tu sois passé par là, Jake, lança le passager au flacon de whiskey, qui venait de sortir à son tour.

— Lucius…

Leur sauveur avait saisi les rênes de son cheval et s'efforçait de le calmer.

— Ils n'étaient que six, commenta-t-il.

— Et ils s'enfuient ! s'emporta Sarah. Vous allez les laisser filer comme ça ?

Jake regarda le nuage de poussière soulevé par les sabots des chevaux, puis se tourna vers elle. Il pouvait la dévisager plus longuement, à présent. Elle était minuscule, et l'étiquette « Est » semblait collée sur son joli minois. Ses cheveux, dorés comme le miel, s'échappaient de son bonnet. On eût dit qu'elle venait de quitter sa salle de classe… sauf que les effluves qui l'environnaient étaient ceux d'un saloon bon marché.

En lui répondant, il ne put s'empêcher de sourire.

— Oui.

— Vous ne pouvez pas faire une chose pareille, ils ont tué un homme !

— Il savait quels risques il courait, commenta Jake. On est bien payé, pour accompagner les diligences.

— Ils l'ont assassiné ! répéta la jeune fille comme si elle avait affaire à un simple d'esprit. Il est allongé là-bas par terre, une flèche dans le cœur !

Comme Jake, sans rien dire, conduisait son cheval à l'arrière de la voiture, elle le suivit.

— Vous pourriez au moins aller chercher le corps de ce pauvre homme, continua-t-elle. On ne peut pas l'abandonner ainsi.

— Il est mort, il n'a plus besoin de rien.

— Ce que vous dites là est horrible !

Sarah ne se sentait pas bien, tout à coup ; elle arracha son bonnet et s'en servit pour s'éventer. L'air était brûlant.

— Cet homme a droit à des funérailles décentes, insista-t-elle. Je ne pourrais jamais... Mais que faites-vous ?

Jake lui jeta un coup d'œil. Elle était fichtrement jolie, et plus encore sans ce bonnet qui cachait ses cheveux.

— J'attache mon cheval.

Sarah laissa retomber son bras. Soudain, elle ne se sentait plus malade ni impressionnée. Non, plus du tout. Elle était furieuse !

— Vous semblez vous soucier davantage de votre cheval que de cet homme, monsieur !

Jake s'immobilisa. Un instant ils se tinrent face à face sous le soleil ardent ; une odeur de poussière et de sang montait autour d'eux.

— Normal. Mon cheval est vivant, ce type est mort. A votre place, mam'zelle, je remonterais dans la diligence. Ce serait dommage que vous soyez encore là si les Apaches décidaient de revenir.

Sarah se tut et regarda autour d'elle, mal à l'aise. Le désert était calme, hormis le cri d'un oiseau, qui planait haut dans le ciel.

— Je vais retourner là-bas et le ramener moi-même, déclara-t-elle entre ses dents.

— A votre guise.

Jake alla rejoindre Lucius, à l'avant de la voiture.

— Fais monter cette jeune idiote, dit-il. Et ne lui donne plus de whiskey.

Devant tant de goujaterie, Sarah resta bouche bée. Avant qu'elle ait pu répliquer, Lucius la tenait déjà par le bras.

— N'en veuillez pas à Jake, mam'zelle. Il a son franc-parler. En outre, il a raison : ces Apaches pourraient revenir. Nous n'avons pas intérêt à moisir ici.

Avec le peu de dignité qui lui restait, Sarah remonta dans la diligence. La grosse femme, ayant repris connaissance, se mit à sangloter de nouveau, appuyée lourdement contre un homme à la bouche pincée, coiffé d'un melon. Sarah se serra dans son coin tandis que la voiture repartait dans un sursaut.

Ajustant son bonnet, elle regarda Lucius d'un air contrarié.

— Qui est cet horrible individu ?

— Jake ?

Lucius se cala contre le dossier et répondit :

— Il s'agit de Jake Redman, mam'zelle. Nous avons eu une sacrée veine qu'il passe par là, je ne crains pas de le dire. Chaque fois qu'il tire, il fait mouche.

— Vraiment !

Sarah tentait de prendre un ton détaché, mais elle ne pouvait s'empêcher de repenser à l'Apache et à la lueur meurtrière qui brillait dans ses yeux.

— Je suppose que nous lui devons une certaine gratitude, acquiesça-t-elle. Néanmoins, il m'a semblé si insensible…

— Beaucoup disent qu'il a de la glace dans les veines. En plus d'un peu de sang apache.

— Vous voulez dire qu'il est… Indien ?

— Par sa grand-mère, oui.

Lucius, qui n'avait plus de whiskey, se rabattit sur sa blague à tabac et se logea une chique dans la joue.

— En tout cas, il vaut mieux être de son côté quand les choses se gâtent. Et ce n'est pas moi qui m'aviserais de le contredire.

Quel genre d'homme fallait-il être pour tuer son prochain ? se demanda Sarah en frissonnant. Elle ne voulait plus penser à tout ça.

Assis sur le toit de la diligence, Jake forçait les bêtes à conserver une allure régulière. Le cocher, une main sur son épaule blessée, se tenait près de lui.

— Tu nous rendrais service, si tu revenais sur la ligne, déclara-t-il.

— J'y pense, répondit Jake.

En réalité, il pensait surtout à la petite demoiselle aux grands yeux bruns et aux cheveux couleur de miel.

— Qui est cette fille ? demanda-t-il. Celle habillée en bleu ?

— Conway, de Philadelphie. La fille de Matt Conway, à ce qu'elle dit.

— Ah oui ?

Mlle Conway ne ressemblait guère au vieux. En même temps, Jake se souvenait que Matt se vantait de temps à autre de sa fille, restée dans l'Est. Surtout quand il avait attaqué une bouteille.

— Elle est venue rendre visite à son père ?

— Elle a l'intention de rester.

Jake eut un petit rire sec.

— Elle ne tiendra pas une semaine. Les femmes comme elle ne restent jamais.

— Pourtant, elle y compte bien. La plupart de ces bagages sont à elle, répondit le cocher en désignant du pouce les malles empilées sur le toit.

Jake grogna et ajusta son feutre.

— C'est ce qu'elle croit.

Sarah eut sa première vision de Lone Bluff par la fenêtre de la diligence. La ville s'étalait comme un chaos de rochers à la base des montagnes. Des montagnes à l'air dur et froid, pensa-t-elle avec un frisson.

Une fois ou deux, elle avait suffisamment oublié ses manières pour sortir la tête et se tordre le cou afin d'apercevoir Jake Redman. En vain. Pour cela, il eût fallu qu'elle sorte le buste entier. Non qu'elle s'intéressât à lui. Simplement, elle avait envie de se distraire. Et lorsqu'elle écrirait à Lucilla et aux sœurs, elle voulait être à même de leur décrire tous les gens bizarres de l'endroit.

Or, ce Redman était sans nul doute bizarre. Un moment, il lui était apparu comme un guerrier intrépide risquant sa vie pour une diligence pleine d'étrangers. Puis, l'instant suivant, il s'était comporté comme un mécréant en abandonnant ce malheureux au bord de la piste.

Et il l'avait traitée d'idiote.

Jamais personne n'avait insulté Sarah de la sorte. L'intelligence et l'éducation de Sarah Conway faisaient l'admiration de tous. Elle était cultivée, parlait couramment le français et jouait assez bien du piano.

Tandis qu'elle renouait lentement son bonnet, Sarah se rappela qu'elle n'avait nul besoin de l'approbation d'un homme comme Jake Redman. Lorsqu'elle aurait retrouvé son père et se serait fait une place dans la bonne société locale, il y avait fort à parier qu'elle ne le reverrait plus.

Bien sûr, elle le remercierait comme il convenait. Il n'avait pas de manières, certes, mais elle ne devait pas pour autant oublier les siennes. Peut-être pourrait-elle même demander à son père de lui offrir de l'argent à titre de récompense.

Elle prit un mouchoir propre dans son réticule et s'en tamponna les tempes. Puis elle regarda de nouveau par la fenêtre… et cligna des paupières. Cette localité ne pouvait être Lone Bluff ! Jamais son père ne se serait installé dans un endroit aussi crasseux !

Sarah ne distinguait qu'un amas de bâtiments et un large ruban de poussière qui faisait office de rue. Ils passèrent devant deux saloons situés côte à côte, une épicerie et quelque chose qui ressemblait à une pension. Des chevaux à l'air indolent étaient attachés à des piquets et chassaient de leur queue d'énormes mouches noires. Une poignée de jeunes garçons au visage sale se mirent à courir à côté de la diligence ; ils criaient et brandissaient des revolvers de bois. Sarah aperçut deux femmes en robes de toile fanées qui marchaient bras dessus, bras dessous, sur les trottoirs de planches.

Quand la voiture s'arrêta, elle entendit Jake réclamer

un médecin alors que, déjà, les voyageurs s'empressaient de sortir par les deux portes. Résignée, Sarah descendit à son tour et secoua ses jupes pour les défroisser. Elle leva la tête vers Jake, qui commençait à détacher les malles. Comme le rebord de sa coiffe ne la protégeait pas suffisamment de l'éclat du soleil, elle mit une main en visière sur son front.

— Monsieur Redman, pourquoi nous sommes-nous arrêtés ici ?

— C'est le terminus de la ligne, m'dame.

— Le terminus ? Mais où sommes-nous ?

Il s'immobilisa un instant pour la regarder. Sarah se rendit compte que ses yeux étaient plus sombres qu'elle ne le pensait. Ils étaient d'un gris d'ardoise.

— Bienvenue à Lone Bluff ! lança-t-il.

Sarah expira lentement et pivota sur ses talons. Le soleil ardent n'était pas tendre pour la ville. Il en faisait ressortir la saleté, le délabrement, l'odeur puissante des chevaux.

Dieu du ciel, elle y était donc… Voilà quel était le but de son voyage. Mais quelle importance, après tout ? Elle ne vivrait pas en ville. Et l'or de la mine de son père amènerait bientôt plus de gens, plus de progrès. Non, cela n'avait aucune importance, se répéta-t-elle en redressant les épaules. La seule chose qui comptait était de revoir son père.

Se tournant de nouveau vers Jake, elle l'aperçut qui balançait une de ses malles à Lucius.

— Monsieur Redman, je vous prie de prendre soin de mes affaires !

— Bien, m'dame.

Jake empoigna la malle suivante et la traita de la même façon tandis que Lucius souriait jusqu'aux oreilles. Sarah se mordit la lèvre pour contenir sa colère, puis attendit qu'il la rejoigne en bas.

— Je tenais à vous exprimer ma reconnaissance pour être venu à notre secours, monsieur Redman. Vous avez prouvé votre courage. Je suis sûre que mon père voudra vous récompenser…

Jack n'avait entendu personne s'exprimer ainsi depuis qu'il avait passé une semaine à Saint Louis. Repoussant son feutre, il la contempla assez longuement pour qu'elle rougisse.

— N'en parlons plus.

Sidérée, Sarah le regarda s'éloigner. Etait-ce ainsi qu'il acceptait les marques de gratitude ? Dans un mouvement de jupes, elle alla se poster au bord de la route pour guetter son père.

Jake pénétra dans la pension, sa sacoche de selle jetée sur son épaule. L'endroit n'était pas très propre et sentait toujours l'oignon et le café. Il y avait deux ou trois marques de balles sur les murs, dont l'une au moins lui était due. Comme la porte restait ouverte en permanence, des mouches bourdonnaient allègrement dans l'étroite entrée.

— Bonjour, Maggie.

Jake porta deux doigts à son chapeau pour saluer la femme qui se tenait au bas de l'escalier et demanda :

— Vous avez une chambre ?

Maggie O'Rourke était aussi dure que les steaks qu'elle

servait à ses clients. Ses cheveux d'un gris d'acier étaient relevés autour d'un visage normalement trop maigre pour être ridé. Pourtant, les rides étaient là et bien là : ses petits yeux bleus semblaient émerger ainsi des plis d'une couverture usée. Cette femme étonnante, sans âge, menait son affaire d'une main de fer, aidée d'une carabine Winchester. Pour elle, un dollar était un dollar.

Un instant, elle contempla Jake en silence, s'efforçant de dissimuler le plaisir évident qu'elle avait à le revoir.

— Regardez donc ce que le chat a rapporté ! lança-t-elle de sa voix chantante. Qui avez-vous à vos trousses, Jake ? La police ou une femme ?

— Ni l'un ni l'autre.

Il referma la porte d'un coup de botte. Pourquoi revenait-il toujours ici ? La vieille ne lui laissait jamais un moment de répit, et sa cuisine avait de quoi tuer un homme.

— Vous avez une chambre, Maggie ? demanda-t-il une nouvelle fois. Et un peu d'eau chaude ?

— Et vous, vous avez un dollar ?

Elle tendit sa main décharnée. Quand Jake y déposa une pièce, elle en contrôla l'authenticité avec les quelques bonnes dents qui lui restaient. Ce n'était pas de Jake, qu'elle se méfiait. C'était du gouvernement.

— Vous pouvez reprendre la chambre que vous aviez la dernière fois. Elle est libre.

— Parfait.

Il commença à monter l'escalier.

— On n'a pas eu beaucoup de distractions, depuis que vous êtes parti, avoua Maggie. Deux ou trois bons à rien qui se sont tirés dessus au Bird Cage ; un est mort, le shérif a chassé les deux autres. La petite Mary Sue Brody s'est fait mettre dans l'embarras par le fils Mitchell. J'ai toujours dit qu'elle avait le sang chaud, la Mary Sue. Mais elle a eu un beau mariage, le mois dernier.

Jake continuait à monter, mais Maggie ne se tut pas pour autant. A ses yeux, évoquer les derniers ragots était l'un des privilèges de sa fonction.

— Et puis, il y a ce pauvre Matt Conway. Quelle tristesse…

Là, Jake s'arrêta. Il se tourna vers Maggie, qui astiquait la rampe avec le coin de son tablier.

— Que lui est-il arrivé ?

— Il s'est tué dans sa foutue mine. Un effondrement. On l'a enterré avant-hier.

2

La chaleur était insoutenable. Chaque fois qu'un cavalier passait, un panache de poussière jaune se soulevait derrière lui et restait suspendu dans l'air immobile. Sarah rêvait d'une boisson fraîche et d'un siège à l'ombre. Or, à en juger par ce qu'elle pouvait voir, il n'existait ici aucun endroit susceptible d'offrir ce genre de confort à une dame. Et même s'il y en avait eu un, elle n'aurait pas osé laisser ses malles au bord de la route ou risquer de manquer son père.

Elle était tellement sûre qu'il l'attendrait ! Mais un homme de sa condition pouvait très bien être retenu par une foule de choses : le travail de la mine, un problème avec un employé, peut-être des préparatifs de dernière minute pour son arrivée... Elle avait attendu douze ans, se rappela-t-elle en refrénant l'envie qu'elle avait de dégrafer son col. Elle attendrait bien encore un peu.

Un attelage passa. Il souleva un tel nuage que Sarah dut porter son mouchoir à sa bouche. La jupe de son costume de voyage et sa jolie veste assortie, bordée d'un délicat galon noir, étaient couvertes de poussière. Avec un soupir, elle baissa les yeux sur son chemisier, plus jaune que blanc.

Elle n'était pas vaniteuse — les sœurs ne lui avaient pas permis de le devenir. Simplement, elle s'inquiétait de ce que son père verrait quand il la découvrirait. Pour cette première rencontre, elle aurait voulu être superbe. Au lieu de ça, elle était toute tachée et au bord de l'épuisement. Que pouvait-elle faire, sinon renouer le ruban de sa coiffe et tenter en vain de brosser sa jupe ?

Ce soir, pour le dîner, elle se rattraperait. Elle porterait sa robe de mousseline blanche toute neuve, avec ces délicieux boutons de roses semés un peu partout sur la jupe. Elle avait des mules teintes en rose pour aller avec. Son père, elle n'en doutait pas, serait fier d'elle.

Si seulement il pouvait arriver et l'emmener loin d'ici !

C'est alors qu'elle vit Jake venir à sa rencontre. Il marchait avec aisance, malgré les revolvers suspendus à ses côtés. Accrochés très bas sur ses hanches, ils se balançaient à chacun de ses pas. Ils semblaient avoir toujours été là... et devoir toujours y être. Tout en approchant, il gardait les yeux fixés sur elle d'une façon... d'une façon dont aucun homme ne devrait regarder une femme, à moins qu'elle ne fût la sienne. Quand elle sentit son cœur palpiter dans sa poitrine, Sarah se raidit.

C'était Lucilla, qui parlait toujours de cœurs palpitants. Lucilla qui, toujours, dressait des portraits romantiques de voyous sans foi ni loi et de lieux de débauche. Sarah, elle, préférait des rêves un peu plus réalistes.

— Mademoiselle Conway...

Jake était surpris qu'elle ne se soit pas déjà évanouie, sous ce soleil de plomb. Peut-être était-elle plus robuste qu'elle en avait l'air… Il avait passé les dix dernières minutes à l'observer tandis qu'elle attendait au bord de la route. Il avait vu la lueur d'espoir qui s'allumait dans ses yeux chaque fois qu'un cavalier ou une voiture approchaient. Quelqu'un devait lui dire que son père ne viendrait pas la chercher. Et au terme d'une rude bataille qu'il avait engagée avec lui-même, il avait décidé que ce quelqu'un serait lui.

— Monsieur Redman…

Décidée à se montrer gracieuse, Sarah s'autorisa un semblant de sourire.

— J'ai des nouvelles à vous donner au sujet de votre père, lui annonça Jake en enfilant ses pouces dans les poches de son pantalon.

Le sourire de Sarah s'élargit, magnifique, illuminant tout son visage. Dans la lumière crue, ses yeux ressemblaient à de l'or liquide. Pour Jake, le choc en fut plus rude encore. Comme s'il avait reçu une balle en pleine poitrine.

— Oh ! il a laissé un message pour moi ? lança-t-elle. Merci d'être venu me le dire. J'aurais pu attendre ici pendant des heures.

— Mam'zelle…

— Y a-t-il un message ?

— Non.

Jake ferma les yeux. Il fallait qu'il se débarrasse de cette corvée, et vite fait.

— Matt est mort. Il y a eu un accident à la mine.

Il s'attendait à des pleurs, à des lamentations. Mais les yeux de Sarah s'emplirent seulement de fureur.

— Comment osez-vous ? s'exclama-t-elle. Comment osez-vous plaisanter sur un sujet pareil ?

Elle tourna les talons pour le planter là, mais Jake lui attrapa le bras. La première réaction de Sarah fut de s'indigner de telles manières. Puis elle le regarda, le regarda vraiment, et elle se figea, sans un mot.

— Il a été enterré il y a deux jours, ajouta-t-il.

Après un mouvement de recul, elle se figea de nouveau. La fureur disparut de ses yeux en même temps que toute couleur abandonnait ses joues.

— Hé, vous n'allez pas vous trouver mal ? lança Jake.

C'était vrai. Elle lisait la vérité sur son visage, aussi clairement qu'elle y discernait son irritation d'avoir eu à lui apprendre la nouvelle.

— Un accident ? répéta-t-elle d'une voix blanche.

— Un effondrement.

Il était soulagé de voir qu'elle ne s'évanouissait pas.

En même temps, il n'aimait pas l'expression abattue de son regard.

— Il faudrait que vous alliez voir le shérif.

— Le shérif ?

— Oui, son bureau est de l'autre côté de la rue.

Quand Sarah hocha la tête en regardant Jake, celui-ci constata que ses yeux étaient bien dorés. De la couleur du brandy qu'il buvait parfois au Silver Star. Pour l'instant, ils étaient immenses et pleins de douleur. Sarah se mordit la lèvre pour contenir les émotions qui débordaient dans son regard. Si elle s'était évanouie, il l'aurait volontiers abandonnée aux soins de la première femme passant par là. Mais la façon dont elle tenait bon le touchait singulièrement.

Avec un juron, il lui prit le coude et la guida pour traverser la rue. Il n'arrivait vraiment pas à comprendre au nom de quoi il s'était mis cette responsabilité sur les bras.

Le shérif Barker était à son bureau, penché sur une feuille de papier, une tasse de café près de lui. C'était un petit homme qui commençait à prendre du ventre — la faute dans la cuisine de sa femme ! — et à perdre ses cheveux. S'il faisait respecter la loi à Lone Bluff, il n'allait pas jusqu'à y faire régner l'ordre. Il était trop paresseux pour ça.

Lorsque Jake entra, il leva les yeux et soupira avant de lancer un jet de jus de tabac dans un crachoir. Quand Jake Redman était dans le coin, il y avait généralement de la besogne.

— Alors comme ça, vous êtes de retour. Je vous croyais au Nouveau-Mexique.

Au même moment, Jake fit passer Sarah devant lui. Le shérif haussa les sourcils et se leva aussitôt, en homme poli qu'il était.

— Mademoiselle…

— C'est la fille de Matt Conway.

— Bon sang ! Ça alors ! Je vous demande pardon, mademoiselle. Je… je pensais justement vous envoyer une lettre.

— Shérif…

Sarah dut s'arrêter un instant pour recouvrer son équilibre. Elle n'allait pas s'effondrer ! Pas ici, devant des étrangers !

Le shérif contourna son bureau pour lui offrir une chaise.

— Barker, mademoiselle, se présenta-t-il de façon laconique.

Sarah s'assit, priant le ciel d'être capable de se relever plus tard.

— M. Redman vient de me dire que mon père…

Elle ne put terminer. C'était peut-être de la faiblesse, de la lâcheté, mais elle était incapable de prononcer ces mots.

— Oui, mademoiselle. Je suis désolé. Des gamins qui jouaient près de la mine l'ont découvert. Apparemment, il y travaillait quand des chevrons ont lâché.

Comme elle ne disait rien, Barker se racla la gorge et ouvrit un tiroir de son bureau.

— Il avait sur lui cette montre et sa blague à tabac.

La pipe, Barker l'avait jetée. Elle était brisée, comme la plupart des os de Conway.

— Nous avons pensé qu'il souhaiterait être enterré avec son alliance.

— Merci.

D'un geste absent, Sarah prit les objets qu'on lui tendait. Elle se souvenait de cette montre. Son père l'avait tirée de sa poche pour vérifier l'heure juste avant de la laisser dans le bureau de la mère supérieure. Submergée par la tristesse, elle eut du mal à réprimer ses larmes.

— J'aimerais voir où il est enterré. Il faudra aussi transporter mes malles jusque chez lui.

— Permettez-moi de vous donner un conseil, mademoiselle Conway : ne restez pas là-bas. Ce n'est pas un endroit pour une jeune dame toute seule. Ma femme se fera un plaisir de vous accueillir chez nous quelques jours, le temps que la diligence reparte vers l'Est.

Sarah s'appuya d'une main sur sa chaise et parvint à se lever.

— Merci. C'est très aimable à vous. Néanmoins, je préférerais passer la nuit chez mon père.

Elle déglutit et se rendit compte que sa gorge était horriblement sèche.

— Y a-t-il… Vous dois-je quelque chose pour les funérailles ?

— Non, mademoiselle. Nous nous occupons nous-mêmes des nôtres, ici.

— Merci.

Sarah avait besoin d'air, soudain. La montre serrée dans sa main, elle poussa vivement la porte et alla s'appuyer contre un poteau pour tenter de recouvrer son souffle.

— Vous devriez accepter l'offre du shérif.

Elle tourna la tête et considéra Jake d'un regard morne. Dans le fond, elle lui savait gré de l'irriter à ce point ; cela l'aidait à repousser son chagrin. Il ne lui avait pas offert un mot de sympathie. Pas un seul. Et c'était très bien ainsi.

— Je resterai chez mon père. Voulez-vous m'y conduire ?

Il se passa une main sur le menton ; voilà plus d'une semaine qu'il ne s'était pas rasé.

— J'ai autre chose à faire.

Et il commença de s'éloigner.

— Je vous paierai ! ajouta précipitamment Sarah.

Il s'arrêta et la regarda. Elle était déterminée. Il voulut voir à quel point.

— Combien ?

— Deux dollars.

Comme il la regardait en silence, sans réagir, elle ajouta entre ses dents :

— Cinq.

— Vous avez cinq dollars ?

Exaspérée, Sarah chercha dans son réticule et en tira un billet.

— Voilà.

— Qu'est-ce que c'est que ça ? demanda Jake.

— Cinq dollars.

— Pas ici, ma belle. Ici, ça n'est que du papier.

Sarah rangea le billet dans son sac et en sortit une pièce.

— Est-ce que ceci vous conviendrait ?

Jake prit la pièce, la retourna dans sa paume, puis la mit dans sa poche.

— Ça ira. Je vais chercher un chariot.

Cet homme n'était qu'un misérable ! pensa Sarah tandis qu'il s'éloignait. Elle le haïssait ! Et elle haïssait plus encore le fait d'avoir besoin de lui.

Le trajet fut long et éprouvant.

Sarah n'ouvrit pas la bouche. Elle était à présent indifférente à la désolation des lieux comme à la chaleur et à l'insensibilité de l'homme qui l'accompagnait. Il lui semblait que ses émotions s'étaient recroquevillées au fond d'elle-même. Chaque mille parcouru n'était qu'un mille de plus derrière elle, rien d'autre.

L'absence de conversation ne gênait pas Jake, qui conduisait sans rien dire, un fusil en travers des genoux. La région était calme depuis un certain temps, mais l'attaque de la journée lui laissait entrevoir que cela pouvait changer. Parmi les braves qui avaient attaqué la diligence, il avait reconnu Loup Robuste. Si le guerrier apache avait décidé de s'en prendre à cette partie de la région, il surgirait tôt ou tard chez Conway.

Ils ne rencontrèrent personne. Ils ne virent que du sable, des pierres et un vautour en quête d'une proie. Quand Jake tira sur les rênes, Sarah n'aperçut rien d'autre qu'une petite maison en pisé et quelques misérables cahutes en planches plantées sur un morceau de terre desséchée.

— Pourquoi nous arrêtons-nous ici ?

Jake sauta à bas du chariot.

— Vous êtes chez Matt Conway.

— Ne soyez pas ridicule !

Comme il ne semblait pas décidé à venir l'aider, elle se débrouilla pour descendre seule.

— Monsieur Redman, je vous ai payé pour me conduire chez mon père et je vous prie de respecter notre marché.

Avant qu'elle ait pu l'arrêter, il fit tomber l'une de ses malles sur le sol.

— Pour l'amour du ciel, que faites-vous ?

— Je descends vos bagages.

— Je vous interdis de toucher à une autre de ces malles.

A leur commune surprise, Sarah attrapa Jake par sa chemise et l'obligea à se tourner vers elle.

— J'exige que vous m'emmeniez sur-le-champ chez mon père !

« Elle n'est pas seulement stupide, pensa Jake. Elle est agaçante. »

— Bien. Il posa les mains sur la taille de la jeune fille et la hissa sur son épaule.

Tout d'abord, Sarah fut trop choquée pour réagir. Aucun homme, jamais, ne l'avait touchée et voilà que ce *voyou* l'empoignait à pleines mains ! En outre ils étaient seuls. Complètement seuls. Tandis qu'il poussait la porte de la bâtisse, elle commença à se débattre. Il la remit sur ses pieds avant qu'elle ait pu prendre son inspiration pour crier.

— Cela vous suffit ?

Sarah le regarda fixement ; toutes les calamités qui pouvaient fondre sur une femme sans défense s'imposèrent à son esprit. Elle recula, haletante, et pria le ciel de parvenir à le raisonner.

— Je possède très peu d'argent, monsieur Redman. Cela ne vaut pas la peine de me voler.

La lueur qui s'alluma dans les yeux gris de Jake fit encore reculer Sarah.

— Je ne suis pas un voleur, déclara-t-il.

La lumière qui pénétrait par la porte basse auréolait sa silhouette.

— Est-ce que vous allez me tuer ? demanda Sarah après s'être humecté les lèvres.

Jake faillit rire, mais se contenta de prendre appui contre le mur. Il y avait, chez cette femme, quelque chose qui lui portait étrangement sur les nerfs. Il n'aurait su dire quoi ni pourquoi, mais il n'aimait pas cette impression. Pas du tout.

— Je ne pense pas, répondit-il. Vous voulez jeter un coup d'œil autour de la maison ?

Elle secoua la tête.

— On m'a dit que Matt était enterré par là-derrière, près de l'entrée de la mine. Je vais aller voir ses chevaux et donner à boire à ceux de l'attelage.

Une fois Jake parti, Sarah garda les yeux fixés sur le seuil. Cette histoire était démente. Pensait-il vraiment qu'elle allait croire à ses sornettes ? Son père, vivre ici ! Dans ces conditions ! Elle possédait par dizaines des lettres dans lesquelles il lui parlait de la maison qu'il était en train de bâtir, puis qu'il avait terminée, la maison qui l'attendrait lorsqu'elle serait assez grande pour venir le rejoindre.

Et la mine ? Si elle n'était pas loin, peut-être pourrait-elle trouver là quelqu'un à qui parler.

Jetant un coup d'œil prudent à l'extérieur, Sarah sortit en courant et contourna la maison. Elle passa devant quelque chose qui ressemblait à un reste de potager, mais où les plantes étaient ratatinées par le soleil. Un appentis servait d'écurie, quelques morceaux de planches cloués de guingois tenaient lieu d'enclos. Sarah les dépassa et commença de gravir le monticule qui s'élevait un peu plus loin.

Elle n'eut aucun mal à trouver l'entrée de la mine, bien qu'il ne s'agît que d'un trou percé à même le rocher. Au-dessus, était accroché un écriteau rudimentaire qui portait la mention « La fierté de Sarah ».

Alors, les larmes lui montèrent aux yeux. Elles surgirent si brusquement qu'elle dut lutter âprement pour les refouler. Il n'y avait ni ouvriers, ni wagonnets chargés de pierres, ni pics entaillant la montagne pour en extraire de l'or. Sarah n'avait devant les yeux qu'un rêve, le rêve d'un homme qui n'avait rien possédé d'autre. Son père n'avait jamais été un prospecteur prospère ni un propriétaire fortuné. C'était un malheureux qui creusait le rocher dans l'espoir de faire la découverte de sa vie.

Soudain, elle vit la tombe. A quelques mètres seulement de la mine ; quelqu'un avait même eu la bonté de fabriquer une croix et de graver son nom dessus. Sarah alla s'y agenouiller, caressant de la paume les cailloux qui recouvraient à présent son père.

Il lui avait menti. Pendant douze ans il lui avait menti, lui racontant des histoires à propos de filons et de veine-mère. Il avait inventé de toutes pièces la grande maison avec un salon et de beaux parquets de bois ciré. Avait-il eu besoin d'y croire ?

Quand il avait quitté Sarah, il lui avait fait une promesse : « Tu auras tout ce que tu peux désirer, ma douce, si douce Sarah. Tout ce que ta mère aurait voulu pour toi. » Il avait tenu cette promesse, à l'exception d'une chose, une chose essentielle : il l'avait privée de lui-même. Toutes ces années, la seule chose que Sarah avait vraiment désirée était la présence de son père.

S'il avait vécu ainsi, songea-t-elle, dans une maison de terre, au milieu de nulle part, c'était pour qu'elle puisse avoir de jolies robes et des bas neufs. Pour qu'elle apprenne à valser et à servir le thé. Sans doute utilisait-il tout ce qu'il arrachait à la montagne pour lui permettre de rester dans son pensionnat. Et maintenant, il était mort. Elle se souvenait à peine de son visage, et il n'était plus là. Elle l'avait perdu à jamais.

— Oh ! papa ! si tu savais combien tout cela comptait peu...

Allongée sur la tombe, elle laissa venir ses larmes et pleura jusqu'à ce qu'elle eût vidé son cœur.

Elle était partie depuis un bon moment, pensa Jake. Depuis trop longtemps. A l'instant où il allait se porter à sa recherche, il la vit descendre de la colline. Elle s'arrêta, baissant les yeux sur la maison où son père avait passé plus de dix ans. Elle avait ôté son bonnet, qu'elle tenait par les rubans. L'espace d'un instant elle resta immobile, le visage d'une pâleur de marbre, telle une statue dans l'air étouffant de l'après-midi. Ses cheveux étaient remontés, mais quelques mèches souples bouclaient autour de son visage. Le soleil, y dardant ses rayons, les faisait resplendir. Leur couleur évoqua à Jake le pelage d'un jeune daim.

Il souffla la dernière bouffée de sa cigarette. Découpée ainsi contre la butte, Sarah offrait un sacré spectacle. Elle semblait avoir le don de toucher certains points sensibles, au fond de lui ; des points sensibles sur lesquels il n'avait aucune envie de s'appesantir.

Tout à coup, elle l'aperçut, et il la vit lever le menton tandis qu'elle reprenait sa descente. Oui, elle offrait un sacré spectacle.

— Monsieur Redman…

Son chagrin se lisait dans ses yeux rougis, sur ses joues livides. Sa voix, cependant, était ferme.

— … je vous présente mes excuses pour la scène de tout à l'heure.

Un moment, Jake fut incapable de répondre. Elle lui parlait comme s'ils étaient en train de prendre le thé dans un salon.

— C'est oublié. Vous êtes prête à rentrer ?

— Je vous demande pardon ?

Du pouce, il désigna le chariot. Sarah remarqua que toutes ses malles y étaient de nouveau arrimées.

— Je voulais savoir si vous êtes prête à rentrer.

Sarah baissa les yeux sur ses mains. Comme ses gants étaient sales, elle les ôta. Ils ne seraient plus jamais les mêmes, pensa-t-elle. Plus rien ne serait jamais pareil.

Elle inspira à fond.

— Je croyais que vous aviez compris : je reste chez mon père.

— Ne soyez pas stupide ! Une femme comme vous n'a rien à faire ici.

Les yeux de Sarah se durcirent.

— Vraiment ? Quoi qu'il en soit, je ne pars pas. Je vous saurais donc gré de transporter mes malles à l'intérieur.

Elle passa près de lui, légère comme un souffle.

— Vous ne tiendrez pas une journée.

Elle s'arrêta et regarda Jake par-dessus son épaule. Il dut reconnaître qu'il avait vu beaucoup d'hommes moins déterminés qu'elle.

— Vous le pensez, monsieur Redman ?

— J'en suis sûr.

— Accepteriez-vous de parier là-dessus ?

— Ecoutez, duchesse : ce pays est dur, même pour ceux qui y sont nés. La chaleur, les serpents, les pumas — sans parler des Apaches.

— Je vous remercie de me prévenir, monsieur Redman. Maintenant, mes bagages.

— Bougre d'idiote ! grommela Jake en marchant vers le chariot. Oh ! et puis, si vous tenez à rester ici, je m'en fous, moi !

Tandis qu'il emportait une malle dans la maison. Sarah resta quelques mètres en arrière, les mains croisées.

— Inutile de parler aussi grossièrement, monsieur Redman.

Lorsqu'il vint décharger la deuxième malle, il jura avec plus d'ardeur encore.

— Quand la nuit tombera et que vous changerez d'avis, ajouta-t-il, il n'y aura plus personne pour vous répondre.

— Je ne changerai pas d'avis, affirma Sarah. Mais merci quand même de vous soucier ainsi de moi.

— Qui vous dit que je m'en soucie ?

Tout en continuant de maugréer de la sorte, Jake finit de rentrer toutes les affaires de la jeune fille. Quand il en eut terminé, elle le rejoignit sur le seuil.

— J'espère que vous avez quelques provisions, en plus de vos belles robes, lui dit-il.

— Tout ira bien, je vous assure. Peut-être pouvez-vous m'indiquer où je pourrai trouver de l'eau ?

— Il y a un ruisseau à un demi-mille d'ici, vers l'est.

Un demi-mille ? Sarah s'efforça de ne pas montrer son désarroi.

— Je vois.

Plaçant une main en visière, elle scruta l'horizon. Jake marmonna un nouveau juron, la prit par les épaules et la tourna dans la direction opposée.

— L'est, c'est par ici, duchesse.

Sarah recula d'un pas.

— Oui, bien sûr. Merci encore pour votre aide, monsieur Redman. Et bonne journée ! ajouta-t-elle avant de lui fermer la porte au nez.

Elle l'entendit jurer encore tandis qu'il détachait les chevaux. Si elle n'avait pas été aussi lasse, peut-être aurait-elle ri. Bien trop épuisée pour s'offusquer des termes qu'il employait, elle songea qu'il lui faudrait s'habituer à des manières assez rudes si elle devait rester... Et elle resterait ! songea-t-elle en ôtant sa veste. Puisque cette maison était tout ce qu'elle possédait, elle s'arrangerait pour en tirer le meilleur parti possible. D'une manière ou d'une autre.

Près de la porte, une ouverture arrondie servait de fenêtre.

Sarah s'en approcha et vit Jake qui s'éloignait à cheval. Il lui avait laissé le chariot, ainsi que les deux chevaux qui le tiraient. Ils se trouvaient dans l'écurie avec ceux de son père. A quoi bon ? Elle ne savait absolument pas comment atteler un équipage, et encore moins comment le conduire.

Elle continua à regarder Jake Redman jusqu'à ce qu'il ne fût plus qu'un petit nuage de poussière dans le lointain. Sarah était seule, à présent. Vraiment seule. Elle n'avait personne sur qui compter, et pratiquement rien en sa possession.

Personne sauf elle. Et elle n'était pas décidée à capituler. Nul ne l'obligerait à partir d'ici en essayant de l'effrayer — surtout pas Jake Redman.

Tournant les talons, elle défit les poignets de son corsage et retroussa ses manches. Les bonnes sœurs disaient toujours qu'il n'y avait rien de tel que le travail physique pour se nettoyer l'âme et l'esprit. Eh bien, elle allait mettre ce précepte en pratique !

Elle découvrit les lettres une heure plus tard.

Quand elle les trouva, sur l'espèce d'estrade rudimentaire qui servait de chambre à coucher, elle essuya ses mains sales sur le tablier brodé qu'elle avait tiré d'une des malles avant de les toucher.

Il les avait gardées… Son père avait gardé toutes ses lettres, de la première à la dernière. De nouveau, des larmes se pressèrent sous les paupières de Sarah, qui les refoula.

Pleurer ne servait plus à rien, maintenant. En revanche, savoir que son père avait pensé à elle autant qu'elle avait pensé à lui lui faisait un bien fou.

Sans doute avait-il reçu la plus récente, celle où elle lui annonçait son arrivée, peu de temps avant sa mort. Sarah, qui ne voulait pas qu'il puisse lui interdire de partir, l'avait postée juste avant de monter dans le train. « L'aurais-tu fait, papa ? se demanda-t-elle. Ou aurais-tu enfin accepté de partager la vérité avec moi ? » La croyait-il trop faible, trop fragile pour partager la vie qu'il avait choisie ? L'était-elle ?

Avec un soupir, elle regarda autour d'elle. Quatre chambres, un salon donnant à l'ouest... S'il fallait en croire Jake Redman, la fenêtre ouvrait bien à l'ouest. Mais la maison tout entière était à peine plus grande que la chambre que Sarah partageait avec Lucilla au pensionnat. Et bien trop petite pour contenir tout ce qu'elle avait apporté de Philadelphie. Elle avait empilé ses malles dans un coin. Pour se faire plaisir, elle avait sorti quelques-uns de ses objets favoris : l'une de ses aquarelles représentant des fleurs des champs, un délicat flacon de parfum de verre bleu, un joli coussin brodé au petit point et la poupée en porcelaine que son père lui avait envoyée pour ses douze ans.

Cela ne lui permettait pas encore de se sentir chez elle, mais c'était déjà mieux.

Elle replaça les lettres dans la boîte en fer-blanc posée près du lit. A présent, elle devait songer aux questions pratiques. D'abord, l'argent. Avec ces cinq dollars en moins, il ne lui en restait plus que vingt. Combien de jours cela lui permettrait-il de tenir ? Elle l'ignorait. Sûrement pas très longtemps. Ensuite, venait la nourriture ; c'était même le problème le plus urgent. Sarah avait trouvé un peu de farine, quelques boîtes de haricots, un peu de lard et une bouteille de whiskey. Une main pressée sur l'estomac, elle se dit qu'elle devrait se contenter des haricots. Restait à savoir comment allumer du feu dans la vieille cuisinière abîmée.

Armée de quelques brindilles ramassées dans le coffre à bois et d'une boîte d'allumettes, elle s'avoua vaincue au bout d'une demi-heure d'efforts — une demi-heure durant laquelle elle laissa échapper quelques paroles bien senties qui n'auraient pas été du goût des bonnes sœurs.

Ecœurée, elle considéra d'un regard furieux les brindilles à moitié consumées. Jake Redman ! Il aurait tout de même pu lui proposer d'allumer le poêle et d'aller chercher de l'eau... Elle avait déjà fait un aller-retour au ruisseau et n'en avait rapporté qu'un demi-seau péniblement rempli avec le mince filet d'eau qui coulait entre les galets.

Elle mangerait les haricots froids, décida-t-elle. En tout cas, elle prouverait à Jake Redman qu'elle était parfaitement capable de se débrouiller seule.

Tirant de son étui le couteau de chasse de son père, elle ne put s'empêcher de frémir à la vue de la terrible lame à double tranchant. Puis elle transperça le couvercle de la boîte et entreprit de l'ouvrir. Trop affamée pour faire la fine bouche, elle s'assit près de la cheminée de pierre et dévora les haricots.

Elle n'avait qu'à envisager tout cela comme une aventure, se dit-elle. Une aventure qu'elle raconterait dans ses lettres à ses amies de Philadelphie. Son histoire serait bien meilleure que les médiocres romans à deux sous que Lucilla cachait dans leur chambre…

Dans ces romans, l'héroïne était en général une pauvre victime impuissante face au destin qui l'accablait, qui attendait qu'un héros vienne la délivrer avec éclat — et presque toujours de la même façon. Jetant un coup d'œil sur la maison maintenant propre et bien rangée, Sarah engloutit une autre cuillerée de haricots. Elle, elle n'était pas impuissante ; et puis, à n'en pas douter, il ne se trouvait sans doute pas de héros à cent milles à la ronde.

L'attitude de Jake Redman n'avait rien eu d'héroïque, en fin de compte — même si elle avait pu le croire à le voir chevaucher près de la diligence. Ce n'était qu'un homme grossier, avec un regard glacé et un tempérament bouillonnant. Il était très loin de l'idée que Sarah se faisait d'un héros. Si elle devait être sauvée — et ce n'était pas le cas —, elle préférait que ce fût par quelqu'un de mieux élevé — un officier de cavalerie, peut-être. Un homme qui porterait un sabre, une arme de gentleman.

La boîte de haricots terminée, Sarah eut un hoquet et s'essuya la bouche du revers de la main. Comme elle s'appuyait contre la cheminée, elle perdit l'équilibre. Une pierre venait de se desceller. S'écartant, Sarah frotta son coude endolori. Elle allait remettre la pierre en place quand quelque chose retint son attention. Elle s'accroupit de nouveau, enfonça la main dans le trou et en tira lentement un petit sac de toile.

Des pièces d'or… Sarah les vida dans sa jupe, les yeux écarquillés, et les compta : il y avait là deux cent trente dollars. Une main pressée sur la bouche, elle les considéra un instant, puis entreprit de les compter une nouvelle fois. Elle ne s'était pas trompée. Quelque temps plus tôt, elle n'aurait pas su ce que représentait tant d'argent. A présent, elle le savait : elle pourrait s'acheter de quoi se nourrir, se chauffer, et tout ce qu'il lui faudrait pour se débrouiller dans sa nouvelle vie.

Elle remit les pièces dans le sac, puis chercha encore dans le mur. Cette fois, elle en tira le titre de propriété de la mine. Quel drôle d'homme devait être son père, pensa-t-elle, pour cacher tous ses biens derrière une pierre…

Le dernier objet qu'elle découvrit dans la cachette, et le plus précieux, fut le journal de Matt. Cette découverte la ravit. Le petit cahier brun couvert de l'écriture crispée de son père signifiait plus pour elle que tout l'or de l'Arizona. Un long moment, elle le serra sur son cœur comme elle aurait aimé serrer son père. Puis elle rangea les pièces d'or et la concession, gardant le journal. Chaque soir, elle lirait le récit d'une de ses journées. Ce serait comme un cadeau, une récompense qui la rapprocherait chaque jour un peu plus de cet homme qu'elle n'avait jamais vraiment connu. Mais pour l'instant il fallait qu'elle retourne au ruisseau, qu'elle se lave de son mieux et qu'elle puise de l'eau pour le lendemain matin.

*
* *

Jake la vit sortir de la cahute, un seau dans une main et une lanterne dans l'autre. Il s'était installé le plus confortablement possible au creux des rochers. Il avait dans sa sacoche assez de viande fumée et de biscuits pour constituer un repas convenable. Pas celui qu'il avait prévu, mais convenable quand même.

Pourquoi avait-il décidé de rester et de veiller sur cette donzelle ? Il eût été bien en peine de le dire. Ce que faisait cette fille ne le regardait en rien. Pourtant, alors qu'il chevauchait vers la ville en la maudissant, il s'était rendu compte qu'il ne pouvait pas s'en aller ainsi et la laisser seule.

Peut-être parce qu'il savait ce que c'était que d'avoir tout perdu. Ou parce qu'il avait été seul aussi pendant plus d'années qu'il ne voulait s'en souvenir. Ou encore — le diable l'emporte ! — à cause de cette façon qu'elle avait eue de dévaler la colline, son bonnet à la main, des larmes séchant sur ses joues.

Il ne se savait pas sensible à ce point. En tout cas pas vis-à-vis des femmes. De toute façon, songea-t-il en se levant, il n'avait rien de mieux à faire.

Il resta à bonne distance derrière elle. Avancer en silence, où qu'il soit, de jour ou de nuit, était pour lui une seconde nature. C'était une question de survie, ainsi qu'une question de sang. Dans sa jeunesse, il avait passé quelques années avec le peuple de sa grand-mère. Il y avait appris ce qu'un homme blanc n'apprendrait jamais sur la façon de suivre une piste sans laisser de trace, de chasser sans un bruit.

Pour ce qui était de la fille, elle portait toujours cette ridicule robe à tournure et des bottines mieux faites pour des trottoirs de ville que pour un terrain escarpé. Par deux fois, il dut s'arrêter tant elle progressait lentement ; même en rampant, il l'aurait rattrapée.

Elle allait probablement se casser une cheville avant d'arriver… Et, au bout du compte, ce serait sans doute la meilleure chose qui pourrait lui arriver. Il n'aurait plus qu'à la ramener en ville. L'idée de la reprendre dans ses bras n'était d'ailleurs pas pour déplaire à Jake. Il avait aimé la sensation qu'elle lui procurait. Un peu trop, même.

Quand elle poussa un cri strident, effrayée par un lièvre qui lui avait coupé le chemin, et qu'elle atterrit sur sa jolie tournure, il ne put s'empêcher de sourire.

Non. L'adorable petite duchesse de Philadelphie ne tiendrait pas une journée.

Une main sur le cœur, Sarah se releva. Elle n'avait jamais vu un lapin aussi énorme. Avec un gémissement de détresse, elle s'aperçut qu'elle avait déchiré l'ourlet de sa jupe. Comment faisaient les femmes, dans ce pays ? se demanda-t-elle en se remettant à marcher. Par cette chaleur, un corset semblait pareil à une armure de fer ; quant aux jupes à la mode, elles ne permettaient que d'avancer à petits pas.

Lorsqu'elle atteignit le ruisseau, elle se laissa tomber sur un rocher et sortit son crochet à boutons pour défaire ses bottines. Sentir l'air frais sur ses pieds nus lui donna une impression proche de l'extase. Elle avait une ampoule au talon, constata-t-elle, mais elle s'en soucierait plus tard. Pour l'instant elle n'avait qu'une envie : s'asperger d'eau fraîche.

Elle regarda prudemment autour d'elle, avant de se raisonner : il ne pouvait y avoir personne. En même temps, pourtant, il lui semblait qu'on l'observait... Mais c'était sans doute une réaction naturelle quand on se trouvait seule au milieu d'une région sauvage, juste avant le coucher du soleil. Elle dégrafa le camée qui ornait son col et le rangea avec soin dans une poche ; c'était l'unique souvenir qu'elle avait de sa mère.

Chantonnant pour se tenir compagnie, elle déboutonna son corsage et le plia sur un rocher. Ensuite, avec le plus vif des soulagements, elle défit son corset. Enfin, elle pouvait respirer ! Avec un peu plus de hâte, à présent, elle quitta tout sauf sa chemise et enleva ses bas.

Merveilleux ! Quand elle mit le pied dans l'eau qui lui arrivait jusqu'à la cheville, elle ferma les yeux et laissa échapper un gémissement de plaisir. Le ruisseau, qui descendait des montagnes, était aussi clair et frais que de la glace.

Sapristi, qu'est-ce qu'il lui prenait ? Jake lâcha un juron étouffé et détourna les yeux. Il n'avait pas besoin de ça ! Qui aurait pensé que cette femme se mettrait à jouer dans l'eau quasiment nue alors que la nuit allait tomber ? Comme il lui jetait un coup d'œil, il s'aperçut qu'elle se penchait pour mouiller son visage.

Rien ne la séparait d'elle, à part un rayon de soleil et des ombres grandissantes. Sa chemise de coton, humide, collait par endroits à sa peau. Lorsqu'elle se pencha de nouveau pour recueillir de l'eau dans ses mains, les dentelles de son décolleté s'écartèrent comme pour mieux agacer Jake.

Accroupi derrière son rocher, c'est lui qu'il se mit à maudire.

Il ne pouvait s'en prendre qu'à lui-même. Ne savait-il pas qu'il valait toujours mieux ne s'occuper que de ses propres affaires ? Mais il avait fallu qu'il intervienne quand les Apaches avaient attaqué cette diligence. Il avait fallu que ce soit lui qui apprenne à la jeune fille que son père était mort. Il avait fallu qu'il se sente obligé de l'accompagner jusqu'ici — et qu'il reste, par-dessus le marché ! Alors qu'en ce moment même il devrait être en train de prendre du bon temps chez Carlotta, pour y boire quelques verres de whiskey, avant de passer la nuit dans un lit de plume, en compagnie d'une femme sachant ce qui plaît à un homme, et ne posant pas sans arrêt des questions stupides.

Un nouveau regard vers Sarah, et il découvrit que les bretelles de sa chemise avaient glissé sur ses bras. Ses épaules nues étaient pâles et lisses comme de la nacre ; quant à ses jambes mouillées, elles luisaient doucement dans la lumière du soir.

Il était resté beaucoup trop longtemps sur la piste, se dit-il, s'il se mettait à soupirer de la sorte après une de ces femmes de la ville, trop maigres et qui ne savent même pas distinguer l'est de l'ouest.

Sarah remplit le seau de son mieux, puis sortit du ruisseau. La nuit tombait beaucoup plus vite qu'elle ne s'y attendait. Mais au moins se sentait-elle de nouveau humaine. Le seul fait de penser à son corset lui faisait mal aux côtes ; elle décida donc de s'en passer. Quand elle eut enfilé son corsage et sa jupe, elle hésita devant ses bottines et ses bas. Après tout, songea-t-elle, il n'y avait personne pour la désapprouver. Elle roula le tout en boule et se mit en route, l'eau clapotant dans le seau tandis qu'elle cheminait avec précaution.

Elle dut se raisonner pour ne pas courir. Avec le crépuscule, l'air se rafraîchissait rapidement. Et il y avait tous ces bruits, des bruits qu'elle ne reconnaissait pas et qui lui faisaient peur : des hululements, des cris sourds, des frôlements. Les pierres entamaient ses pieds nus, et la lanterne créait plus d'ombre qu'elle n'en dissipait. Dans ces conditions, le demi-mille lui parut beaucoup, beaucoup plus long à parcourir qu'à l'aller.

De nouveau, elle eut l'impression désagréable d'être observée. Qu'est-ce que cela pouvait bien être ? Des Apaches ? Des pumas ? Maudit soit Jake Redman, qui lui avait mis ces idées dans la tête. A présent, la petite maison en pisé lui semblait un havre de paix. Courant presque sur les derniers mètres, elle franchit enfin la porte et la verrouilla derrière elle.

Le premier coyote hurla à la lune.

Sarah crispa les paupières. Si elle survivait à cette nuit, elle ravalerait sa fierté et retournerait en ville.

3

Sarah s'éveilla peu après le lever du soleil.

Elle se sentait raide, courbatue et affamée. Elle se tourna pour dormir encore, dormir jusqu'au moment où la femme de chambre de Lucilla leur apporterait leur chocolat. Elle avait fait un cauchemar épouvantable : un homme aux yeux gris l'emmenait dans un endroit désert, où régnait une chaleur de plomb. S'il était beau, comme tout homme se doit de l'être dans un rêve, il avait aussi quelque chose de sauvage, de rude. Sa peau lisse avait la couleur du bronze. Ses pommettes, très hautes, lui donnaient un air exotique. Une barbe sombre mangeait ses joues et ses cheveux aussi noirs que du charbon étaient décoiffés ; très drus, ils descendaient plus bas que son col. Dans son rêve, elle s'en souvenait, Sarah s'était demandé quel effet cela lui ferait d'y glisser les mains.

Il avait quelque chose de familier, presque comme si elle le connaissait. En fait, quand il l'avait forcée à l'embrasser, un nom avait traversé son esprit. Puis, il n'avait plus eu à la contraindre à quoi que ce soit.

Encore ensommeillée, Sarah sourit. Il faudrait qu'elle

raconte ce rêve à Lucilla. Elles en riraient avant de s'habiller pour la journée.

Paresseusement, elle ouvrit les yeux.

Elle ne se trouvait pas dans la chambre rose et blanche où elle dormait quand elle venait chez Lucilla. Ni dans la chambre familière qui était la sienne depuis des années au pensionnat.

Non, elle était dans la maison de son père, se souvint-elle alors que tout lui revenait à la mémoire. Elle se trouvait dans la maison de son père, et son père était mort. Elle était seule. Au prix d'un violent effort, elle parvint à ne pas enfouir son visage dans son oreiller pour pleurer. Il fallait qu'elle décide de ce qu'elle allait faire, et pour cela elle devait garder les idées claires.

Un moment, la veille, elle avait eu la certitude que la meilleure solution pour elle était de rentrer en ville et d'utiliser l'argent qu'elle avait trouvé pour payer son retour dans l'Est. Au mieux, la famille de Lucilla la recueillerait. Au pis, elle retournerait au pensionnat. Mais cela, c'était avant d'ouvrir le journal de son père. Les deux premières pages — les deux seules qu'elle s'était autorisée à lire — avaient suffi à la faire douter.

Il avait commencé ce journal le jour où il l'avait quittée pour partir vers l'Ouest. L'amour et l'espoir qui l'animaient transparaissaient dans chaque mot. Sa tristesse, aussi. Il avait encore le cœur à vif après le décès de sa femme.

Pour la première fois, Sarah comprit à quel point il avait été ravagé par la perte de cet être dont ils avaient tous deux partagé si brièvement l'existence. Et combien il s'était senti désarmé en se retrouvant seul avec une petite fille. Il avait promis à sa femme, sur son lit de mort, qu'il ferait en sorte de donner à leur fille tout ce qu'il lui faudrait.

Sarah se souvenait encore des mots qu'il avait tracés sur le papier jauni :

« Elle me quittait. Il n'y avait rien que je pusse faire pour la retenir. Vers la fin, elle souffrait tant que je priais Dieu de vite la prendre. Mon Ellen, ma toute petite, ma délicate Ellen… Ses pensées étaient toutes pour moi et pour notre mignonne Sarah. Je lui ai promis. Le seul réconfort que je pouvais lui apporter était ma promesse. Notre fille aurait tout ce qu'Ellen souhaitait pour elle : une bonne éducation et l'église le dimanche. Elle serait élevée de la façon dont mon Ellen l'aurait élevée, comme une dame. Un jour, elle vivrait dans une belle maison et elle pourrait être fière de son père. »

Il était venu ici pour cela, se dit Sarah en repoussant la mince couverture. Et elle devinait qu'il avait fait de son mieux. Maintenant, c'était à elle de définir ce qui était le mieux pour elle.

Mais si elle voulait réfléchir, il fallait d'abord qu'elle mange.

Lorsqu'elle eut revêtu sa plus vieille jupe et son plus vieux chemisier, elle entreprit un nouvel inventaire du placard. Pour rien au monde elle ne pouvait envisager un autre plat de haricots froids. Peut-être y avait-il quelque part un garde-manger, un fumoir, quelque chose… Elle poussa la porte d'entrée et s'immobilisa, éblouie par le soleil aveuglant.

Au début, elle crut à un mirage. Mais les mirages n'avaient pas d'odeur. Or ce mirage-là dégageait un délicieux fumet de viande rôtie et de café chaud. Et *qui* se tenait près du feu de camp entouré de pierres, assis en tailleur ? Jake Redman…

Empoignant ses jupons, Sarah oublia sa faim pour marcher sur lui d'un pas belliqueux.

— Que faites-vous ici ?

Il leva les yeux et lui adressa un bref signe de tête. Puis il versa du café d'un petit pot dans une tasse en fer-blanc toute bosselée.

— Je prends mon petit déjeuner.

— Vous avez fait tout ce chemin pour venir déjeuner ici ?

Sarah ignorait ce qu'il faisait tourner sur la broche. Ce qu'elle savait, en revanche, c'est que son estomac était prêt à avaler n'importe quoi.

— Bien sûr que non.

Il goûta la viande et la jugea à point.

— Je ne suis jamais parti. J'ai dormi là-bas, dans les rochers, ajouta-t-il en désignant l'endroit du menton.

— Là-bas ? s'exclama Sarah en ouvrant de grands yeux. Mais pourquoi ?

Il la regarda de nouveau. L'expression de ses yeux était telle que les mains de la jeune fille se mirent à trembler nerveusement. Même si c'était ridicule, elle avait l'impression qu'il savait exactement à quoi elle ressemblait en chemise.

— Disons que le trajet était trop long pour rentrer avant la nuit.

— Je ne m'attendais vraiment pas que vous me surveilliez, monsieur Redman. Je vous avais dit que j'étais parfaitement capable... Qu'est-ce que c'est ?

Du menton, elle désigna ce que Jake avait commencé de manger avec les doigts. Il semblait se délecter.

— Du lapin.

— Du lapin ?

Sarah plissa le nez en pensant à celui qu'elle avait aperçu la veille, mais son estomac la trahit. Elle ajouta vite :

— Je suppose que vous l'avez attrapé sur mes terres ?

— Bien possible.

— Dans ce cas, le moins que vous puissiez faire est de m'en offrir un peu.

Obligeamment, Jake arracha un morceau de viande.

— Allez-y.

— N'avez-vous pas de... Ça ne fait rien.

A la guerre comme à la guerre, se dit-elle. Elle prit la viande et le café que Jake lui tendait et s'installa sur un rocher.

— Vous avez dîné, hier soir ? lui demanda-t-il.

— Oui, merci.

Dès la première bouchée, elle eut la certitude que jamais, de sa vie, elle n'avait mangé quelque chose d'aussi bon que ce lapin rôti.

— Vous êtes un excellent cuisinier, monsieur Redman.

— Je me débrouille.

Il lui offrit un autre morceau. Cette fois, elle n'hésita pas.

— Non, merci. Mais c'est délicieux.

Comme elle doutait qu'il ait des serviettes dans sa sacoche de selle, elle se lécha les doigts.

— Meilleur qu'une boîte de haricots froids, en tout cas, remarqua-t-il.

Piquée au vif, Sarah leva les yeux. Jake ne la regardait même pas.

— Je suppose, murmura-t-elle.

C'était la première fois qu'elle prenait son petit déjeuner avec un homme, et elle s'avisa qu'il serait de bon ton de lancer une conversation anodine.

— Dites-moi, monsieur Redman, quelle est votre profession ?

— Je n'y ai jamais beaucoup pensé.

— Mais vous devez bien avoir un travail quelconque ?

— Non.

Jake s'adossa à un rocher, sortit sa blague à tabac et entreprit de se rouler une cigarette. Cette jeune personne était étonnante. Elle était aussi fraîche qu'une pâquerette. A la voir, on aurait cru qu'elle avait passé la nuit dans un hôtel de luxe, pas dans une cahute de terre.

Apparemment, faire la conversation après avoir mangé du lapin rôti au petit déjeuner exigeait une certaine habileté, constata Sarah. Patiemment, elle lissa sa jupe et fit une nouvelle tentative.

— Vivez-vous depuis longtemps dans l'Arizona ?

— Pourquoi ?

— Je…

Le regard lisse et froid que Jake lui jeta fit bafouiller Sarah.

— Simple… curiosité.

— Je ne sais pas ce qu'il en est là-bas, à Philadelphie, mais par ici les gens n'aiment pas beaucoup les questions.

— Je vois.

Sarah se redressa. Elle n'avait jamais rencontré quelqu'un chez qui la grossièreté fût aussi naturelle.

— Dans une société civilisée, reprit-elle, ce genre de questions est juste une façon d'entamer la conversation.

— Par ici, c'est le meilleur moyen d'entamer une bagarre.

Il frotta une allumette sur le rocher, tira sur sa cigarette et demanda :

— Voulez-vous vous bagarrer avec moi, duchesse ?

— Je vous saurais gré de ne plus m'appeler ainsi.

Jake lui sourit. Ses yeux étaient dissimulés par le bord de son chapeau.

— Vous avez pourtant l'air d'une duchesse, dit-il, surtout quand vous êtes en rogne.

Sarah ne put s'empêcher de hausser le menton. Toutefois, elle répondit d'un ton calme et posé :

— Je ne suis pas en colère, bien qu'à plusieurs reprises vous vous soyez montré grossier, impudent et contrariant. Dans la région d'où je viens, monsieur Redman, une femme est en droit d'attendre un peu plus d'amabilité et de galanterie de la part d'un homme.

— Ah oui ?

Lorsqu'il dégaina lentement son revolver, Sarah en resta bouche bée.

— Ne bougez pas.

Bouger ? Elle n'osait même pas respirer ! Bonté divine… Elle l'avait à peine accusé de grossièreté, et il allait lui tirer dessus !

— Monsieur Redman, je ne…

La balle explosa contre la roche à quelques centimètres d'elle. Avec un cri perçant, elle s'affala dans la poussière. Quand elle trouva le courage de relever les yeux, Jake était debout, à côté d'elle, et tenait à la main une chose morte, hideuse.

— Un serpent à sonnette, annonça-t-il sans s'émouvoir.

Comme Sarah gémissait et se couvrait les yeux, il l'attrapa par le bras et la força à se redresser.

— A votre place, je le regarderais bien, dit-il en lui présentant le reptile. Si vous restez par ici, vous avez des chances d'en voir d'autres.

Le dédain qu'il exprimait empêcha Sarah de s'évanouir.

— Voudriez-vous avoir la gentillesse d'écarter ça ? demanda-t-elle d'une voix à peine audible.

Jake marmonna un juron et jeta le serpent, puis il entreprit d'éteindre le feu. Sarah sentait son maigre repas monter et descendre désagréablement dans son estomac ; elle attendit que sa nausée se calme pour faire remarquer :

— A ce qu'il semble, vous m'avez sauvé la vie.

— Ce n'est pas la peine d'en faire un plat.

— Telle n'est pas mon intention, rassurez-vous…

Elle se leva, bien droite, cachant ses mains tremblantes dans les plis de sa jupe.

— … J'ai apprécié votre invitation, monsieur Redman. A présent, si vous voulez bien m'excuser, j'ai un certain nombre de choses à faire.

— Commencez donc par grimper dans le chariot ; je vous ramène en ville.

— Merci beaucoup, je vous sais gré de cette offre. En fait, j'ai besoin de faire des provisions.

Jake la toisa avec sévérité.

— Bon sang, vous devez bien avoir assez de cervelle pour vous rendre compte que vous n'êtes pas faite pour vivre ici, non ? La ville est à deux heures de route. Dans ce coin, il n'y a rien d'autre que des cobras et des coyotes !

Il avait sans doute raison. La nuit que Sarah avait passée dans la cahute avait été la plus solitaire et la plus terrible de sa vie. Pourtant, à un moment donné, entre le lapin et le serpent, elle avait pris sa décision : la fille de Matt Conway n'allait pas laisser les efforts et les rêves de ce dernier retomber en poussière.

Avec l'aide du ciel, elle resterait.

— Mon père a vécu ici, déclara-t-elle avec ferveur. Cet endroit était important pour lui. C'est pourquoi j'ai l'intention de rester. Maintenant, si vous voulez bien atteler le chariot, je vais me changer.

— Vous changer ?

— Bien sûr ! Je ne peux tout de même pas me rendre en ville dans cette tenue.

Jake la détailla du regard. Avec son chemisier immaculé et sa jupe de toile, elle était déjà assez pomponnée pour se rendre à l'église. Jamais il n'aurait cru qu'une simple pièce de toile pût avoir autant d'allure sur une femme.

— Lone Bluff n'est pas Philadelphie. C'est un trou perdu. Si vous voulez que j'attelle le chariot je vais le faire… mais vous auriez intérêt à regarder comment je m'y prends. La prochaine fois, il n'y aura personne pour vous aider.

Là-dessus, il jeta sa sacoche sur son épaule et s'éloigna.

Très bien ! se dit Sarah après avoir inspiré à fond. Sa remarque était juste. Il était temps qu'elle apprenne à se débrouiller seule. Plus tôt elle saurait, plus vite elle pourrait se passer de lui.

La tête haute, elle le rejoignit. Elle l'observa tandis qu'il sortait les chevaux. La suite lui parut assez simple : il suffisait d'attacher une chose ici, une autre là et le tour était joué. Les hommes ! pensa-t-elle avec un petit sourire. Ils se faisaient toujours un monde de rien du tout.

— Merci, monsieur Redman. Attendez-moi un instant, je vous prie. J'arrive.

Bon sang, ne comprenait-elle donc rien à rien ? Jake inclina son chapeau sur son front. La veille, il avait quitté la ville avec elle ; s'il la ramenait ce matin, c'en serait fini de la réputation de cette jeune personne. Même Lone Bluff avait ses règles de bienséance. Dans la mesure où elle souhaitait rester, même temporairement, elle aurait besoin de tout le soutien des femmes de la ville.

— J'ai des choses à faire de mon côté, mam'zelle.

— Mais…

Déjà, il était en train d'enfourcher son propre cheval. Serrant les dents, Sarah pénétra d'un pas rageur dans la maison. Elle mit vingt dollars dans son réticule puis, après réflexion, s'empara du fusil de son père, qui était accroché au mur. Elle ne savait absolument pas comment s'en servir, mais elle se sentirait plus protégée si elle l'avait avec elle.

Jake, en selle, l'attendait.

— La route vous conduira tout droit en ville, lui dit-il tandis qu'elle attachait son bonnet. Vous n'aurez qu'à donner un dollar à Lucius ; il vous reconduira ici et ramènera l'équipage au loueur.

— Un dollar, répéta Sarah en posant le fusil dans le chariot. Vous m'en avez pris cinq.

— Je ne suis pas Lucius, souligna Jake avec un grand sourire.

Il toucha son feutre d'un doigt et s'en alla.

Si Sarah eut vite fait de monter dans le chariot, il lui fallut un moment pour oser prendre les rênes. Elle avait beau se considérer comme une excellente cavalière, elle n'avait encore jamais conduit d'attelage.

« Après tout, ça ne doit pas être bien difficile », se dit-elle. Les chevaux firent trois tours sur place avant de se laisser guider vers la route. Jake, qui observait la scène du haut d'une crête, songea qu'il n'avait pas autant ri depuis des mois.

Lorsqu'elle atteignit Lone Bluff, Sarah transpirait abondamment ; ses mains étaient raides, éraflées et elle avait les reins en feu. Quand elle descendit devant l'épicerie, elle crut que ses jambes allaient se dérober. Elle lissa sa jupe, se tamponna le front.

— Jeune homme, lança-t-elle à un garçon qui jouait avec un bâton, connaissez-vous quelqu'un appelé Lucius ?

— Tout le monde connaît le vieux Lucius.

Satisfaite, Sarah tira une pièce de sa bourse.

— Trouvez-le et dites-lui que Mlle Sarah Conway désire le voir, et ça sera pour vous.

Le gamin contempla la pièce, imaginant sans doute déjà les friandises qu'il pourrait s'offrir avec.

— Bien, m'dame.

Et il détala à toutes jambes. Au moins, pensa Sarah, les enfants semblaient-ils être à peu près les mêmes partout — que ce soit dans l'Est ou dans l'Ouest.

Elle pénétra dans le magasin. Plusieurs clients allaient et venaient, examinant les marchandises et bavardant. Ils s'arrêtèrent tous pour la regarder, avant de retourner à leurs occupations. La jeune femme qui se tenait derrière le comptoir vint alors à sa rencontre.

— Bonjour. Puis-je faire quelque chose pour vous ?

— Oui. Je suis Sarah Conway.

— Je sais...

La petite brune sourit, et des fossettes se creusèrent dans ses joues.

— … Vous êtes arrivée hier par la diligence. Je suis désolée pour votre père. Tout le monde aimait Matt.

— Merci.

Sarah répondit à son sourire et ajouta :

— Je vais avoir besoin de pas mal de provisions.

— Vous comptez vraiment rester là-bas, dans la maison de Matt ? toute seule ?

— Oui. Au moins pour l'instant.

— A votre place, je serais morte de peur.

Elle décocha un coup d'œil appréciateur à Sarah, puis lui tendit la main.

— Je suis Liza Cody. Sans rapport.

— Pardon ?

— Sans rapport avec Buffalo Bill — dont le vrai nom est William Cody. Tout le monde me pose la question. Bienvenue à Lone Bluff.

— Merci.

Aidée de Liza, Sarah commença à amasser des provisions — et des connaissances. En l'espace de vingt minutes, elle salua la moitié de la population féminine de Lone Bluff, eut droit à une recette pour confectionner de délicieux petits pains et dut donner son avis sur le calicot qui venait d'arriver de Saint Joe.

Son moral remonta en flèche. Les femmes d'ici s'habillaient peut-être moins élégamment que dans l'Est, mais elles étaient très sympathiques.

— Mam'zelle…

Sarah se retourna et découvrit Lucius, son chapeau à la main. Derrière lui, le jeune garçon dansait presque d'impatience à l'idée de toucher sa pièce. Dès qu'il l'eut dans la main, il fila vers les pots de bonbons et se mit à négocier.

— Monsieur…

— Appelez-moi Lucius, mam'zelle.

— Soit. Eh bien, Lucius, on m'a dit que vous accepteriez peut-être de me raccompagner chez moi, puis de ramener le chariot ici.

Il poussa sa chique dans sa joue et réfléchit.

— Ben… oui, ça se pourrait bien.

— Je pense vous donner un dollar pour votre peine.

L'homme sourit, dévoilant quelques dents jaunies.

— Heureux de vous servir, mam'zelle Conway.

— Peut-être pourriez-vous commencer par charger mes provisions ?

Sarah se tourna vers Liza.

— Mademoiselle Cody…

— Liza, je vous prie.

— Liza, auriez-vous du thé ? Et je rêverais d'avoir des œufs frais.

— Le thé, je n'en vends pas beaucoup ; mais j'ai quelques paquets dans l'arrière-boutique.

Elle ouvrit une porte, laquelle livra passage à trois chiots au ventre rebondi.

— John Cody, espèce de petit monstre ! Je t'avais dit de laisser ces chiens dehors.

Sarah se mit à rire et s'accroupit pour les caresser.

— Oh ! ils sont adorables !

— Un par un, peut-être, bougonna Liza. Mais à trois

ils constituent une véritable plaie. Tenez, hier soir encore, ils ont rongé un sac de farine. Quand papa le saura, il va passer une sacrée dérouillée à Johnny.

Un petit mâle, avec un cercle noir autour de l'œil gauche, sauta sur les genoux de Sarah. Il eut aussitôt fait sa conquête.

— Tu sais que tu es un séducteur, toi ? lança-t-elle en riant tandis qu'il lui léchait le visage.

— Dites plutôt un bandit.

— Voudriez-vous m'en vendre un ?

— Le vendre ? s'exclama joyeusement Liza, qui était en train d'attraper un sachet de thé sur une étagère. Mon père vous paierait plutôt pour que vous le preniez !

— Vraiment ?

Sarah se redressa, le chiot dans les bras.

— Je serais ravie d'en avoir un. Il me tiendrait compagnie.

— Si vous voulez celui-là, vous pouvez l'emmener tout de suite, assura Liza.

Elle sourit quand le petit chien lécha encore la joue de Sarah.

— Il semble vous avoir adoptée, en tout cas.

— Je m'occuperai bien de lui, je vous le promets.

Passant le chien sur son autre bras, Sarah sortit sa bourse et paya.

— Merci pour tout.

Liza rendit la monnaie à sa cliente. Son père serait content, pensa-t-elle. Pas seulement à cause du chien, mais aussi parce que Mlle Conway payait comptant. Quant à elle, elle était heureuse d'avoir une nouvelle cliente aussi jeune et jolie, qui devait tout savoir sur les dernières modes.

— J'ai été ravie de vous connaître, mademoiselle Conway.

— Sarah.

Liza sourit de nouveau et accompagna sa cliente à la porte.

— J'irai peut-être vous voir, si cela ne vous ennuie pas.

— Au contraire ! Venez quand vous voudrez.

Soudain, Liza changea d'attitude ; elle porta une main à ses cheveux et tapota son chignon d'un air coquet.

— Bonjour, monsieur Carlson.

— Liza, vous êtes toujours aussi jolie.

Elle sourit et battit des cils, bien que le regard de Carlson se fût fixé sur Sarah.

— Samuel Carlson, voici Sarah Conway.

— Enchanté.

Le sourire du jeune homme rendait son visage fin encore plus attrayant, et le bleu de ses yeux brillants encore plus profond. Lorsqu'il porta la main de Sarah à ses lèvres avec une galanterie pleine d'aisance, celle-ci fut doublement heureuse d'être venue en ville.

Il y avait donc des gentlemen à Lone Bluff ! Bien fait de sa personne, Samuel Carlson était en outre bien habillé. Il portait une superbe redingote noire et une chemise immaculée ; sa moustache nette était du même châtain un peu roux que ses cheveux coupés avec soin. En homme bien élevé, il avait ôté son chapeau pour saluer Sarah. La jeune fille remarqua qu'il s'agissait d'un très beau chapeau, noir aussi, avec une chaîne d'argent en guise de bande.

— Je vous offre ma plus profonde sympathie pour ce deuil cruel, mademoiselle Conway. Votre père était quelqu'un de bien et un bon ami.

— Merci. C'est une consolation pour moi de savoir qu'il était estimé.

— On dit que vous allez passer quelque temps chez nous ?

Carlson se pencha vers le chiot pour lui gratter l'oreille, et l'animal répondit à son attention par un grondement sourd.

— Tais-toi ! dit Sarah avec un petit sourire d'excuse. Oui, j'ai décidé de rester. Au moins pour l'instant.

— Si je puis vous être d'une aide quelconque, j'espère que vous me le ferez savoir. La vie ici ne ressemble certainement pas à ce que vous avez connu jusque-là…

Sarah prit cette remarque comme un compliment. Ce M. Carlson était de toute évidence un homme du monde, et il semblait avoir des moyens.

— Merci.

Elle tendit le chiot à Lucius tandis que Samuel Carlson l'aidait à monter dans le chariot.

— Vous rencontrer a été un plaisir, monsieur Carlson, lui dit-elle.

— Tout le plaisir a été pour moi, mademoiselle Conway.

— Au revoir, Liza. J'espère que vous viendrez vite me voir.

Sarah installa le chiot sur ses genoux. Pour son malheur, du moins le pensa-t-elle, elle jeta un coup d'œil de l'autre côté de la rue. Jake se trouvait là. Appuyé à un poteau, une main dans sa poche, il la regardait. Elle lui adressa un signe de tête glacial, puis regarda droit devant elle en même temps que Lucius lançait les chevaux.

Quand le chariot s'éloigna, les deux hommes s'observèrent. Ils n'échangèrent aucun signe. Ils se contentèrent de se dévisager, froidement et prudemment, de part et d'autre de la rue.

Sarah éprouvait un véritable sentiment de triomphe.

D'abord, il y avait le petit chien qui, tandis qu'elle rangeait ses provisions, tournait autour d'elle, visiblement aussi content qu'elle de leur arrangement. Avec lui, elle ne se sentirait plus aussi seule, la nuit. Ensuite, il y avait tous ces gens qu'elle avait rencontrés, dont certains deviendraient peut-être des amis. Enfin, Sarah était satisfaite de voir son placard plein, et la cuisinière allumée, grâce à l'aide de Lucius.

Ce soir, après dîner, elle écrirait à Lucilla et à la mère supérieure. Elle lirait encore une page ou deux du journal de son père, puis elle se pelotonnerait sous la couverture fraîchement aérée.

Quant à Jake Redman, qu'il aille au diable ! pensa-t-elle en se baissant pour taquiner le ventre du chiot.

Un verre de whiskey à la main, Jake regardait Carlotta aller et venir dans la salle. C'était vraiment une belle fille.

Ses cheveux avaient la couleur des pépites d'or ramassées dans une rivière, ses lèvres celle des rideaux de velours carmin qui ornaient son boudoir privé.

Elle portait du rouge, ce soir : une espèce de fourreau brillant qui moulait ses courbes voluptueuses et faisait ressortir la blancheur de sa gorge lisse, généreusement découverte. Ses épaules étaient nues. Jake avait toujours pensé que les épaules d'une femme suffisaient à damner un homme.

Sans qu'il sache trop pourquoi, il songea alors à Sarah, debout dans le ruisseau, le corps luisant d'eau. Troublé par cette vision, il avala une autre gorgée de whiskey.

Tout comme Carlotta, ses filles étaient apprêtées pour séduire. Avec elles, les clients du Silver Star en avaient pour leur argent. De l'avis de Jake, le bordel de Carlotta était de loin le meilleur de l'Arizona. Peut-être même de tout l'ouest du Mississippi. Le whiskey n'était pas trop allongé et les filles étaient douées. Un homme pouvait même croire qu'elles aimaient leur travail. Quant à Carlotta, Jake était sûr qu'elle l'aimait vraiment.

Pour elle, néanmoins, l'argent passait avant tout. Un soir qu'elle avait trop bu, elle lui avait avoué qu'elle prélevait pour elle une bonne part de ce que ses filles touchaient. Et si un client décidait de faire un cadeau supplémentaire à l'une de ses pensionnaires, elle prenait aussi sa part dessus. Elle rêvait d'aller s'installer à San Francisco, dans une grande maison pleine de lustres de cristal, de miroirs dorés et de tapis rouges. Carlotta adorait le rouge.

Mais pour l'instant, comme eux tous, elle était bloquée à Lone Bluff.

Après une nouvelle rasade, Jake l'observa. Elle se mouvait comme une reine, ses lèvres pleines souriant sans cesse, son froid regard bleu toujours aux aguets. Elle s'assurait que ses filles poussaient bien les clients à leur offrir de nombreux verres. Le barman ne leur servait que de l'eau colorée, mais l'essentiel était que les clients payent. Et ils étaient heureux de payer, avant de monter avec leur compagne d'un soir dans l'une des étroites chambres situées au premier.

Sacré boulot ! pensa Jake en prenant l'un des cigares que Carlotta offrait à ses clients et qu'elle faisait venir spécialement de Cuba. Ils avaient un arôme riche et délicat…

Aussitôt, une des filles glissa jusqu'à lui pour allumer son cigare et l'inviter par la même occasion à une autre sorte de plaisir. Il refusa d'un signe de tête, bien incapable de dire pourquoi elle ne l'attirait pas : elle était chaude comme un fruit mûr, parfumée comme un bouquet de roses. Pourtant, il n'en avait pas envie.

Carlotta vint le rejoindre à sa table, laissant un sillon de parfum derrière elle.

— Tu vas vexer mes filles, remarqua-t-elle. Tu ne vois rien qui te plaise ?

— Si, au contraire.

— Tu me paies à boire ?

Avant qu'il ait pu répondre, Carlotta fit un léger signe de la main. Une fille apporta bientôt un verre ainsi qu'une autre bouteille. Carlotta, elle, ne buvait pas d'eau colorée.

— Ça fait un moment qu'on ne t'a pas vu, souligna-t-elle.

— Je n'étais pas dans le coin.

Carlotta but une gorgée d'alcool et laissa la chaleur envahir ses veines. Elle préférerait toujours l'alcool à un homme.

— Tu comptes rester quelque temps ?

— Possible.

— Il paraît qu'il y a eu du grabuge, hier, avec la diligence, et que tu es intervenu. Les bonnes actions, ça ne te ressemble guère, Jake. D'ailleurs, c'est pour ça que tu me plais, ajouta-t-elle en glissant une main sur sa cuisse.

— J'étais là, c'est tout.

Carlotta sourit et lui prit son cigare pour en tirer une bouffée.

— J'ai entendu dire aussi que la fille de Matt Conway est en ville... Tu travailles pour elle ?

— Comment ça ?

— On raconte que tu l'as accompagnée chez elle.

Elle souffla lentement un nuage de fumée et ajouta :

— Je ne te vois pas piocher dans une mine pour trouver de l'or, Jake. Il est bien plus simple de le prendre ailleurs.

— Autant que je sache, on n'a jamais trouvé beaucoup d'or dans cette mine-là, répondit Jake en reprenant le cigare. Ce n'est pas ton avis ?

— Je ne sais que ce qu'on dit, moi. Or, les gens n'ont jamais été très bavards au sujet de Conway.

Carlotta n'avait pas envie d'avouer ce qu'elle savait. Ce soir, il y avait dans l'air quelque chose qui la rendait nerveuse. Peut-être avait-elle besoin d'autre chose que de whiskey, après tout.

— Contente que tu sois de retour, Jake. La vie commençait à devenir un peu fade, par ici.

Elle se servit un autre verre.

— Si aucune de mes filles ne t'intéresse, on pourrait peut-être trouver un autre arrangement... Au bon temps d'autrefois, Jake, lança-t-elle en levant son verre.

Jake la regarda. Son teint blanc faisait ressortir ses yeux bleus, qui étincelaient. Au-dessus du velours rouge de sa robe, ses seins palpitaient, invitant aux caresses. Il savait de quoi elle était capable avec un homme quand elle en avait envie. Mais ce soir elle ne l'excitait pas, et sa propre indifférence le déconcertait et le rendait furieux.

— Une autre fois, peut-être.

Il se leva, jeta quelques pièces sur la table, puis sortit.

Le regard de Carlotta se durcit. Elle ne s'offrait qu'à de rares privilégiés et n'appréciait pas d'être rejetée.

Le chiot sommeillant à ses pieds, Sarah referma le journal de son père. Le convoi dans lequel se trouvait Matt avait été attaqué par des Indiens ; pourtant, malgré l'horreur du carnage qu'il décrivait en termes simples et forts, il avait continué parce qu'il voulait devenir quelqu'un.

Pour sa fille.

Elle frissonna sous son châle et rangea le livre dans sa cachette. Si elle avait lu ce récit à Philadelphie, elle l'aurait cru exagéré. A présent, elle savait.

Avec un petit soupir, elle regarda ses mains lisses et soignées. Elles n'étaient pas faites pour la vie ici, elle le craignait. Puis, tandis qu'elle poussait le verrou de la porte, elle se dit que c'était la nuit qui lui mettait ces idées noires en tête. En tout cas, elle n'avait pas perdu son temps, en cette première journée : elle s'était rendue en ville toute seule, elle avait fait un stock de provisions et replanté le potager. Son dos, douloureux, lui rappelait que chaque heure avait été bien remplie. Et demain, elle recommencerait.

Le hurlement solitaire d'un coyote fit battre son cœur. Elle prit le chiot contre elle et monta se coucher.

Elle était en chemise de nuit, quand le petit chien se mit à aboyer et à grogner. Exaspérée, Sarah le retint au moment où il allait sauter de l'estrade.

— Tu vas te rompre le cou !

Comme il se débattait pour se libérer et continuait à gronder, elle le prit dans ses bras.

— D'accord, d'accord. S'il faut absolument que tu sortes, allons-y. Mais tu aurais pu le dire avant que je me mette au lit.

Elle descendit avec lui et aperçut les flammes par la fenêtre.

— Oh ! mon Dieu ! gémit-elle en courant vers la porte.

Le petit chien se rua dehors dès qu'elle ouvrit. Les mains sur les joues, Sarah contempla le feu qui montait dans le ciel et dévorait le bois sec de l'écurie. Un cri perçant, semblable à celui d'une femme, troua la nuit.

Les chevaux de son père ! Ne suivant que son instinct, Sarah se mit à courir. Les chevaux roulaient des yeux sauvages, ils frappaient le sol de leurs sabots avec des hennissements terrifiés.

Marmonnant une prière, Sarah tira le premier dehors et lui donna une tape sur les flancs pour qu'il s'éloigne. Le feu avançait rapidement, il grimpait le long des murs et, déjà, les premières flammes léchaient avec avidité le toit. Le foin avait été touché et flambait.

Aveugle, à cause de la fumée qui lui piquait les yeux, elle se fraya tant bien que mal, à tâtons, un chemin vers la deuxième stalle. Toussant, en sueur, elle lutta contre l'animal qui reculait et se serrait contre elle. Puis elle hurla à son tour lorsqu'une planche enflammée tomba dans son dos. Le feu gagnait, de plus en plus proche de l'ourlet de sa chemise. D'un geste sec, elle arracha son châle, le jeta sur les yeux du cheval et le tira hors de l'écurie.

Aveuglée par la fumée, elle rampa de façon à se mettre en sécurité. Derrière elle, elle entendait les murs qui s'effondraient et le grondement des flammes qui dévoraient le bois sec. L'écurie n'existait plus. Elle était détruite, saccagée. De rage, de dépit, Sarah aurait voulu frapper la terre de ses poings et pleurer. Mais le feu pouvait s'étendre…

Terrifiée par cette idée, elle se redressa sur ses mains et ses genoux. Il fallait qu'elle empêche ça ! Soudain, elle perçut le bruit d'un cheval lancé au galop ; au moment où elle se relevait, elle reçut un coup violent sur la tête.

4

La nuit était claire. Une moitié de lune se découpait nettement dans le ciel tandis que les étoiles brillaient comme des têtes d'épingles. Jake, lui, chevauchait tranquillement tout en argumentant avec lui-même.

Ressortir à une heure pareille était stupide. D'autant plus stupide qu'en ce moment même il aurait dû se trouver dans un lit, avec Carlotta blottie contre lui. Enfin, « blottie », c'était beaucoup dire. Carlotta n'était pas du genre à se blottir ; c'était plutôt une dévoreuse. Avec elle, l'amour était une affaire rondement menée. Vite fait, bien fait et sans complications. Avec elle, au moins, il n'y avait pas tromperie sur la marchandise. Entre ses mains les hommes n'étaient que des jetons de poker. Et pour tout dire, Jake ne s'en plaignait pas. Ce n'était pas Carlotta qui s'attendait qu'on lui offre des bouquets, des boîtes de chocolat ou qu'on lui rende visite le dimanche.

Sarah Conway, c'était une autre histoire. Une femme comme elle exigeait sans doute qu'un homme vienne lui faire la cour en col dur. Et avec une cravate, par-dessus le marché. Jake grogna et força son cheval à se mettre au trot. Avant de songer à lui faire un brin de conversation, il lui faudrait d'abord cirer ses bottes. Avec elle, l'amour...

Le juron que laissa échapper Jake fit dresser les oreilles à son mustang. On ne faisait pas l'amour avec une femme de ce genre ! C'était une chose à laquelle on ne pensait même pas. Et même si l'on y pensait...

Ça ne l'intéressait pas, point final.

Alors, pourquoi diable se rendait-il chez elle au milieu de la nuit ?

— Ridicule, marmonna-t-il.

Un engoulevent piqua sur une proie et la tua presque sans bruit. La vie était avant tout une question de survie ; et pour survivre, il fallait se montrer impitoyable. Jake le comprenait, l'admettait. Mais Sarah... Pour elle, songea-t-il en secouant la tête, survivre consistait à porter des rubans assortis à sa robe.

Il ferait beaucoup mieux de tourner bride et de rentrer en ville. Peut-être même de traverser Lone Bluff sans s'arrêter pour se rendre à Tombstone, où il pourrait rester quelque temps. Là-bas, il y aurait toujours du travail pour lui, s'il en avait envie. Mais il préférerait encore grimper dans les montagnes, là où l'air est frais et empli du merveilleux parfum des pins. Il était libre et avait bien l'intention de le rester.

Il ne changea pas pour autant de direction.

Quand il redescendrait de la montagne — s'il redescendait —, Mlle Sarah Conway serait partie depuis longtemps. Pour l'instant, c'était son entêtement qui la retenait là, rien d'autre ; et même l'entêtement finissait par céder un jour ou l'autre. Si elle n'était plus là, Jake cesserait peut-être d'avoir constamment l'impression d'être sur le point de faire une grosse bêtise.

De son point de vue, trois raisons poussaient les hommes à commettre leurs plus grandes erreurs : l'argent, le whiskey et les femmes. Or à ce jour, aucune des trois n'avait suffisamment compté pour lui pour qu'il s'en soucie ou en vienne à se battre. Et il ne comptait pas changer.

Même si cette femme-là était différente... Oui, différente. C'était d'ailleurs ce qui le tracassait le plus. Il avait toujours été capable de voir clair dans le jeu des gens qu'il avait en face de lui et, plus d'une fois, ça l'avait aidé à rester en vie. Mais il n'arrivait pas à percer Sarah Conway à jour, ni à comprendre pourquoi il tenait à s'assurer qu'elle ne risquait rien. Ne serait-il pas en train de s'amollir ? Bon sang, cette idée ne lui plaisait pas du tout.

En outre, il ne pouvait s'empêcher de compatir. Faire un voyage pareil pour découvrir que son père vient de mourir... Il était bien forcé d'admirer la façon dont elle tenait bon, dont elle s'acharnait à vouloir rester auprès de la mine. C'était stupide, mais on était quand même obligé de l'admirer.

Avec un haussement d'épaules, il regarda au loin, devant lui. Il arrivait bientôt chez Conway, de toute façon. Autant jeter un coup d'œil et s'assurer que Sarah ne s'était pas tiré dans le pied en manipulant le fusil de son père.

Il sentit l'odeur du feu avant de le voir.

Sa tête se redressa, comme celle d'un loup flairant un ennemi. Au même instant, le mustang rua et montra le blanc de ses yeux. Quand Jake aperçut la première flamme, il lança l'animal au galop.

Qu'est-ce que cette petite idiote avait encore fabriqué ?

Les occasions où il avait vraiment connu la peur étaient rares. Il n'aimait pas en sentir le goût dans sa bouche. Or, c'était ce goût-là qu'il sentait tandis qu'il imaginait Sarah prisonnière de la maison en feu.

Une autre image lui vint, ancienne, celle d'un moment d'épouvante où se mêlaient le feu, des cris, des pleurs et des coups de fusil. Il avait connu la terreur, ce jour-là. La terreur et la haine, ainsi qu'une angoisse qu'il s'était juré de ne plus jamais éprouver.

Jake constata avec soulagement que ce n'était pas la maison qui brûlait, mais seulement l'écurie, transformée en fournaise. Quand le toit finit de s'écrouler, les flammes jaillirent dans un grondement menaçant. C'est alors que Jake aperçut deux cavaliers qui grimpaient dans les rochers. Il avait déjà dégainé un revolver et rassemblé son sang-froid, lorsqu'il découvrit Sarah, allongée sur le sol. Il mit aussitôt pied à terre et courut jusqu'à elle.

Son visage était aussi blême que la lune. Une forte odeur de fumée se dégageait d'elle. Comme il s'agenouillait près d'elle, un petit chien fauve se mit à gronder et à le mordiller. Jake le repoussa.

— C'est un peu tard pour jouer au chien de garde, vieux.

La bouche crispée, il posa une main sur le cœur de Sarah. Une vive émotion s'empara de lui quand il le sentit battre faiblement. Avec douceur, il souleva la tête de la jeune fille. Sous ses doigts, il reconnut le contact chaud et poisseux du sang. Il regarda de nouveau vers les rochers, les paupières plissées. Puis, en prenant toutes les précautions possibles, il la souleva dans ses bras et la transporta à l'intérieur.

Le seul endroit confortable où il pouvait l'allonger était le lit en planches, sur l'estrade. Il y monta tandis que le chiot geignait et sautait au bas de l'échelle. Jake le fit taire. Puis, se félicitant que Sarah ait eu l'idée d'aller chercher de l'eau fraîche, il se prépara à laver sa blessure.

Etourdie, Sarah sentit quelque chose de frais sur sa tête. Elle pensa que sœur Angelina, la religieuse à la voix douce qui l'avait veillée quand, à douze ans, elle avait eu un accès de fièvre, la soignait. Elle avait mal, mal partout, mais il était rassurant d'être là, en sécurité dans son propre lit, de savoir qu'il y avait quelqu'un pour prendre soin d'elle et tout arranger. Parfois, se souvint-elle, la sœur chantait et lui prenait la main.

Avec un petit gémissement, elle chercha à tâtons la main de la religieuse. Les doigts qui se refermèrent sur les siens n'avaient rien de doux, leur étreinte était de fer. Désorientée, Sarah crut alors que son père était revenu auprès d'elle, et elle ouvrit les yeux.

Au début, tout lui parut vague, comme si elle regardait à travers de l'eau. Puis, lentement, elle distingua un visage. Un visage aux traits marqués, à la peau lisse, qu'elle avait déjà vu. Le visage d'un homme sans foi ni loi. Elle en avait rêvé, non ? Incertaine, elle leva la main pour le toucher. Il était rude, hérissé de barbe, chaud. Des yeux gris… Des yeux gris et un chapeau gris. Oui, c'est cela, elle avait rêvé de lui.

— Non, murmura-t-elle. Ne m'embrassez pas.

Le visage fut éclairé d'un sourire. Ce fut un sourire si bref, si lumineux, si séduisant que Sarah aurait voulu le provoquer de nouveau.

— Je crois que je peux me contrôler, dit l'homme. Buvez ceci.

Il porta une timbale aux lèvres de Sarah, qui aspira avidement une gorgée. Le whiskey sema une trace brûlante dans sa gorge, puis dans son estomac.

— C'est horrible ! Je n'en veux pas.

— C'est pour ramener un peu de couleur sur vos joues, expliqua l'homme en posant le gobelet.

— Je voudrais…

Déjà, l'alcool faisait son effet, et l'esprit de Sarah s'éclaircissait.

— Le feu ! s'écria-t-elle. Il y a le feu !

Elle voulut quitter le lit, mais Jake la retint. Comme sa chemise s'enroulait autour d'elle, une bride glissa sur son bras.

— Restez là. Si vous vous levez maintenant, vous allez tomber et vous faire mal. Ce serait dommage d'abîmer votre joli nez.

Sarah toussait, à présent. La gorge irritée, elle avait du mal à respirer. Elle s'accrocha à Jake pour reprendre son équilibre, puis se laissa aller contre lui, épuisée, et posa la joue contre son torse.

— Le feu…, murmura-t-elle encore.

— Je sais.

Un mélange de soulagement et de plaisir envahit Jake tandis qu'il caressait les cheveux de la jeune fille. Sa joue était posée sur son cœur comme si cette place lui avait toujours été destinée.

— Le mal est fait, à présent.

— Mais l'incendie pourrait s'étendre ! Il faut que je l'arrête !

— Non, il ne s'étendra pas. Il n'y a plus rien pour l'alimenter, et pas de vent pour le transporter ailleurs. Vous avez perdu la remise, c'est tout.

Il l'aida à se recoucher, avec des gestes doux et attentionnés.

— J'ai fait sortir les chevaux, dit Sarah dans un souffle. Je n'étais pas sûre d'y arriver.

La tête lui tournait, elle était parcourue d'ondes de douleur. Pourtant, la voix de Jake et la caresse de ses mains la calmaient merveilleusement. Réconfortée, elle ferma les yeux.

— Vous avez bien fait. Reposez-vous, à présent.

Alors qu'il aurait voulu lui parler davantage, il ne trouvait pas les mots. Il se contenta donc de lui passer le linge humide sur le visage.

Sarah chercha sa main et la porta à sa joue.

— Ne partez pas ! Je vous en prie, ne partez pas.

Il lui repoussa les cheveux en arrière, tout en combattant ses propres démons. Lui aussi avait besoin d'elle ; si elle ouvrait les yeux, si elle le regardait encore, si elle le touchait de nouveau, il serait perdu.

— Je reste là, promit-il. Dormez, maintenant.

— Le chiot aboyait. J'ai cru qu'il avait besoin de sortir, alors…

Soudain, dans une sorte de sursaut, Sarah revint complètement à elle. Elle ouvrit les yeux.

— Monsieur Redman ! Que faites-vous ici ? demanda-t-elle d'un ton scandalisé. Je ne suis pas habillée !

Jake laissa tomber le linge humide dans la bassine. Puis, avec une pointe de regret, même s'il était heureux de voir les yeux de Sarah briller de nouveau, il ramena la couverture sur elle.

— J'ai eu bien du mal à ne pas y faire attention. Vous vous sentez mieux ?

— Monsieur Redman, je n'ai pas l'habitude de recevoir des hommes dans ma chambre ! reprit Sarah.

Jake prit le gobelet et but une gorgée de whiskey. Maintenant que la jeune fille était redevenue elle-même, il mesurait la terreur qu'il avait éprouvée. Une terreur viscérale.

— Laver une plaie à la tête n'est guère une visite de courtoisie, rétorqua-t-il.

Sarah se redressa sur ses coudes. Avec un grognement, elle porta une main à sa nuque.

— J'ai dû me blesser en tombant.

— Possible. Ecoutez, puisque je vous ai ramassée par terre et portée jusqu'ici, il me semble que j'ai le droit de savoir ce qui s'est passé.

— Je ne le sais pas exactement.

Avec un soupir, Sarah se laissa aller contre l'oreiller qu'elle avait acheté le matin même. Oui, il avait sans doute le droit de savoir ; en outre, elle avait besoin de parler à quelqu'un.

Brièvement, elle lui relata les faits.

— Je ne comprends pas comment le feu a pu prendre, conclut-elle. Il faisait encore jour quand je suis allée nourrir les chevaux, je n'avais pas de lampe.

De nouveau, elle porta une main à sa tête et ferma les yeux.

— J'ai couru pour sortir les bêtes. Tout allait si vite… Je n'avais jamais rien vu de pareil. Le toit s'effondrait, les chevaux étaient terrifiés. J'avais lu quelque chose à ce sujet : les chevaux ont une telle peur du feu, paraît-il, qu'ils paniquent et brûlent vifs. Je n'aurais pas supporté une chose pareille. Et si vous les aviez entendus crier… On aurait dit des hurlements de femme. C'était horrible.

— Oui, je sais.

Jake se rappelait une autre grange, un autre feu, des chevaux qui avaient eu moins de chance.

— Je me souviens d'être tombée quand je suis sortie pour la deuxième fois, poursuivit Sarah. Je crois que je suffoquais à cause de la fumée. Au moment où je me relevais, j'ai eu l'impression que quelque chose heurtait ma tête. Peut-être l'un des chevaux, à moins que je n'aie frappé le sol en retombant.

Elle rouvrit les yeux et regarda Jake. A le voir ainsi, assis sur le lit, les cheveux en bataille, le regard intense, elle le trouva magnifique. Aussitôt, elle se demanda si elle ne délirait pas.

— Et puis, vous êtes arrivé, reprit-elle. Pourquoi ?

— Je passais de ce côté, et j'ai vu le feu.

Jake baissa les yeux sur le gobelet. S'il devait rester longtemps encore à contempler le jeu de la lumière sur la peau nue de la jeune fille, il lui faudrait plus qu'un verre d'alcool pour calmer ses ardeurs. Il décida de lui parler des cavaliers.

— J'ai également vu deux cavaliers qui s'éloignaient.

— Qui s'éloignaient ?

L'indignation de Sarah était telle qu'elle se redressa, en dépit de sa tête douloureuse.

— Vous voulez dire que des gens se trouvaient ici et qu'ils n'ont pas essayé de m'aider ?

Un long moment durant, Jake l'observa. Elle paraissait si fragile... aussi fragile que ces bibelots que l'on place dans une vitrine. Toutefois, fragile ou non, il fallait qu'elle sache ce qui l'attendait.

— A mon avis, ils avaient bien d'autres intentions...

Une lueur de frayeur s'alluma dans les yeux de Sarah, bientôt remplacée par une flambée de colère.

— Vous voulez dire qu'ils sont venus chez moi... pour brûler ma grange ? Mais pourquoi ?

A l'évidence, elle avait oublié qu'elle ne portait qu'une simple chemise et qu'elle se trouvait seule avec un homme, au milieu de la nuit. Lorsqu'elle s'assit, la couverture tomba autour de sa taille, révélant à Jake un spectacle des plus troublants. Ses petits seins ronds palpitaient, ses cheveux dorés par la lampe tombaient sur ses épaules et dans son dos. Jake ne les avait jamais vus dénoués. Quel bonheur ce devait être pour un homme que de plonger les mains dans cette cascade soyeuse… Il chassa aussitôt cette idée.

La fureur avait ramené des couleurs sur les joues de Sarah, ses yeux brillaient comme de l'or en fusion.

— Apparemment, ils ont voulu vous donner un avertissement — sans doute pour que vous réfléchissiez à deux fois avant de vous installer ici.

Sarah se pencha en avant, et le décolleté de sa chemise bâilla sur sa poitrine. Gêné, Jake détourna les yeux.

— C'est absurde ! Pourquoi quelqu'un se soucierait-il d'une maison en pisé et d'une remise branlante ?

— Vous oubliez la mine. Certains iraient bien plus loin que ça pour de l'or.

Avec un grognement dégoûté, Sarah posa les coudes sur ses genoux.

— De l'or ? Pensez-vous que mon père aurait vécu dans ces conditions si la mine contenait plus que quelques pépites ?

— Si c'est ce que vous pensez, vous, pourquoi rester ?

— Je ne crois pas que vous puissiez comprendre. Cette maison, ce lopin de terre sont tout ce que je possède, tout ce qui me reste de mon père, avec sa montre en or. Je tiens à le garder. Si quelqu'un a voulu me jouer un mauvais tour…

— A mon avis, c'est plus qu'un mauvais tour. Quelqu'un estime apparemment que cette mine a plus de valeur que vous ne le dites. Quand on va jusqu'à tuer des chevaux et frapper une femme, il ne s'agit pas d'une plaisanterie. Même ici.

De nouveau, Sarah toucha sa blessure. Ainsi, il pensait qu'on l'avait frappée… Et il avait raison ! se dit-elle avec un frisson. Oui, sans nul doute il avait raison.

— Personne ne réussira à me faire partir, affirma-t-elle avec force. Demain, j'irai voir le shérif et je trouverai un moyen de protéger mes biens.

— Comment ?

— Je n'en sais rien, mais je trouverai, répéta Sarah farouchement.

Jake la croyait. Et peut-être même l'aiderait-il, tant sa haine pour les incendiaires était grande.

— Il se peut qu'on vous offre de vous racheter la propriété, murmura-t-il d'un ton pensif.

— Jamais ! Je ne vendrai pas et je ne partirai pas. Si jamais je retourne un jour à Philadelphie, ce sera parce que je l'aurai décidé, pas parce qu'on m'y aura forcée.

— Très bien. Maintenant, vous feriez mieux de dormir un peu. La journée sera longue, demain.

Sarah lui jeta un regard indécis. Dormir ? Elle n'oserait jamais fermer les yeux. Et si ses assaillants revenaient ?

Jake, constata-t-elle, avait tout prévu.

— Cela ne vous ennuie pas que je passe la nuit dehors ? demanda-t-il.

Un moment, Sarah soutint son regard. La compréhension et le calme qui se lisaient dans ses yeux gris lui donnaient envie de poser la tête sur son épaule, de remettre son sort entre ses mains. Si elle le faisait, il accepterait, elle le savait. Mais elle n'osait pas.

— Bien sûr que non, répondit-elle enfin. Monsieur Redman… j'ai une dette de plus envers vous. Depuis que nous nous connaissons, vous m'avez déjà sauvée plusieurs fois.

— Ça s'est trouvé comme ça, c'est tout… J'ai une question à vous poser, avoua Jake après une courte hésitation.

— Laquelle ?

— Pourquoi m'avez-vous demandé de ne pas vous embrasser, tout à l'heure ?

Les doigts de Sarah se crispèrent sur la couverture.

— Pardon ?

— Quand vous êtes revenue à vous, vous m'avez regardé longuement et vous m'avez demandé de ne pas vous embrasser.

Sarah sentit ses joues s'empourprer. « Garde ta dignité », se dit-elle. Même dans ce genre de situation, une femme se devait de garder sa dignité.

— Apparemment, je n'avais pas tous mes esprits.

Jake hocha la tête et sourit, ce qui accrut la nervosité de la jeune fille. Puis, parce qu'il ne pouvait résister, il caressa une mèche de ses cheveux.

— Que dois-je entendre par là ?

Sarah faillit s'étrangler. A le voir ainsi, à moitié dissimulé dans l'ombre, mystérieux et fascinant, elle avait autant de mal à respirer qu'avec un corset trop serré.

— Monsieur Redman, je vous assure…

Il était tout proche, à présent, si proche que son souffle

effleurait les lèvres de Sarah. Sans le vouloir, elle les entrouvrit.

Un instant, le regard de Jake se posa sur elles.

— Vous vous demandiez peut-être quel effet cela vous ferait…

— Certainement pas !

Ce déni manquait de sincérité, et tous deux le savaient.

— Je crois que je vais y réfléchir de mon côté, murmura Jake.

Le problème, c'était qu'il y avait déjà beaucoup trop réfléchi. S'il la touchait, en cette minute précise, rien ne pourrait plus l'arrêter : il grimperait avec elle dans ce lit et prendrait tout ce qu'il voudrait.

« Il va m'embrasser », pensait Sarah, prise de vertige.

Qu'il se baisse un peu plus, et sa bouche se poserait sur la sienne. Dure, ferme, dominatrice… Sarah savait que la bouche de Jake serait ainsi. S'il la prenait dans ses bras en cet instant, elle serait incapable de rien faire pour se défendre. Mais aurait-elle vraiment envie de lui résister ?

Soudain, il se leva. Elle remarqua qu'il était obligé de courber la tête pour ne pas heurter le toit. Le cœur de Sarah battait si fort qu'il devait l'entendre, elle en était certaine. Elle n'aurait su dire s'il battait ainsi de peur ou d'excitation.

Lentement, Jake se pencha et souffla la flamme de la lampe à pétrole. Puis, dans le noir, il quitta l'estrade et sortit dans la nuit.

Frissonnante, Sarah se blottit sous la couverture. Cet homme était… Elle ne trouvait pas les mots pour le qualifier. Une chose était sûre, en tout cas : elle ne pourrait fermer l'œil.

Elle se trompait.

Quand Sarah s'éveilla, il lui sembla que son crâne avait été ouvert en deux et qu'un orchestre de tambours et de clairons y avait été glissé. Avec un gémissement, elle s'assit sur le bord du lit et se prit la tête entre les mains. Elle aurait tant voulu que ce ne soit qu'un cauchemar… Mais l'élancement au-dessus de sa nuque et, au pied du lit, la bassine pleine d'une eau rougie étaient là pour la ramener à la réalité.

Elle commença à s'habiller avec des gestes prudents. Afin de ménager son cuir chevelu, elle attacha simplement ses cheveux avec un ruban. L'idée d'utiliser des épingles la faisait frémir. A présent, il fallait qu'elle aille constater l'étendue des dégâts. Pourvu que les chevaux reviennent… Avec le peu d'argent qu'elle possédait, elle ne pourrait certainement pas en racheter d'autres.

Quand elle sortit, la violence du soleil lui arracha un cri. De petits points rouges dansèrent devant ses yeux tandis que sa vision se brouillait. S'appuyant un instant au montant de la porte, elle rassembla ses forces avant d'aller plus loin.

L'écurie avait disparu.

A la place, il ne restait que des décombres, un amas de bois calciné. Sarah s'en approcha. Elle sentait encore l'odeur âcre de la fumée — en fermant les yeux, il lui semblait même toujours entendre le bruit terrifiant du feu qui dévorait le bois sec —, et la chaleur, intense. Jamais elle n'oublierait cette fournaise, ni ce qu'elle signifiait.

Cette grange n'était pas grand-chose, mais elle lui appartenait. Dans une société civilisée, tout vandale ayant détruit la propriété d'autrui devait être puni. Et bien qu'elle se trouvât dans l'Arizona, elle veillerait à ce que justice soit faite.

En attendant, elle était seule. Toute seule. Debout au milieu de la cour, elle tendit l'oreille. Elle n'avait jamais entendu pareil silence. Il y avait un peu de vent, un vent brûlant, mais il ne faisait aucun bruit et n'agitait même pas les buissons qui poussaient entre les rochers. Le seul son qui parvenait était le halètement du chiot, assis à ses pieds.

Les chevaux s'étaient enfuis. Jake Redman aussi, constata-t-elle en pivotant sur place. Et c'était mieux ainsi, car elle se rappelait bien trop nettement ce qu'elle avait éprouvé quand il s'était assis sur son lit dans le cercle de la lampe et qu'il avait touché ses cheveux. Elle s'était sentie bête. Bête, faible et, surtout, consentante.

Il ne servait à rien d'en avoir honte, maintenant, mais elle se jura qu'une chose pareille ne se produirait plus. Jake Redman n'était pas le genre d'homme avec qui une femme pouvait se permettre de flirter sans conséquence. Même si elle n'avait pas une grande expérience des hommes, elle savait reconnaître un individu dangereux. Certaines femmes, elle n'en doutait pas, étaient attirées par ce type d'homme : l'aventurier sans attaches, capable de tuer sans remords ni regrets, arrivant et partant quand bon lui semble. Pas elle. Quand elle déciderait de donner son cœur à un homme, ce serait à quelqu'un qu'elle comprendrait et respecterait.

Avec un soupir, elle se baissa pour prendre le petit chien qui gémissait à ses pieds. La façon dont il pressa son museau contre son visage la réconforta. Quand elle tomberait amoureuse, quand elle se marierait, pensa-t-elle encore, ce serait avec un homme digne, bien élevé, un homme qui la chérirait et la protégerait — non pas avec ses poings ou avec des revolvers, mais avec son honneur. Ils seraient dévoués l'un à l'autre, ainsi qu'à la famille qu'ils construiraient ensemble. Il serait fort, cultivé et respecté par la communauté.

Telles étaient les qualités qu'on lui avait appris à rechercher chez un homme, songea-t-elle en caressant la tête du chiot. Alors pourquoi, depuis qu'elle était arrivée ici, avait-elle cette impression curieuse que ce qu'on lui avait appris n'était pas nécessairement vrai ?

Quelle importance, de toute façon ? Pour l'instant, elle avait trop de choses à faire pour avoir le temps de rêvasser. Elle devait trouver un moyen de bâtir une nouvelle écurie. Ensuite, il faudrait qu'elle essaie de marchander un chariot et un nouvel équipage. Du bout de sa chaussure, elle remua quelques bouts de charbon.

Elle allait les disperser d'un coup de pied rageur, quand elle entendit approcher des chevaux.

Prise de panique, elle tourna sur elle-même, prête à appeler au secours. Mais elle ne vit que la terre calcinée par le soleil et les rochers déserts. « Aide-toi et le ciel t'aidera », se rappela-t-elle en se ruant dans la maison, le chiot sur ses talons.

Quand elle ressortit, le fusil de son père en mains, ses genoux flageolaient.

Jake l'aperçut dans l'encadrement de la porte. Ses yeux étaient pleins de crainte et de fureur. Avec une sorte de surprise douloureuse, il songea alors que c'était le genre de femme pour qui un homme accepterait de mourir. Il glissa à bas de son cheval.

— Je vous serais obligé de pointer ça ailleurs, mam'zelle.

Sarah était prête à s'évanouir de soulagement.

— Oh… Je pensais que vous étiez parti, monsieur Redman.

Jake inclina la tête, posant un regard insistant sur le fusil.

— Oh ! répéta Sarah.

Elle abaissa le canon. Elle se sentait ridicule, non à cause du fusil mais parce que, dès qu'elle l'avait aperçu, toutes ses grandes théories sur ce qu'elle voulait ou ne voulait pas s'étaient effondrées. Il se tenait devant elle, l'air sombre, intrépide, ses revolvers brillant sur ses hanches, et elle devait lutter pour ne pas se jeter dans ses bras.

— Vous… vous avez retrouvé les chevaux.

Jake prit son temps pour attacher les rênes à un poteau. Après quoi, il s'approcha d'elle.

— Ils n'étaient pas loin.

Il s'empara du fusil et l'appuya contre le mur. La crosse,

qu'elle avait serrée entre ses mains nerveuses, était moite. Mais il n'avait pas vu que de la nervosité, dans les yeux de Sarah. Et il se posait des questions.

— Je vous suis très reconnaissante, murmura Sarah.

Mal à l'aise, elle se pencha pour prendre le petit chien dans ses bras. Jake ne s'était pas rasé. Au souvenir du contact de sa joue rêche sous sa paume, elle lutta pour ne pas rougir.

— Je crains de ne pas savoir quoi faire d'eux, tant que je n'aurai pas de nouvelle écurie.

Jake, qui l'observait, se demandait ce qui se passait dans sa tête.

— Un simple appentis ferait l'affaire, pour commencer. Il suffirait de fixer un toit sur un coin de l'enclos.

Trop heureuse d'en revenir à des détails pratiques, Sarah sourit timidement.

— Un appentis ? Oui, en effet. Monsieur Redman… avez-vous pris votre petit déjeuner ?

Il repoussa son chapeau.

— Non, pas vraiment.

— Si vous acceptiez de me construire cet appentis, je serais ravie de vous préparer un repas.

— Vous savez faire la cuisine ?

— Evidemment ! L'art de préparer les repas constituait une part importante de mon éducation.

De nouveau, Jake eut envie de caresser les cheveux de Sarah. Et plus encore.

— Préparer des repas, je veux bien, déclara-t-il en enfonçant un pouce dans sa poche. Mais cuisiner ?

Sarah réprima un soupir.

— Je sais cuisiner.

— Alors, marché conclu.

Comme il se dirigeait vers son cheval, Sarah le rappela.

— Monsieur Redman ?

Il la regarda par-dessus son épaule.

— Comment voulez-vous vos œufs ?

— Chauds.

Une fois dans la cuisine, Sarah se mit aussitôt à l'ouvrage. Il allait avoir ce qu'il voulait ! décida-t-elle en remuant ses casseroles. Elle allait lui préparer le meilleur petit déjeuner qu'il ait jamais mangé. Inspirant à fond, elle s'obligea à se calmer. La façon qu'il avait de lui parler commençait à l'agacer. Pourtant, elle ne se laisserait pas démonter.

Ravie d'avoir une recette toute neuve de petits pains à essayer, elle se mit au travail.

Une demi-heure plus tard, quand Jake parut sur le seuil, il fut surpris par les odeurs qui l'accueillirent. Il s'attendait à trouver la poêle à frire toute noire, les œufs brûlés. En fait, il découvrit une coupe pleine de petits pains dorés, encore tout chauds. Sarah s'affairait devant la cuisinière, chantonnant pour elle-même. Le chiot courait ici et là.

Avoir une maison à lui, Jake n'y avait jamais beaucoup pensé. Mais si la chose avait été possible, il l'aurait imaginée ainsi : une femme vêtue d'une jolie robe chantonnant devant la cuisinière, tandis que de bonnes odeurs de cuisine monteraient dans la pièce. Il comprit soudain qu'un homme pouvait être capable de tout, si la femme de sa vie l'attendait chez lui.

Alors, Sarah se retourna. Un coup d'œil à son visage, à sa silhouette élégante, suffit à Jake pour se rappeler qu'un homme comme lui ne pouvait être attendu par une femme comme elle.

— Vous arrivez à point ! lui lança-t-elle.

Elle sourit, contente d'elle-même. Parvenir à maîtriser la cuisinière était sa plus grande victoire, à ce jour.

— Il y a de l'eau fraîche dans la cuvette, si vous voulez vous laver.

Elle fit glisser les œufs brouillés sur un plat en terre.

— Je crains de ne pas avoir grand-chose à vous offrir. Je pense me procurer quelques poussins. Nous en avions à l'école et je m'y connais un peu. Avoir des œufs frais est un tel luxe, vous ne trouvez pas ?

Jake releva la tête, le visage ruisselant. Sarah avait les joues rougies par la chaleur de la cuisine ; ses manches, retroussées au-dessus du coude, laissaient voir des bras minces, d'une blancheur de lait. En cet instant, le luxe était la dernière chose que Jake avait à l'esprit.

Sans un mot, il alla s'asseoir.

Sarah n'aurait su dire quand il la déstabilisait le plus — lorsqu'il parlait ou lorsqu'il se plongeait dans ces longs silences et se contentait de la regarder. Elle décida de faire une autre tentative.

— Mme Cobb m'a donné la recette de ces petits pains, hier. J'espère qu'ils sont aussi bons qu'elle le dit.

Jake en prit un et le cassa en deux ; un petit nuage de

vapeur s'en échappa, ainsi qu'une odeur délicieuse. Sans quitter Sarah des yeux, il mordit dedans.

— Ils sont corrects.

— Je vous en prie, monsieur Redman, vos flatteries vont me monter à la tête, lança Sarah d'un ton ironique.

Elle planta sa fourchette dans ses œufs.

— On m'a présenté plusieurs dames, pendant que je faisais mes achats. Elles m'ont semblé très accueillantes.

— Je ne connais guère les dames de la ville.

En tout cas, pas celles dont parlait Sarah.

— Je vois.

Sarah mordit à son tour dans un petit pain. Il était plus que correct ! se dit-elle avec une moue. Il était délicieux.

— J'ai fait en particulier la connaissance de Liza Cody — dont les parents tiennent l'épicerie. Je l'ai trouvée très aimable. Elle a été assez bonne pour me donner l'un de leurs chiots.

Jake regarda le chien, qui reniflait sa botte en agitant la queue.

— C'est là que vous avez eu cette chose ?

— Oui. J'avais envie de compagnie.

Jake coupa un morceau de son petit pain puis, malgré les protestations de Sarah, le donna au chien.

— Pour l'instant ce n'est qu'un gringalet, mais il va être costaud, affirma-t-il.

— A quoi le voyez-vous ?

— A ses pattes. Elles sont trop grosses pour lui — et c'est ce qui le rend maladroit.

— J'imagine que j'ai intérêt à avoir un gros chien.

— Il ne vous a pas servi à grand-chose hier soir, souligna Jake en grattant les oreilles du chiot. Vous lui avez donné un nom ?

— Lafitte.

Perplexe, Jake la considéra d'un regard interrogateur.

— Qu'est-ce que c'est que ce nom-là ?

— C'est le nom d'un pirate. Et Lafitte a un rond noir autour de l'œil, comme un pirate.

— Plutôt bizarre…, marmonna Jake en avalant une bouchée d'œufs brouillés. Bandit serait mieux.

Sarah leva les sourcils.

— Jamais je ne l'appellerai Bandit !

— Un pirate est bien un bandit, non ?

— Il s'appellera Lafitte, un point c'est tout.

Jake se pencha vers le petit chien, qui attendait un autre cadeau.

— Je parie que tu te sens ridicule. Pas vrai… Lafitte ?

Vexée, Sarah se leva.

— Voulez-vous encore un peu de café, monsieur Redman ?

Elle prit la cafetière posée sur la cuisinière et, sans attendre de réponse, vint resservir Jake. Elle sentait bon, pensa-t-il. C'était un parfum doux, subtil, comme celui d'un champ de fleurs aux premiers jours du printemps. Au-dessous de ses manchettes amidonnées, ses mains étaient fines et délicates.

Inévitablement, Jake se rappela leur contact sur sa joue.

— On vous a bien élevée, marmonna-t-il.

— Pardon ?

Sarah baissa les yeux vers lui. Elle lut quelque chose dans ses prunelles grises, quelque chose qu'elle avait déjà aperçu la veille. Contrairement à ce qu'elle aurait cru, cela ne la rendit pas nerveuse ; elle en fut émue.

— La cuisine.

Jake posa une main sur la sienne pour l'obliger à redresser la cafetière, car le café allait déborder du bol. Il laissa ce contact se prolonger, sensible à la douceur de la peau lisse de Sarah et à la rapidité étonnante de son pouls. Elle ne recula pas, ne rougit pas, n'essaya pas d'ôter sa main. Elle se contenta de le regarder. Et lui mourait d'envie de répondre à la question silencieuse qu'il lisait dans ses yeux.

— Merci, lui dit-elle. Je suis heureuse que vous ayez apprécié.

— Vous prenez trop de risques, Sarah.

Lentement, quand il fut certain qu'elle avait compris ce qu'il voulait dire, il retira sa main. Le menton levé, la jeune fille alla reposer la cafetière. Comment osait-il susciter en elle de tels sentiments, pour la repousser après ?

— Vous ne me faites pas peur, monsieur Redman. Si vous deviez me faire du mal, ce serait déjà fait.

— Qui sait ? Les femmes de votre espèce peuvent user la patience d'un homme.

Sarah se retourna, une lueur de défi dans les yeux.

— De mon espèce ? Et de quelle espèce suis-je donc, je vous prie ?

— De l'espèce douce. De ces femmes douces et têtues

qui semblent toujours sur le point de tomber dans les bras d'un homme.

— Vous ne pourriez vous tromper davantage.

Le sang de Sarah s'était mis à bouillonner dans ses veines ; en réaction, elle adopta un ton glacial.

— Je n'ai aucune envie de tomber dans vos bras, ni dans ceux d'aucun autre homme, affirma-t-elle. Mon seul désir, pour l'instant, est de protéger mes biens.

— D'accord, j'ai pu me tromper.

Jake se renversa sur sa chaise. Il devait reconnaître qu'elle l'intriguait ; et il découvrait à quel point il était agréable de badiner avec une jolie femme.

— Nous le saurons tôt ou tard, reprit-il. D'ici là, comment comptez-vous protéger cet endroit ?

Sans lui demander s'il avait terminé, Sarah ôta les assiettes.

— Je vous l'ai dit, je vais avertir le shérif.

— Cela ne vous aidera pas beaucoup si l'on revient vous embêter. Il se trouve à dix milles d'ici.

— Que suggérez-vous, dans ce cas ?

— A votre place, j'engagerais quelqu'un. Quelqu'un qui puisse vous aider et qui sache manier un fusil.

Un violent frisson de plaisir parcourut Sarah, qui parvint à peine à garder un ton détaché pour déclarer :

— Vous, je suppose.

Jake lui décocha un grand sourire.

— Non, duchesse. Je ne cherche pas ce genre de boulot. Je pensais à Lucius.

Les sourcils froncés, Sarah entreprit de récurer la poêle.

— Il boit.

— Qui ne boit pas ? Donnez-lui deux repas par jour et un coin où dormir, et il fera l'affaire. Une femme seule dans un endroit pareil, c'est un appel au crime. Les types qui ont incendié votre grange hier soir auraient pu faire pis que de vous coller une bonne migraine.

Voilà qui avait le mérite d'être clair. Et d'ailleurs, Sarah y avait pensé elle-même. Elle aurait préféré Jake — uniquement parce que c'était quelqu'un de capable, bien sûr ! —, mais Lucius ferait l'affaire.

— Vous avez peut-être raison, concéda-t-elle.

— Il n'y a pas de peut-être. Vous êtes incapable de survivre ici par vous-même.

— Pourquoi m'insultez-vous ?

— La vérité n'est pas toujours agréable à entendre, duchesse.

Les dents serrées, elle manipula bruyamment la vaisselle.

— Je vous ai déjà dit…

— Une seconde. Qu'auriez-vous fait, ce matin, si quelqu'un d'autre était arrivé à ma place ?

— Je me serais défendue.

— Vous avez déjà joué avec un Henry ?

Sarah lui jeta un coup d'œil scandalisé.

— Avec qui ?

Jake poussa un long soupir, puis se leva.

— Un Henry, duchesse, c'est ce que vous pointiez sur ma ceinture tout à l'heure : votre fusil.

— Non, je ne m'en suis jamais servie, mais cela ne doit pas être très compliqué. D'ailleurs, je n'avais pas l'intention de tirer.

— Et que pensiez-vous faire ? Danser avec ?

D'un geste furieux, Sarah attrapa une assiette.

— Monsieur Redman, je suis lasse de vos sarcasmes. Je comprends parfaitement que vous puissiez tirer sur un homme et tourner ensuite les talons, mais on m'a appris — à juste titre — que tuer est un péché.

— Vous avez tort. Survivre n'est jamais un péché. Or tuer, ici, c'est souvent une question de survie.

— Si vous le pensez vraiment, j'en suis navrée pour vous.

Sa pitié, Jake n'en voulait pas. Ce qu'il voulait, c'était qu'elle reste en vie.

Il s'approcha d'elle et lui prit l'assiette des mains.

— Si vous voyez un serpent, allez-vous le tuer ou attendre qu'il vous morde ?

— C'est complètement différent.

— Vous changerez d'avis si jamais vous restez ici assez longtemps. Où sont les cartouches du fusil ?

Après s'être essuyé les mains à son tablier, Sarah lui désigna une étagère. Jake prit les cartouches, les vérifia, puis saisit la jeune fille par le bras.

— Venez. Je vais vous donner une leçon.

— Je n'ai pas fini la vaisselle.

— Elle attendra.

— Je n'ai jamais dit que je voulais des leçons ! protesta encore Sarah tandis qu'il l'entraînait dehors.

— Si vous devez vous servir d'un fusil, il vaudrait mieux savoir comment il marche. A moins que vous n'ayez peur de ne pas réussir à apprendre, ajouta Jake avec un sourire.

Sarah détacha son tablier et le posa sur la barrière.

— Je n'ai peur de rien du tout.

5

Jake se doutait bien que lui lancer un défi était le meilleur moyen d'amener Sarah à coopérer.

Elle marchait près de lui, le menton dressé, regardant droit devant elle. Lorsqu'il était arrivé, tout à l'heure, elle posait sans le savoir le doigt sur la détente. Le jour où elle tirerait, il tenait à ce que ce soit sur la cible qu'elle avait choisie et pas sur autre chose.

Dans les décombres de la grange, il choisit quelques morceaux de bois brûlé ; puis il en dressa trois contre une pierre.

— La première chose à apprendre, expliqua-t-il, c'est comment charger un fusil sans se tirer dans les pieds.

Il vida le chargeur, puis le remplit de nouveau avec précaution.

— Une arme, ça se respecte. On ne se promène pas en la tenant comme si on allait balayer le perron avec.

A titre de démonstration, il leva le fusil, visa et fit feu à trois reprises. Les morceaux de bois sautèrent tous les trois.

— Quant aux balles, ajouta-t-il en abaissant le fusil, elles peuvent causer de sacrés dégâts sur un homme.

Sarah avala sa salive avec difficulté. On entendait encore l'écho des coups de feu.

— Je sais, monsieur Redman. Mais je n'ai pas l'intention de tirer sur qui que ce soit.

— La plupart des gens qui tirent n'auraient jamais pensé avoir à le faire en se levant le matin.

De nouveau, il se dirigea vers les rochers et installa cette fois le plus gros des morceaux de bois.

— A moins que vous ne comptiez rentrer très vite à Philadelphie, affirma-t-il, vous feriez bien d'apprendre à vous servir de ce truc.

— Je reste ici.

Avec un hochement de tête, Jake vida le fusil et le tendit à Sarah.

— Chargez-le.

Le contact des balles déplut à Sarah. Elles étaient froides et lisses dans sa main. Comment pouvait-on s'en servir contre un autre être humain ? Du métal contre de la chair... C'était inconcevable !

— Alors ? Vous voulez jouer avec, ou les mettre dans le chargeur ?

Impassible, Sarah obéit. Jake écarta le canon, qui était pointé vers son ceinturon.

— Vous apprenez vite.

— C'est ce que l'on dit, répliqua Sarah.

Incapable de résister à la tentation, Jake lui repoussa les cheveux qui tombaient dans ses yeux.

— Ne soyez pas trop sûre de vous.

Il se plaça derrière elle, lui mit le fusil dans les mains et ajusta ses bras.

— Calez-le et tenez-le bien fort.

— C'est ce que je fais, marmonna Sarah.

Elle aurait préféré qu'il se tînt plus loin d'elle. Il sentait la sueur et le cuir, un mélange qu'elle n'aurait pas dû autant apprécier. L'une de ses mains était posée sur son bras, l'autre sur son épaule. Ce geste n'avait rien d'une caresse, et pourtant Sarah sentait son corps réagir comme il n'avait jamais réagi aux innocents frôlements de mains qu'elle avait expérimentés à Philadelphie. Il lui suffisait de reculer imperceptiblement pour se retrouver pressée contre lui…

Non qu'elle en eût envie. Elle dévia légèrement, puis grommela quand Jake la remit dans la bonne position. A son contact, elle se crispa.

— Tenez-le immobile, jeune fille. Immobile, pas raide !

— Ce n'est pas une raison pour crier ainsi.

— Vraiment ? Si vous vous tenez de cette façon au moment de tirer, vous vous en sortirez avec une épaule brisée. Détendez-vous. Vous voyez la mire ?

— Cette petite chose qui pointe ?

Un instant, Jake ferma les yeux.

— Oui, cette petite chose qui pointe. Utilisez-la pour viser la cible. Relevez un peu la crosse.

Il se pencha sur elle. Quand sa joue effleura la sienne, Sarah serra les lèvres.

— Ferme, murmura-t-il. Enroulez votre doigt autour

de la détente. Ne tirez pas brusquement ; ramenez-la en arrière, lentement et en douceur.

Sarah ferma les yeux et obéit. Le fusil explosa dans ses mains. Elle se serait affalée sur le dos si Jake n'avait pas été là pour la retenir. Elle hurla, craignant de s'être blessée.

— Manqué.

Le souffle court, elle pivota vers lui. Toujours prudent, Jake lui prit le fusil.

— Vous auriez pu m'avertir ! s'écria-t-elle en se massant l'épaule. J'ai cru être frappée par une pierre !

— Il vaut toujours mieux apprendre par soi-même. Essayez encore.

Les dents serrées, Sarah reprit le fusil et se remit en position.

— Cette fois, utilisez votre bras au lieu de votre épaule. Penchez-vous légèrement en avant.

— J'ai les oreilles qui tintent...

— Vous vous habituerez.

Il plaça une main sur sa taille pour la stabiliser.

— Gardez les yeux ouverts, ça aide. Abaissez le viseur. Bien. A présent, appuyez sur la détente.

Cette fois, Sarah s'attendait au choc ; elle vacilla à peine. Gardant la main sur sa taille, Jake regarda pardessus sa tête.

— Vous en avez ôté un bout.

— Vraiment ?

Sarah regarda à son tour.

— J'ai réussi ! s'exclama-t-elle en se mettant à rire. Je veux recommencer !

Le fusil levé, elle ne protesta pas quand Jake déplaça le canon de dix centimètres sur la droite. Et elle garda les yeux grands ouverts quand elle pressa la détente. Le morceau de bois s'envola.

— Je l'ai eu ! lança-t-elle avec un cri de triomphe.

— On dirait…

— Je l'ai vraiment eu ! Vous vous rendez compte ?

Quand Jake lui reprit le fusil, elle rejeta ses cheveux en arrière et rit de plus belle.

— J'ai des fourmis dans les bras.

— Ça passera.

Jake fut surpris d'être capable de parler. La voir rire lui serrait la gorge, tant elle était belle. Il n'était pas homme à dire de jolis mots, ni même à les penser. En cet instant, pourtant, une image lui traversa l'esprit : avec ses cheveux couleur de blé mouillé et ses yeux brillants comme de la poussière d'or, elle ressemblait à un ange dans la lumière.

Et il la désirait, il la désirait comme il avait désiré peu de choses dans sa vie. Lentement, pour se donner le temps de se reprendre, il se dirigea vers les rochers afin de ramasser la cible. Elle l'avait bel et bien touchée, constata-t-il. Pas au centre, mais elle avait quand même atteint son but. Revenant vers elle, il laissa tomber le bout de bois entre ses mains et la regarda sourire.

— Le problème, remarqua-t-il, c'est que la plupart des cibles ne restent pas aussi immobiles qu'un morceau de bois.

Face à son regard aussi froid qu'impénétrable, Sarah songea qu'il avait sans doute décidé de lui gâcher son plaisir.

Cet homme était une énigme. Il se donnait la peine de lui apprendre à tirer, et l'instant suivant il était incapable de lui faire le moindre compliment sur son adresse.

Qu'il aille au diable !

— Il semble évident, monsieur Redman, que rien de ce que je fais ne vous satisfait. Par bonheur, cela n'a aucune importance.

Sur ces mots, elle rassembla ses jupons et rentra d'un pas furieux à la maison. Quand il l'attrapa par les épaules et la fit pivoter sur elle-même, elle lâcha un cri de stupeur.

Elle connaissait ce regard, se dit-elle en levant les yeux vers lui. C'était celui qu'elle lui avait vu le premier jour, lorsqu'il chevauchait à côté de la diligence et tirait par-dessus son épaule. Ignorant totalement comment elle devait se comporter, elle se laissa guider par son instinct.

— Otez vos mains de moi ! lança-t-elle.

— Je vous ai prévenue, vous prenez trop de risques...

Comme Sarah tentait de se libérer, il ne fit que resserrer son étreinte.

— Ce n'est pas malin de tourner le dos à un homme armé.

— Aviez-vous l'intention de me tirer dessus, monsieur Redman ?

Cette remarque était injuste, et Sarah le savait. Mais elle ne tenait pas à rester près de lui tant que cette lueur brillait dans ses yeux.

— Je n'oublierai pas ce que vous venez de dire, ni le reste, reprit-elle. Vous êtes l'homme le plus grossier, le plus mal élevé, le plus discourtois que j'aie jamais rencontré. Je vous saurais gré de remonter sur votre cheval et de quitter ma propriété.

Jake, qui avait déjà résisté à bien des défis, ne laisserait pas passer celui-là. Depuis le premier jour, elle ne cessait de l'asticoter. Il était temps qu'il réagisse.

— Je crois que vous avez besoin d'une autre leçon, duchesse.

— Je ne veux rien de vous. Et je crois vous avoir dit que je détestais ce sobriquet ridicule.

— Alors, je ne vous donnerai pas de nom. D'ailleurs, je n'aime pas beaucoup parler.

Les yeux fixés sur elle, il glissa une main derrière sa nuque et lui empoigna les cheveux.

Sarah se débattit — ou, du moins, voulut-elle croire qu'elle se débattait. En dépit de ses efforts, la bouche de Jake se posa sur la sienne.

En cette seconde le soleil disparut ; le souffle court, elle se trouva plongée dans une nuit sans fond.

Le corps de Jake était dur comme l'acier. D'un bras, il la plaquait si fort contre lui qu'elle n'avait pas d'autre choix que d'éprouver cette dureté — qui lui faisait penser au fusil, mince, dur et mortel. A travers le choc, la panique et l'excitation qu'elle éprouvait, elle percevait le battement rapide et irrégulier de son cœur contre le sien.

Son sang bouillonnait dans ses veines, son pouls battait sourdement à ses oreilles. La barbe dure de Jake lui éraflait la joue. Elle poussa un gémissement… un gémissement de douleur, bien sûr. Il ne pouvait s'agir d'un gémissement de plaisir.

Et pourtant... elle s'agrippait des deux mains à ses épaules, le retenant plus qu'elle ne le repoussait.

Jake se demanda si elle avait quelque idée de sa force. Il ne s'était jamais douté que la douceur pût être aussi puissante, la délicatesse aussi forte. Elle le tenait à la gorge et ne s'en rendait même pas compte. Et lui voulait plus encore. Dans un geste presque désespéré, il lui tira les cheveux pour l'obliger à renverser la tête en arrière.

Dès qu'il lui permit de respirer, Sarah lâcha un petit cri et s'efforça d'inspirer. A son insu, elle avait retenu son souffle pendant tout ce temps. Puis les lèvres de Jake se posèrent de nouveau sur les siennes, sa langue vint caresser la sienne, excitante et tentatrice. Une incroyable faiblesse, alors, s'empara de Sarah.

Elle gémit encore mais, cette fois, elle ne chercha pas à se dissimuler son plaisir. D'abord hésitante, puis de plus en plus téméraire, elle répondit à cette nouvelle sollicitation. Tout en goûtant la saveur brûlante et salée des lèvres de Jake, elle laissait courir ses mains sur son visage, les enfouissait dans ses cheveux. C'était magnifique ! Personne, jamais, ne lui avait dit qu'un baiser pouvait suffire à embraser pareillement le corps, à le faire trembler de désir.

Un cri de ravissement lui échappa.

Ce son rauque, presque animal, alluma en Jake un feu qu'il ne pouvait laisser brûler ainsi, il le savait. Sarah était innocente, c'était évident. Or, lui ne l'était plus depuis longtemps. Peut-être même ne l'avait-il jamais été. Il passait sa vie à enfreindre des lois, à franchir des limites. Mais cette limite-là ne pouvait être franchie.

Tant bien que mal, il lutta pour recouvrer ses esprits. Malheureusement, Sarah ne faisait rien pour l'aider. Elle avait noué les bras autour de son cou et le serrait contre elle, l'attirait à elle. Et sa bouche... Doux Jésus, sa bouche ! Elle l'enivrait, avec son goût de whiskey au miel. Un goût pareil avait de quoi faire sombrer un homme dans la folie.

De crainte d'en arriver là, et plus encore d'avoir envie d'en arriver là, Jake la repoussa. Elle avait le regard sombre, vague, comme la nuit précédente lorsqu'elle était revenue à elle. Cela le réconforta, car lui-même se sentait plutôt sonné.

— Encore une fois, vous apprenez vite, Sarah, murmura-t-il.

Furieux, il se rendit compte que sa main tremblait. Il serra le poing. En un éclair, fulgurant et douloureux, il imagina ce que ce serait d'allonger Sarah sur le sol et de tout prendre d'elle.

Avant qu'il ait pu passer à l'acte, cependant, il entendit un chariot qui approchait.

— Vous avez de la visite.

Il lui tendit le fusil et s'éloigna.

Que lui avait-il fait ? Sarah porta la main à sa tête, qui tournait. Il... il l'avait forcée à subir ses avances. Forcée... jusqu'à ce qu'elle n'ait plus du tout à être forcée. Jusqu'à ce qu'elle accepte le désir qu'il lui inspirait, jusqu'à ce que ce désir oblitère tout le reste — exactement comme dans son rêve. Seulement, ce n'était plus un rêve, songea-t-elle en redressant les épaules. C'était très réel. Et lui s'éloignait comme si tout cela n'avait pas eu la moindre importance.

En cet instant, Sarah s'avisa que la fierté était une émotion tout aussi dangereuse que la colère.

— Monsieur Redman !

Il se retourna et la vit, le fusil à la main. A en juger par l'expression de ses yeux, elle mourait d'envie de s'en servir.

— Vous aussi, vous prenez des risques, déclara-t-elle. Ce fusil est encore chargé.

— C'est vrai. Bien qu'il soit beaucoup plus difficile d'actionner la détente quand la cible est faite de chair et de sang, ne vous gênez pas. A cette distance, je serai difficile à manquer.

Si seulement elle avait pu… Sarah aurait aimé être assez habile pour lui tirer une balle entre les pieds et le faire bondir.

La tête haute, elle se dirigea vers la maison.

— La différence entre vous et moi, monsieur Redman, c'est que j'ai une morale.

Jake la rejoignit et marcha près d'elle, l'air très à l'aise.

— Sans doute. Dites-moi : puisque vous m'avez invité à votre table — sans parler du reste… —, pourquoi ne m'appelez-vous pas Jake ?

Il sauta en selle à l'instant où une voiture pénétrait bruyamment dans la cour.

— Sarah ?

Les mains sur les rênes, Liza jeta un coup d'œil embarrassé à sa nouvelle amie, puis à l'homme à cheval. Elle connaissait Jake Redman et savait qu'elle ne devait rien penser de bon d'un homme tel que lui. La chose n'avait rien de facile : il était tellement séduisant !

— J'espère que vous ne nous en voulez pas d'être venus à l'improviste…

Un jeune garçon sauta à bas de la carriole et se mit à poursuivre le chiot, qui courait en cercle.

— Pas du tout, je suis ravie, affirma Sarah. M. Redman allait partir.

Le petit John Cody posa une main sur l'encolure du mustang gris et regarda avec attention la crosse lisse d'un des colts 45 que portait le cavalier. Il savait qui était Jake Redman — les histoires à son sujet ne manquaient pas —, mais il n'avait jamais eu l'occasion de le voir d'aussi près.

— Vous avez de sacrés pistolets, m'sieur.

— Tu crois ?

Ignorant les deux femmes, Jake se tourna sur sa selle pour observer le jeune garçon. Il ne devait pas avoir plus de dix ans. Un respect admiratif faisait briller ses yeux.

— Oui, m'sieur. Et je crois aussi que vous êtes le tireur le plus rapide de la région — et peut-être même du monde entier.

Liza, qui était restée dans la voiture, se tordait nerveusement les mains.

— John Cody, tu ne devrais pas ennuyer M. Redman.

Jake lui lança un coup d'œil amusé. Pensait-elle qu'il allait tirer sur son frère, par hasard ?

— Ne vous inquiétez pas, mam'zelle. Et toi, gamin,

ajouta-t-il en regardant de nouveau le garçonnet, tu ne dois pas croire tout ce que tu entends.

Johnny ne se laissa pas décontenancer.

— Ma mère prétend qu'il doit y avoir quand même du bon en vous, puisque vous êtes intervenu pour secourir la diligence.

Cette fois, Liza murmura le nom de son frère d'un ton désespéré. Jake ne put s'empêcher de sourire. Se tournant un instant vers Sarah, il découvrit qu'elle était raide comme un piquet.

— C'est gentil de sa part, répondit-il à John. Je vais parler au shérif de vos ennuis… mademoiselle Conway. Je suppose qu'il viendra vous voir.

— Merci, monsieur Redman. Bonne journée.

Il la salua, puis salua Liza.

— A une autre fois, Johnny.

Il fit décrire un demi-cercle à son cheval, puis s'en alla.

— Oui, m'sieur ! Oui, m'sieur ! cria Johnny derrière lui.

— John Cody ! appela Liza.

Enfin, elle se décida à descendre de voiture. Johnny lui répondit par un grand sourire et se remit à pourchasser le chien, jouant avec un revolver imaginaire.

— C'est mon frère…

— J'avais compris.

Liza jeta un coup d'œil exaspéré au jeune garçon, puis rejoignit Sarah.

— Ma mère garde le magasin, aujourd'hui. Ah ! elle m'a donné ça pour vous : c'est un pain au gingembre.

La miche odorante rappela aussitôt des souvenirs d'enfance à Sarah.

— Oh ! comme c'est gentil ! Pouvez-vous rester ?

— Eh bien, j'espérais passer un moment avec vous, avoua Liza en souriant.

— Entrez, je vous prie. Je vais faire du thé.

Pendant que Sarah s'affairait près de la cuisinière, Liza regardait autour d'elle.

— Je m'attendais à bien pis.

Aussitôt, elle porta une main à sa bouche.

— Oh ! je suis navrée. Maman dit toujours que je parle trop.

Sarah sortit deux gobelets en fer-blanc, s'efforçant de ne pas penser au service en porcelaine qu'elle aurait aimé avoir.

— Ce n'est pas grave. Moi aussi, j'ai été surprise. Ayant retrouvé son entrain, Liza se mit à table.

— Je ne pensais pas rencontrer Jake Redman dans ce coin.

— Je ne l'attendais pas non plus.

— Il a dit que vous aviez eu des ennuis ?

Machinalement, Sarah caressa ses lèvres. Elles étaient encore chaudes du baiser de Jake... Oui, elle avait eu des ennuis. Mais ce n'était pas de ceux-là que Liza voulait parler.

— Quelqu'un a mis le feu à ma grange, hier soir.

— Non ! Qui ? Pourquoi ?

— Je l'ignore. Par chance, M. Redman passait par là.

— Pensez-vous que ce soit lui ?

— Non, je suis certaine que non, affirma Sarah. A mon avis, M. Redman a des façons plus directes.

— Oui, je le crois. Il n'a jamais provoqué le moindre grabuge à Lone Bluff.

— Que savez-vous de lui ?

— Au vrai, personne ne sait grand-chose. Il est arrivé à Lone Bluff il y a environ six mois de cela. Mais tout le monde avait déjà entendu parler de lui — on raconte qu'il a tué plus de vingt hommes.

Stupéfaite, Sarah écarquilla les yeux.

— Tué ? Pour quelle raison ?

— Je ne saurais dire s'il y a toujours eu une raison. A ce qu'il paraît, il aurait été engagé par un fermier du Nord qui avait de multiples problèmes sur ses terres…

— Engagé pour tuer, murmura Sarah.

— Cela revient à ça, je suppose. Ce que je sais, en tout cas, c'est que pas mal de gens ont montré des signes de nervosité quand il a loué une chambre chez Maggie O'Rourke.

Liza prit la tranche de pain que Sarah lui tendait et en rompit un morceau.

— Il ne semblait pas chercher les ennuis, poursuivit-elle. Mais cela ne l'a pas empêché d'être mêlé à une histoire quinze jours plus tard.

Un tueur à gages…, pensait Sarah, le cœur retourné. Et elle l'avait embrassé, embrassé d'une façon dont une femme ne doit embrasser que son mari !

— Que s'est-il passé ?

— Jim Carlson se trouvait au Bird Cage, l'un des saloons de la ville.

— Jim Carlson ?

— Oui, le frère de Samuel Carlson. On ne dirait pas à le voir, précisa Liza en pinçant les lèvres. Jim ne ressemble en rien à Samuel. Ce n'est qu'un bon à rien, un fauteur de troubles. Il triche aux cartes, mais personne n'a jamais osé lui en faire le reproche. Jusqu'à ce que Jake arrive…

Elle but une gorgée de thé et tendit l'oreille vers la cour, où les cris de son frère retentissaient toujours.

— D'après ce que l'on m'a raconté, une dispute a éclaté à la table de jeu. Jim était ivre et faisait n'importe quoi. Quand Jake l'a pris à partie, les autres ont suivi. Jim a tiré son revolver. Tout le monde pensait que Jake allait lui mettre une balle dans la peau, mais il s'est contenté de le terrasser d'un coup de poing.

— Il ne l'a pas tué ? demanda Sarah avec soulagement.

— Non. Il l'a envoyé au tapis et lui a pris son revolver, qu'il a remis au gérant du bar. Pendant ce temps, quelqu'un était allé chercher le shérif. Quand il est arrivé, Jake était en train de boire un verre et Jim se remettait sur ses pieds. Barker l'a pris par le bras, sans doute pour le mettre dans une cellule le temps qu'il dessoûle. C'est alors que Jim s'est emparé du revolver du shérif. Plutôt que de recevoir une balle dans le dos, Jake a préféré tirer le premier. Après quoi, il s'est de nouveau accoudé au bar et a terminé son verre.

— L'a-t-il tué, cette fois ?

— Non, et certains l'ont regretté. Les Carlson sont très puissants, par ici. Pourtant, il y avait suffisamment de témoins, y compris le shérif, pour assurer qu'il n'avait fait que se défendre.

— Je vois, murmura Sarah.

En réalité, elle ne comprenait pas cette justice qui se réglait à coup de balles et de revolvers.

— Comment se fait-il que Jake… enfin, M. Redman, n'ait pas quitté la ville, après cette affaire ?

— Il faut croire qu'il s'y plaît. Et vous ? N'êtes-vous pas terrifiée, de rester ici toute seule ?

Sarah pensa à sa première nuit, qu'elle avait passée à trembler sous sa couverture et à prier que le matin arrive, et elle avoua :

— Un peu.

— Quand je pense que vous avez eu la chance de vivre dans l'Est, soupira Liza. Tous ces endroits que vous avez vus, tous ces beaux habits que vous avez dû porter…

Une vague de nostalgie assaillit Sarah, qui se hâta de la repousser.

— Etes-vous déjà allée dans l'Est ? demanda-t-elle.

— Non, mais j'ai vu des gravures.

Avec envie, Liza contempla les malles entassées dans un coin.

— Les femmes ont de si belles robes, là-bas…

— Aimeriez-vous voir quelques-unes des miennes ? Le visage de Liza s'illumina.

— J'en serais ravie !

Durant les vingt minutes qui suivirent, elle s'extasia sur des ruchés et des dentelles. Sa réaction amena Sarah à mieux apprécier des choses qu'elle tenait pour naturelles. Accroupies par terre, elles débattirent de sujets capitaux : rubans, ceintures, inclinaison à donner à un chapeau... Pendant ce temps, John continuait de jouer avec le petit chien.

— Oh ! regardez celle-ci ! s'exclama Liza en se redressant, une robe plaquée contre elle. Quel dommage que vous n'ayez pas de miroir !

C'était la robe de mousseline blanche, semée de roses en boutons. Celle que Sarah comptait mettre pour son premier dîner avec son père. Il ne la verrait jamais, pas plus qu'il ne verrait toutes ces jolies choses qu'elle avait pu acquérir grâce à lui.

La robe toujours serrée contre elle, Liza s'approcha.

— Qu'est-ce qui ne va pas ? Vous semblez triste.

— Je pensais à mon père. Il a travaillé si dur pour moi.

Immédiatement, la fascination de Liza se changea en sympathie.

— Il vous adorait ! affirma-t-elle. Il parlait souvent de vous, quand il venait au magasin. Il nous racontait ce que vous lui écriviez dans vos lettres... Je me souviens du jour où il a apporté ce petit médaillon avec votre portrait ; il voulait que tout le monde voie combien vous étiez jolie. Il était si fier de vous, Sarah.

— Il me manque...

Sarah cligna des paupières pour refouler ses larmes.

— … C'est étrange… Pendant toutes ces années où nous avons été séparés, il m'est arrivé de ne pouvoir me souvenir de lui. Mais depuis que je suis ici, j'ai l'impression de le connaître mieux. Et il me manque encore davantage.

Avec douceur, Liza lui posa une main sur l'épaule.

— Mon père me met en boule, quelquefois, confia-t-elle, mais je crois bien que je mourrais s'il lui arrivait quelque chose.

Sarah regarda autour d'elle.

— Au moins, me reste-t-il ceci. Je me sens près de lui, ici. J'aime l'imaginer assis à cette table, en train de m'écrire.

Elle inspira profondément, puis parvint à sourire et ajouta :

— Je suis heureuse d'être venue.

— Moi aussi, dit Liza en lui tendant une main.

Se levant, Sarah fit bouffer les manches de la robe que tenait sa nouvelle amie.

— Si vous voulez, je vais vous servir de miroir. Vous êtes plus grande et plus potelée que moi. Le décolleté vous flatterait certainement, mais j'ôterais quelques dentelles sur le corselet. Un joli rose vous irait à ravir, en tout cas ; il ferait ressortir vos cheveux et vos yeux.

— Vous m'imaginez dans une robe pareille ? s'exclama Liza, qui ferma les yeux et se mit à tourner lentement sur elle-même. Il faudrait que ce soit pour un bal… Je me ferais faire des anglaises et je porterais un ruban de velours autour du cou. Les yeux de Will Metcalf lui sortiraient des orbites !

— Qui est Will Metcalf ?

Liza rouvrit les yeux et s'esclaffa :

— Oh ! juste quelqu'un d'ici. Il fait partie du conseil municipal et voudrait bien me faire la cour. Il se peut que je l'y autorise…

— Elle est amoureuse ! Elle est amoureuse ! chantonna John par la fenêtre.

— Tu vas te taire, John Cody ? Si tu continues, je dirai à maman qui a cassé l'assiette en porcelaine de grand-mère.

— Elle est amoureuse ! répéta le petit garçon sans s'émouvoir.

Après quoi il détala, suivi du chiot.

— Je ne connais rien de plus irritant que les petits frères ! marmonna Liza.

Avec un soupir de regret, elle replaça la robe dans la malle. Songeuse, Sarah se tapotait les lèvres du bout de l'index. Comment n'y avait-elle pas pensé plus tôt ? En fait, peut-être que cette idée lui trottait dans la tête depuis le début…

— Liza, aimeriez-vous la même robe, en rose ? J'ai vu une mousseline de cette couleur, hier, au magasin… Je pourrais vous en confectionner une semblable ?

— Comment cela ?…

Les yeux écarquillés, Liza regardait Sarah avec stupeur.

— … Vous en seriez capable ?

— Je suis très habile à l'aiguille.

Emportée par son idée, Sarah se faufila entre les malles pour attraper son mètre de couturière.

— Si vous me procurez le tissu, je vous coudrai la robe. Et si elle vous plaît, vous n'aurez qu'à le faire savoir aux dames qui viennent au magasin.

— Bien sûr ! s'exclama Liza avec enthousiasme. Je le dirai à tout le monde.

Docile, elle leva les bras pour laisser Sarah prendre les mesures.

— Certaines d'entre elles auront peut-être envie à leur tour de robes neuves, à la mode, continua Sarah.

Les yeux de Liza étincelaient de plaisir.

— Cela ne fait aucun doute !

— Eh bien, c'est décidé. Apportez-moi cette mousseline, et je vous ferai une robe dont Will Metcalf ne reviendra pas.

Deux heures plus tard, le dos rompu par les corvées, Sarah arrosait son potager. Avec cette chaleur d'enfer et le soleil qui asséchait la terre au fur et à mesure qu'elle l'humidifiait, elle se demandait si cela en valait la peine. Faire pousser un jardin dans un endroit pareil relevait du miracle ; en outre, elle aurait préféré des fleurs.

Mais les fleurs ne se mangent pas, remarqua-t-elle en finissant de vider son seau.

A présent, il allait falloir qu'elle retourne au ruisseau, faire une nouvelle provision d'eau pour cuisiner et se laver. S'essuyant le front du revers de la main, elle se prit à rêver d'un bain. Oui, que ne donnerait-elle pas pour un long bain tiède, dans une vraie baignoire…

Soudain, elle entendit des chevaux. Elle commençait à s'habituer au silence qui entourait sa nouvelle maison. Une main sur les yeux, elle distingua deux cavaliers ; ce fut seulement lorsqu'elle reconnut Lucius qu'elle se remit à respirer.

— Lafitte ! cria-t-elle au petit chien qui courait dans la cour en aboyant.

— Mademoiselle Conway.

Le shérif Barker toucha son chapeau et se mit à rire en regardant le petit chien.

— Vous avez un gardien féroce, à ce que je vois !

— Il fait un sacré tapage, en tout cas, remarqua Lucius en descendant de son cheval.

Lafitte lui sauta dessus et se mit à mordiller le bas de son pantalon. Lucius se pencha.

— Surveille un peu tes manières, mon gars ! lui dit-il en attrapant l'animal par la peau du cou.

Dès qu'il se retrouva par terre, le chiot fila se réfugier dans les jupes de Sarah.

— Il paraît que vous avez eu des problèmes, dit le shérif avec un signe de tête en direction des décombres. C'est arrivé hier soir ?

— Oui. Si vous voulez entrer, j'allais juste chercher de l'eau. Je suis sûre que vous apprécierez un café…

— Je me charge de l'eau, mam'zelle, dit Lucius en lui prenant le seau. Tu viens, p'tit gars ?

Après un moment d'hésitation, Lafitte se mit à trotter derrière lui.

— Vous pensez l'engager ? demanda Barker.

Sarah se mordillait la lèvre, pensive, tout en suivant des yeux Lucius, qui s'éloignait.

— Oui, je crois.

Le shérif ôta son foulard et s'en essuya le cou.

— Ce serait une bonne chose. Lucius a un penchant pour la bouteille, mais ça s'arrête là. C'est un honnête homme. Il a été soldat, autrefois. Et c'est un brave type — qu'il soit sobre ou ivre.

Sarah s'efforça de sourire.

— Je considérerai cela comme une recommandation, shérif Barker.

— Bien. Maintenant, si vous m'expliquiez ce qui s'est passé ?

De son mieux, Sarah lui raconta tout ce qu'elle savait. Barker opinait de temps à autre, approuvait d'un grognement. Ce que la jeune fille disait correspondait à la version de Jake. A un détail près, cependant, qu'elle devait ignorer : Redman avait suivi la trace des cavaliers, et découvert les restes d'un feu de camp.

— Voyez-vous pour quelle raison on a pu faire ça ? lui demanda-t-il.

— Absolument pas. Tout ce qui se trouve ici n'a de valeur que pour moi. Mon père avait-il des ennemis ?

Barker cracha une giclée de tabac.

— Je ne pense pas. Je vais vous dire, mademoiselle Conway : je ne peux pas faire grand-chose, à part poser quelques questions par-ci par-là et mener une petite enquête. Il est bien possible que vous ayez eu affaire à des rôdeurs qui ont eu envie de s'amuser un peu. Si l'on peut dire…

En réalité, Barker ne croyait pas du tout à cette version.

— J'y ai pensé aussi, acquiesça Sarah.

— Vous vous sentirez plus rassurée avec ce vieux Lucius.

— C'est probable.

Elle regarda dans la direction du ruisseau. Lucius revenait avec le seau et le petit chien. En dépit de ce qu'elle venait de dire, le vieil homme n'incarnait pas du tout l'idée qu'elle se faisait d'un protecteur. Pour elle, cette idée ne pouvait avoir qu'un visage : celui de Jake Redman.

— Je suis certaine que nous nous en sortirons très bien, affirma-t-elle avec plus de conviction qu'elle n'en éprouvait.

Barker se remit en selle.

— Je reviendrai faire un tour de temps en temps, pour voir comment vous allez… Vous savez, mademoiselle Conway, Matt a essayé pendant des années de faire pousser quelque chose dans ce carré de poussière ; il n'y est jamais arrivé.

— J'aurai peut-être plus de chance que lui, rétorqua Sarah. Au revoir, shérif.

— Bonne journée, mam'zelle.

Barker adressa un signe de main à Lucius et tourna bride.

6

En l'espace d'une semaine, Sarah reçut des commandes pour six robes. Elle déploya tous ses talents pour les créer sans patron, uniquement à partir de ses propres robes et de son imagination. Chaque jour, elle se réservait trois heures pour coudre et faisait de même chaque soir. Lorsqu'elle montait se coucher, ses yeux et ses doigts étaient douloureux. Une fois ou deux, son épuisement prit le dessus, et elle pleura jusqu'à ce qu'elle s'endorme.

Le chagrin causé par la perte de son père était encore trop vif, le pays qui l'entourait trop rude.

Certains soirs, cependant, et ils étaient de plus en plus nombreux, elle s'endormait avec un sentiment de satisfaction. En plus des robes, elle avait cousu de jolis rideaux jaunes pour la fenêtre et une nappe assortie pour la table. Et elle caressait un rêve : lorsqu'elle aurait économisé suffisamment d'argent grâce à ses travaux de couture, elle achèterait des planches pour fabriquer un vrai plancher.

En attendant, elle faisait avec ce qu'elle avait.

L'aide de Lucius se révélait bien plus précieuse qu'elle ne l'aurait cru. Il avait déjà construit une nouvelle écurie et réparait maintenant les autres dépendances. A contrecœur, il avait même accepté de bâtir le poulailler que Sarah désirait tant. La nuit, il dormait avec les chevaux.

Parfois, tout en caressant le ventre de Lafitte, il regardait Sarah tandis qu'elle se livrait à son exercice quotidien de tir. Elle n'avait plus revu Jake Redman depuis le jour où il lui avait donné sa première leçon, et c'était aussi bien ainsi. S'il y avait quelqu'un au monde qu'elle ne souhaitait pas revoir, c'était lui. Et s'il lui arrivait de penser à lui — ce qu'elle détestait admettre —, c'était avec dédain.

Un mercenaire, voilà ce qu'il était. Un homme sans loyauté ni morale. Un vagabond qui allait de place en place, toujours prêt à tirer son arme et à tuer. Dire qu'elle avait commencé à croire qu'il était différent des autres, qu'il y avait en lui quelque chose de bon, voire même d'admirable ! Il l'avait aidée, elle ne pouvait le nier. Mais s'il l'avait fait, c'était probablement par désœuvrement. Ou peut-être, ajouta-t-elle en se rappelant leur baiser, parce qu'il espérait quelque chose d'elle. Quelque chose, elle le reconnaissait à sa grande honte, qu'elle avait failli lui accorder.

Comment ? se demanda-t-elle en prenant son miroir à main pour y contempler son visage. Comment avait-il fait pour l'amener à éprouver des sentiments pareils en quelques jours à peine, alors qu'il ne l'avait prise qu'une fois dans ses bras ? Souvent, au plus profond de la nuit, Sarah s'éveillait alors qu'elle rêvait de lui. Et dans ces rêves elle revivait cet instant stupéfiant où, en plein soleil, la bouche de Jake s'était posée sur la sienne.

Un instant de folie, se dit-elle en reposant le miroir. Une insolation, peut-être. Jamais, au grand jamais, elle ne pourrait être attirée par un homme qui menait la vie de Jake Redman.

Il était temps de l'oublier. Peut-être était-il d'ailleurs déjà parti plus loin. Dans ce cas, elle ne le reverrait plus. De toute façon, qu'il fût toujours dans la région ou non n'avait aucune importance. Elle devait s'occuper de sa propre vie, à présent, et de ses affaires qui commençaient à prospérer grâce à l'aide de Liza.

Elle prit les trois paquets enveloppés dans du papier brun et sortit.

— Vous ne voulez vraiment pas que je vous conduise en ville, mademoiselle Conway ? lui proposa Lucius, qui se tenait près des chevaux. Vous en êtes bien sûre ?

Sarah posa les robes à l'arrière du chariot.

— Oui, Lucius. Merci.

Elle avait conscience d'être une très mauvaise conductrice, mais elle avait conclu un marché avec le loueur de voitures : le chariot contre des jupes de toile pour ses deux filles. Dans ces conditions, elle tenait à lui livrer son travail en personne. Elle adressa un sourire lumineux à Lucius et ajouta :

— J'espérais que vous commenceriez le poulailler aujourd'hui. Je vais voir si Mme Miller accepte de me vendre une douzaine de poussins.

— Bien, m'dame.

Lucius gratta le sol du pied et se racla la gorge.

— Il va faire chaud et sec, aujourd'hui.

« Comme d'habitude », pensa Sarah.

— J'ai pensé à prendre une gourde, Lucius, merci.

Le vieil homme lui laissa le temps de s'installer sur le siège de la carriole et d'arranger sa jupe.

— Juste une petite chose, mam'zelle Conway.

Sarah, impatiente de partir, tenait déjà les rênes.

— Oui, Lucius. Qu'y a-t-il ?

— Je n'ai plus un doigt de whiskey.

— Et alors ?

— Alors, vu que vous allez en ville et tout ça, j'ai pensé que vous pourriez m'en rapporter un peu.

— Moi ? Vous ne croyez tout de même pas que je vais aller acheter du whiskey !

A l'évidence, il s'attendait à ce genre de réaction.

— Vous pourriez peut-être demander à quelqu'un d'aller en chercher une bouteille… Je vous en serais très reconnaissant, ajouta-t-il en souriant de sa bouche édentée.

Sarah, qui s'apprêtait à lui faire un sermon sur les méfaits de l'alcool, se ravisa avec un soupir. Le pauvre homme travaillait dur, et pour presque rien. Ce n'était pas à elle de le priver de ses petits plaisirs, quels qu'ils fussent.

— Je verrai ce que je peux faire.

Le visage ridé de Lucius s'éclaira aussitôt.

— C'est rudement gentil à vous, mam'zelle. Je vais me mettre tout de suite à ce poulailler.

Soulagé, il cracha dans la poussière.

— Vous êtes bien jolie, aujourd'hui, observa-t-il. Jolie comme une image.

Sarah ne put retenir un sourire. Si on lui avait dit une semaine plus tôt qu'elle se prendrait d'affection pour un vieux buveur de whiskey malodorant, elle n'aurait jamais voulu le croire.

— Merci. Il y a du poulet et du pain frais dans la cuisine.

Elle fit claquer les rênes.

Ce matin-là, elle s'était habillée avec un soin particulier. Si elle voulait piquer l'intérêt de nouvelles clientes, il fallait qu'elle assure elle-même sa publicité. Sa robe était d'un vert mousse particulièrement flatteur, et elle en avait orné le col montant de son camée. Les nombreux volants de la jupe, ainsi que la ganse rose qui les bordait, la rendaient légèrement aguichante. Elle portait en outre un chapeau assorti, qu'elle avait incliné sur son front à la fois pour se protéger du soleil et pour se donner un petit air fringant.

Elle fut doublement satisfaite de son choix quand ses deux jeunes clientes sortirent en courant du relais de louage et se figèrent, les yeux écarquillés.

Un peu plus tard, lorsqu'elle entra dans l'épicerie, Liza contourna le comptoir d'un pas dansant et vint lui prendre les mains.

— Quelle robe magnifique ! s'exclama-t-elle. Toutes les femmes de la ville vont vouloir la même.

En riant, Sarah tourna lentement sur elle-même.

— Je compte bien les tenter. C'est l'une de mes préférées.

— Je te comprends. Est-ce que tout va bien, là-bas ? Cela fait des jours que je rêve d'aller te voir.

Sarah se dirigea vers les rouleaux de tissu pour les admirer.

— Tout va bien. Je n'ai plus eu d'ennuis. Je suis sûre qu'il s'agissait d'un incident isolé. Comme le dit le shérif, c'était sans doute le fait de vagabonds.

Comme la mère de Liza émergeait de la réserve, elle sourit à sa cliente.

— Sarah, quel plaisir de vous voir ! Quel plaisir, aussi, de vous voir si jolie !

— Merci. Je vous ai apporté votre robe.

— Vous avez fait vite.

Comme Anne Cody prenait le paquet et gagnait la caisse, Sarah protesta :

— Ne me payez pas tout de suite. Avant, je tiens à ce que vous regardiez la robe pour vous assurer qu'elle vous plaît.

Anne sourit. Ses joues se creusèrent des mêmes fossettes que celles de sa fille.

— Vous êtes une bonne commerçante, Sarah. Mon Ed dirait que vous avez la tête sur les épaules. Voyons ça…

Tandis qu'elle ouvrait le paquet, deux clientes s'approchèrent avec curiosité.

— Elle est superbe, Sarah !

Visiblement satisfaite, Anne leva la robe à bout de bras. D'un gris tourterelle, elle était assez simple pour être portée au magasin ; mais des incrustations de dentelle sur la gorge et sur les manches la rendaient délicieusement féminine.

— Vous êtes vraiment douée à l'aiguille, ma chère !

Elle contourna le comptoir, la robe devant elle, pour la faire admirer à ses autres clientes.

— Regardez ce travail, madame Miller. Je parie que vous n'en verrez pas de plus beau.

Avec un grand sourire, Liza se pencha vers Sarah et lui murmura à l'oreille :

— Elle va t'obtenir une douzaine de commandes en un rien de temps. Papa dit toujours qu'elle serait capable de vendre des bottes à un cul-de-jatte.

Cette fois, Anne prit de l'argent dans la caisse et le tendit à la jeune fille.

— Voilà pour vous, Sarah. Et c'est largement mérité.

Mme Miller, ses lunettes sur le nez, examinait de près les points de la robe.

— Le mois prochain, je dois aller voir ma sœur à Kansas City. Je pense qu'un costume de voyage dans ce tissu me flatterait.

— Bien sûr, madame.

Sarah rayonnait — même si, à son avis, bien peu de choses pourraient paraître flatteuses sur la silhouette replète de Mme Miller.

— Vous avez l'œil pour la couleur, reprit-elle. Bordé d'une ganse grenat, ce tissu vous ira à merveille.

Rapidement, elle s'acquitta de ses courses. Lorsqu'elle en eut terminé, elle repartit avec trois nouvelles commandes et une brassée de tissu. Liza, qui l'accompagna au-dehors, avait toutes les peines du monde à cacher son envie de rire.

— Quand je pense que cette vieille avare de Mme Miller te prend deux robes !

— Elle veut éblouir sa sœur. A moi de faire en sorte qu'elle ne soit pas déçue.

— Ça ne sera pas facile... Au fait, elle t'a pris trop cher pour les poussins.

Sarah se tourna vers son amie.

— Je sais, acquiesça-t-elle avec un sourire. Je lui prendrai plus cher aussi pour les robes. As-tu le temps de m'accompagner ? J'aimerais me rendre chez Mme O'Rourke, pour voir si ces rayures blanches et bleues lui plairaient.

Elles empruntèrent le trottoir. Au bout de quelques pas, Liza s'arrêta et rassembla ses jupes autour d'elle. Bouche bée, Sarah remarqua alors la femme au port de statue qui venait à leur rencontre. Jamais, de sa vie, elle n'avait vu des cheveux de cette couleur : ils brillaient autant qu'une poignée de porte en laiton doré. Elle portait une robe bleu vif au corsage bien trop ajusté, et au décolleté bien trop profond pour cette heure de la journée. Il laissait voir des seins opulents, d'une blancheur de lait ; le gauche était marqué d'un grain de beauté qui faisait pendant à celui qui ornait le coin des lèvres rouges de la jeune femme. Tenant à la main une ombrelle fermée, celle-ci marchait en balançant les hanches d'une manière éhontée.

Lorsqu'elle arriva à la hauteur de Sarah, elle s'arrêta et la détailla de la tête aux pieds avec un petit sourire qui se changea vite en rictus.

Après quoi, elle repartit de sa démarche ondulante.

— Dieu du ciel !

Sarah ne trouva rien d'autre à dire. Agacée par le parfum tenace que l'étrange créature avait laissé derrière elle, elle se frottait le nez.

— C'est Carlotta, lui expliqua Liza. Elle tient le Silver Star.

— Elle est vraiment… incroyable.

— Normal. C'est une… enfin, tu sais bien.

— Une quoi ?

— Une femme de mauvaise réputation, chuchota Liza.

— Oh !

Les yeux de Sarah s'arrondirent. Elle avait entendu parler de ce genre de femmes, bien sûr. Même à Philadelphie, il arrivait que l'on y fît allusion. Mais en croiser une dans la rue…

— Je me demande pourquoi elle m'a regardée ainsi.

— Sans doute parce que Jake Redman s'est rendu chez toi deux ou trois fois. Carlotta a le béguin pour lui.

Cela dit, Liza se tint coite. Si sa mère l'entendait parler ainsi, elle l'écorcherait vive.

— J'aurais dû m'en douter, commenta Sarah en relevant le menton.

Et tandis qu'elle se remettait en marche, elle se demanda pourquoi elle avait une telle envie de pleurer, tout à coup.

Maggie O'Rourke accueillit Sarah avec un plaisir qui n'avait rien de factice. Cela faisait plus d'un an qu'elle ne s'était pas commandé une nouvelle robe. En outre, elle voulait savoir tout ce qu'il y avait à savoir sur cette jeune fille qui mettait Jake Redman dans un état pareil.

— J'ai pensé que ces rayures vous plairaient, madame O'Rourke.

Maggie caressa le tissu de sa main rougie.

— Très jolies, en effet. Je suis sûre qu'elles rendront très bien. Michael — Michael Bailey, mon premier mari — adorait les jolies robes. Il est mort jeune, mon Michael. Un soir où il avait un peu bu, il s'est trompé de cheval. On l'a pendu pour vol avant qu'il ait eu le temps de dessoûler.

— Ces couleurs vous flatteront certainement, marmonna Sarah, qui ne savait trop que répondre.

Maggie éclata d'un rire bruyant.

— J'ai passé l'âge où l'on se soucie d'être flattée, ma fille ! J'ai enterré deux maris. Le second — M. O'Rourke, paix à son âme ! — a été frappé par la foudre en 63. Le Seigneur ne protège pas toujours les ivrognes et les simples d'esprit, contrairement à ce qu'on dit. Et je n'en cherche pas un troisième, croyez-moi. Or, pourquoi une femme s'habille-t-elle, sinon pour attraper un homme ou pour en garder un ?

Elle parcourut Sarah de son regard acéré.

— Vous, en tout cas, vous êtes sacrément bien arrangée.

Sarah décida de prendre cette remarque pour un compliment.

— Merci, répondit-elle avec un petit sourire. Si vous préférez autre chose, je pourrais…

— Je n'ai pas dit que ça ne me plaisait pas.

— Sarah peut vous réaliser une robe très pratique, madame O'Rourke, intervint Liza. Ma mère est enchantée de la sienne, et Mme Miller en a commandé deux à Sarah pour son voyage à Kansas City.

— Vraiment ? s'étonna Maggie, qui savait comme tout le monde à quel point Mme Miller était pingre. J'ai besoin d'une robe neuve, c'est sûr. Mais pas de frous-frous, hein ? Je ne voudrais pas que mes pensionnaires se mettent des idées en tête.

Elle se mit à glousser.

— Si un homme se met des idées en tête à votre sujet, Maggie, il les perdra vite après avoir goûté à votre ragoût.

En reconnaissant la voix de Jake, Sarah se figea. Puis, lentement, elle se tourna vers lui. Il se tenait à mi-hauteur dans l'escalier.

— Il y en a certains qui pensent à autre chose qu'au ragoût…, rétorqua Maggie avec un nouveau gloussement.

Elle pointa un doigt vers Jake.

— … Prenez garde à un homme qui sourit comme ça, jeunes filles. Je suis bien placée pour vous le dire, j'en ai épousé deux.

L'intensité du regard qu'échangeaient Jake et Sarah ne lui avait pas échappé. Il y avait du feu sous la cendre, se dit-elle. Et elle ne rechignait pas à l'attiser un peu.

— Liza, cette histoire de ragoût me rappelle qu'il me faudrait dix livres de farine. Cours vite me les chercher et dis à ta mère de les mettre sur mon compte.

— Bien, madame.

Visiblement désireuse de partir au plus vite, Sarah s'empara du tissu.

— Je vais me mettre au travail sans tarder, madame O'Rourke.

— Attendez une minute. J'ai en haut une robe que vous pourriez prendre comme modèle et qui a besoin en outre d'être raccommodée. Je suis incapable de tenir une aiguille... Ah ! Liza, j'ai besoin de deux livres de café, aussi. Allez, déguerpis ! ajouta Maggie avec un signe de la main.

— J'en ai pour une minute, promit Liza.

Enchantée de sa manœuvre, Maggie s'engagea dans l'escalier.

— Vous êtes aussi subtile qu'une décharge de chevrotine, lui murmura Jake quand elle le frôla.

Le tissu dans les mains, Sarah le regarda s'approcher d'elle. Alors qu'elle se tenait au milieu de la pièce, elle avait l'impression bizarre d'avoir le dos au mur. Il la dévisageait avec cette expression qui la troublait tant et la faisait trembler. Si jamais il s'avisait de la toucher, se promit-elle, ou s'il semblait simplement sur le point de le faire, elle le giflerait sans hésiter.

Jake, de son côté, était la proie de toutes sortes d'images. Il se voyait en train de la toucher, de la goûter, de rouler avec elle sur le sol, de s'enivrer d'elle... Mais tandis qu'il la contemplait, pareille à une fleur qui aurait poussé dans le sable, il se rappela que ces images ne pourraient jamais devenir réalité.

Il décida de la taquiner un peu.

— Bonjour, duchesse. Vous êtes venue me voir ?

— Certainement pas !

Jake savoura la manière dont les yeux de la jeune fille s'enflammaient. L'air de rien, il passa un doigt sur le tissu qu'elle tenait et la sentit sursauter.

— Joli, mais je préfère la robe que vous portez.

— Ce tissu n'est pas pour moi. Mme O'Rourke souhaite que je lui confectionne une nouvelle robe.

— Ainsi vous cousez, aussi.

Du regard, il la dévisagea, s'attardant sans doute trop longuement sur sa bouche.

— Vous êtes décidément surprenante. Et pleine de ressource.

— C'est une façon honnête de gagner sa vie. Dommage que tout le monde ne puisse en dire autant, ajouta Sarah en fixant le revolver à la hanche de Jake.

Ce ton froid et réprobateur emplit Jake d'un mélange de rage et d'impuissance.

— Je vois qu'on vous a parlé de moi, déclara-t-il. Je suis un homme dangereux, Sarah.

Il lui prit le menton, la forçant ainsi à le regarder.

— Je laisse derrière moi des veuves et des orphelins. L'odeur de la poudre et de la mort me suivent partout. J'ai du sang apache dans les veines ; pour moi, tuer n'a pas le même sens que pour un Blanc. Je tire sur un homme comme un loup égorge un agneau, parce que je suis né pour ça. Une femme telle que vous a intérêt à m'éviter.

Sarah percevait la fureur qui sous-tendait ses paroles. Elle devinait aussi une frustration terrible, profonde, qui trahissait une blessure à vif. Alors que Jake atteignait la porte, elle le rappela.

— Monsieur Redman. Monsieur Redman, je vous en prie !

Elle rassembla ses jupons et lui courut après.

— Jake !

Il s'arrêta et se tourna vers elle au moment où elle franchissait le seuil. Ils n'avaient fait que quelques pas dehors mais, déjà, la chaleur et la poussière les environnaient.

— Vous feriez mieux d'attendre Maggie à l'intérieur.

— Je vous en prie, écoutez-moi, insista-t-elle en posant une main sur son bras. Je ne comprends peut-être pas ce que vous faites, ni qui vous êtes, mais je sais que vous avez pris la peine de m'aider. Ne me demandez pas de l'oublier, car je ne le ferai pas.

— On peut dire que vous avez le don d'embrouiller un homme, murmura Jake.

— Je n'avais pas l'intention…

— Je sais. Vous avez autre chose à ajouter ?

— En fait, je…

Interrompue par une explosion de rires en provenance du bâtiment voisin, Sarah se tut. Comme elle se tournait de ce côté, un homme jaillit brusquement, la tête la première, par les portes battantes. Il s'effondra dans la poussière.

Alors que Sarah s'élançait déjà vers lui, Jake la retint.

— Qu'est-ce que vous faites ?

— Cet homme est peut-être blessé !

— Il est trop soûl pour ça.

Par-dessus l'épaule de Jake, Sarah, les yeux ronds, vit l'homme se relever tant bien que mal et retourner dans le saloon d'un pas chancelant.

— Mais il est à peine midi ! remarqua-t-elle.

— On se soûle aussi bien de jour que de nuit.

— Et c'est tout aussi laid, affirma Sarah en pinçant les lèvres.

En même temps, elle se souvint de la promesse qu'elle avait faite à Lucius.

— Pourrais-je vous demander une autre faveur ?

— Dites toujours.

— Il me faudrait une bouteille de whiskey.

Jake ôta son chapeau et lissa ses cheveux bruns avant de le remettre.

— Je croyais que l'alcool vous faisait horreur.

— Ce n'est pas pour moi, c'est pour Lucius.

Tandis qu'elle prenait son réticule, un bruit de verre brisé leur parvint du saloon.

— Je crains d'ignorer le prix…

— Pour Lucius, ce sera gratuit. Rentrez, à présent, ordonna-t-il en se dirigeant vers le saloon.

— Ça, c'est un homme ! fit alors la voix de Maggie.

Pas vrai ? Sarah sursauta et porta une main à son cœur.

— Vous m'avez fait peur, madame O'Rourke.

Avec un grand sourire, Maggie la rejoignit dehors et lui tendit un paquet.

— Vous aviez la tête ailleurs… C'est un beau gars, ce Jake. Fort, avec de bonnes mains. Qu'est-ce qu'une femme peut demander de plus ?

Elle jeta un coup d'œil vers le saloon, où le tapage augmentait.

— Vous n'avez pas de bon ami, là-bas, dans l'Est ?

— Pas de quoi ?

Distraite, Sarah ne s'intéressait pour l'instant qu'au saloon. Même si la chose était difficile à admettre, elle brûlait de regarder à l'intérieur.

— Oh ! non, répondit-elle enfin. En tout cas, personne à qui je tienne assez pour l'épouser.

— Une femme intelligente sait comment amener un homme au mariage en lui laissant croire que c'est lui qui en a eu l'idée le premier. Jake, par exemple…

Un cri strident de Sarah l'interrompit : deux hommes venaient d'être éjectés du saloon. Ils roulèrent ensemble sur la route, tout en continuant de se bourrer de coups de poing.

— Bonté divine !

La bouche ouverte, Sarah les regarda s'empoigner et se taper dessus comme de beaux diables. A cet instant, Jake sortit du saloon, tenant une bouteille par le goulot.

— Je croyais vous avoir dit de rentrer, dit-il à Sarah en la rejoignant.

— Je voulais juste… Oh !

Un poing venait de rencontrer un nez, faisant jaillir une gerbe de sang.

— C'est affreux ! Il faut que vous les arrêtiez.

— Sûrement pas. Où est votre chariot ?

— Vous devez faire quelque chose ! insista Sarah. Vous ne pouvez pas les regarder s'écharper ainsi sans intervenir !

— Si j'essaie de les séparer, duchesse, ils s'en prendront tous les deux à moi.

Il lui donna la bouteille.

— Je n'ai pas envie de tuer quelqu'un, aujourd'hui.

Soupirant d'exaspération, Sarah lui remit la bouteille dans les mains ; puis elle y ajouta le tissu et le paquet de Maggie.

— Dans ce cas, annonça-t-elle, c'est moi qui vais y aller.

— Vous risquez de perdre quelques-unes de vos jolies dents.

Sarah fusilla Jake du regard, après quoi elle se pencha pour prendre le crachoir que Maggie plaçait près de sa porte. Tenant ses jupes d'une main et son arme improvisée de l'autre, elle se dirigea d'un pas martial vers la mêlée.

— Sacré bout de femme ! lança Maggie avec un grand sourire. Elle a du cran.

— Allez vous occuper de votre ragoût, marmonna Jake.

Sa logeuse éclata de rire.

— Vous en pincez pour elle, hein ? J'aimerais bien être là le jour où elle s'en rendra compte !

Un peu essoufflée, Sarah contourna les corps qui roulaient l'un sur l'autre. Les hommes grognaient et sifflaient. Une forte odeur de sueur et de whiskey montait d'eux. Elle dut attendre un peu avant de pouvoir abattre le crachoir d'abord sur une tête, puis sur l'autre. Une tempête de rires et quelques cris d'encouragement lui parvinrent de l'entrée du saloon. Elle les ignora, tournée vers les deux hommes qui se frottaient le crâne et la contemplaient d'un air perplexe.

— Vous devriez avoir honte ! leur lança-t-elle d'un ton qui aurait fait la fierté de la mère supérieure. Vous battre dans la rue comme des écoliers ! Et pour quoi ? Pour vous mettre la figure en sang et vous ridiculiser devant tout le monde ! Allez, levez-vous !

Les deux hommes attrapèrent leur chapeau et se remirent péniblement sur pied. Sarah ajouta :

— Je suis sûre que ce différend peut se régler autrement.

Satisfaite, elle les salua d'un signe de tête et traversa la rue pour rejoindre Jake et Maggie.

— Tenez, dit-elle en tendant le crachoir à Maggie.

Puis elle adressa un petit sourire narquois à Jake et déclara :

— Il suffisait de leur faire entendre raison.

— Comme vous dites, mam'zelle !

Par-dessus l'épaule de la jeune fille, il vit les deux hommes qui luttaient de nouveau dans la poussière. La prenant par le bras, il l'entraîna dans la direction opposée avant qu'elle ne se mette en tête d'intervenir de nouveau.

— C'est dans votre école, qu'on vous a appris ça ?

— Je suis bien placée pour savoir comment les religieuses réglaient des disputes.

— Et vous avez déjà reçu un coup de crachoir sur la tête ?

— Non… mais je sais à quoi ressemble un coup de règle.

Comme elle arrivait près de son chariot, Sarah jeta un coup d'œil dans l'épicerie et aperçut Liza en train de faire du charme à un jeune homme dégingandé, avec des cheveux couleur de paille et des bottines étincelantes.

— S'agit-il de Will Metcalf ?

— Oui, répondit Jake qui entassait ses affaires à l'arrière du chariot.

— Je crois que Liza a un faible pour lui.

Sarah réprima un soupir. Pour l'instant, toute perspective de romance lui semblait aussi lointaine que la belle maison que son père lui avait construite dans ses rêves. Comme elle se retournait, elle heurta Jake de front. Il la retint d'un geste vif, puis garda les mains sur ses bras.

« Peut-être pas si lointaine », pensa alors Sarah.

— Vous devriez regarder où vous allez, remarqua-t-il.

— C'est ce que je fais, d'habitude.

Il allait l'embrasser de nouveau, ici, en pleine ville. Elle le sentait. Elle percevait presque le goût de ce baiser.

— Sarah…

— Bonjour, Jake.

Faisant tourner son ombrelle entre ses doigts, Carlotta arrivait. Avec un petit sourire, elle ignora l'avertissement muet que lui lançait Jake et se tourna vers Sarah. Elle avait déjà décidé de haïr la jeune fille, pour ce qu'elle était, pour ce qu'elle avait. Les lèvres pincées, elle considéra sa rivale de haut en bas. Pure, propre et terne, conclut-elle. Jake s'en lasserait avant huit jours.

Entre-temps, elle avait bien l'intention d'embarrasser un peu cette petite bégueule.

— Tu ne me présentes pas à ton amie ?

Sans un mot, Jake garda une main sur le bras de Sarah pour la conduire à l'avant du chariot. Elle résista.

— Je suis Sarah Conway, déclara-t-elle sans même tendre la main.

— Je sais qui vous êtes, répondit Carlotta avec un grand sourire que démentait son regard glacial. J'ai connu votre père. Très bien connu, même.

Le coup avait porté, Carlotta fut ravie de le constater. Mais lorsqu'elle chercha le regard de Jake, son plaisir s'évanouit. Elle lui avait déjà vu cette expression, quand un homme le poussait trop loin. Rejetant la tête en arrière, elle tourna aussitôt les talons.

Il changerait d'avis, se dit-elle. Comme tous les hommes.

La bouche crispée, Jake prit le bras de Sarah pour l'aider à monter dans le chariot. Mais à peine ses doigts l'eurent-ils effleurée qu'elle se dégagea vivement.

— Ne me touchez pas !

Elle dut s'agripper au chariot pour recouvrer le souffle que Carlotta lui avait coupé. Toutes ses illusions étaient détruites, maintenant. Imaginer son père, son propre père, avec une femme comme celle-là était plus qu'elle ne pouvait en supporter.

Furieux, Jake aurait préféré s'en aller. Pourtant, il resta, serrant les poings avec force.

— Laissez-moi vous aider à monter dans ce foutu chariot, Sarah !

— Je ne veux pas de votre aide, répliqua-t-elle en se tournant vers lui. Je ne veux rien de vous, vous comprenez ?

— Non, mais peu importe.

— Est-ce que vous l'embrassez comme vous m'embrassez ? Est-ce que vous pensez à moi de la même manière que vous pensez à cette femme et à ses semblables ?

D'un geste brusque, Jake la retint.

— Lorsque je vous ai embrassée, je ne pensais à rien du tout et j'ai eu bien tort.

Une voix masculine vint interrompre leur échange.

— Mademoiselle Conway...

Samuel Carlson avait arrêté son cheval près du chariot. Sans quitter Jake des yeux, il mit pied à terre.

— ... y a-t-il un problème ?

— Non.

Instinctivement, Sarah se plaça entre les deux hommes. Le revolver de Carlson avait une crosse en ivoire, d'une beauté mortelle sous son gilet en brocart argenté. A présent, elle savait que même un homme aussi raffiné et cultivé que Samuel Carlson n'hésiterait pas à se servir de son arme.

— M. Redman m'a été d'une aide inestimable depuis que je suis arrivée, précisa-t-elle.

— J'ai entendu dire que vous avez eu des ennuis.

Sarah s'aperçut qu'elle enfonçait les ongles dans ses paumes. Lentement, elle décrispa les doigts. En revanche, elle ne put dissiper la tension qui lui nouait la gorge. Les deux hommes qui se tenaient auprès d'elle s'observaient comme s'ils avaient été sur le point de se sauter dessus.

— Par bonheur, indiqua-t-elle, les dommages n'ont pas été trop graves.

— Je suis heureux de l'apprendre.

Enfin, Carlson tourna les yeux vers Sarah, qui poussa un soupir de soulagement.

— Etes-vous venue seule en ville, mademoiselle Conway ?

— Oui. Et je ferais mieux de rentrer, je crois.

— J'aimerais beaucoup vous raccompagner. C'est un long trajet, pour une femme seule.

— C'est très gentil à vous, monsieur Carlson, mais je ne puis accepter.

— Ce serait un plaisir pour moi.

La prenant par le bras, il l'aida à se jucher sur le siège de la carriole.

— J'avais l'intention de vous rendre visite pour vous présenter mes hommages. Vous me feriez une faveur si vous m'autorisiez à vous reconduire.

Sarah allait refuser de nouveau, quand elle croisa le regard de Jake. Un regard glacial. Sans doute avait-il une autre expression lorsqu'il regardait Carlotta.

— J'avoue que je serai heureuse d'avoir de la compagnie, s'entendit-elle déclarer.

Elle attendit, muette, pendant que Carlson allait attacher son cheval à l'arrière. Puis elle croisa les mains sur ses genoux et salua Jake d'un signe de tête.

— Au revoir, monsieur Redman.

Et elle laissa Samuel Carlson la ramener chez elle.

Durant le trajet, ils parlèrent de tout et de rien : du temps, de musique, de théâtre. Sarah trouva délicieux de passer une heure ou deux auprès d'un homme qui comprenait l'art et appréciait la beauté.

— J'espère que vous ne m'en voudrez pas si je vous donne un conseil, mademoiselle Conway.

Sarah sourit.

— Un conseil est toujours le bienvenu, même si on ne le suit pas.

— J'aimerais que vous suiviez le mien. Jake Redman est quelqu'un de dangereux, le genre d'homme à n'apporter que des ennuis à ceux qui l'approchent. Tenez-vous loin de lui, mademoiselle Conway. Dans votre intérêt.

Sarah garda le silence un instant, surprise par la violence de la colère qui montait en elle. Car, après tout, Carlson n'avait fait que dire la vérité, une vérité qu'elle connaissait déjà.

— J'apprécie votre sollicitude…

— … mais vous ne suivrez pas mon conseil, termina Carlson d'une voix teintée de regret.

— Je ne pense pas que ce soit nécessaire. Il est peu probable que je revoie M. Redman, maintenant que je suis installée.

Carlson secoua la tête et sourit.

— Je vous ai blessée.

— Pas du tout. Je comprends vos sentiments à l'égard de Ja… de M. Redman. Ce qui s'est passé entre votre frère et lui a dû vous contrarier.

Carlson pinça les lèvres.

— Malheureusement, je dois dire que Jim a provoqué lui-même cet incident. Il est jeune, un peu tête brûlée. Redman, c'est autre chose. Il vit de ses armes et de la réputation qu'il se forge avec.

— Quelle terrible existence…

— Voilà que j'ai éveillé votre sympathie à son égard. Ce n'était certes pas mon intention.

D'un geste léger, il lui effleura la main.

— Vous êtes belle, sensible. Je ne voudrais pas que vous ayez à souffrir.

Voilà bien longtemps qu'on n'avait pas dit à Sarah qu'elle était belle. La dernière fois, c'était lors d'un bal donné chez Lucilla, au cours d'une valse.

— Je vous remercie, mais je vous assure que la prudence s'apprend vite, ici.

Dès qu'ils entrèrent dans la cour, Lafitte bondit vers eux, puis se mit à courir près du chariot en aboyant.

— Il a beaucoup grandi, remarqua Carlson tandis que le chien essayait de lui mordiller les chevilles.

Lafitte continua à montrer les crocs quand le jeune homme aida Sarah à descendre du chariot.

— Ça suffit ! ordonna-t-elle. Je crois qu'il deviendra un excellent chien de garde. Et grâce au ciel il s'entend bien avec Lucius. Puis-je vous offrir un peu de café ?

— Volontiers.

Une fois à l'intérieur, Carlson regarda autour de lui.

— J'ai du mal à vous imaginer ici, avoua-t-il. Un salon avec du papier fleuri et des draperies bleues vous irait si bien…

— Je crois qu'il faudra un certain temps avant que je ne mette du papier peint et des draperies, souligna Sarah avec un petit rire. Je préférerais poser du parquet, pour commencer. Asseyez-vous, je vous prie.

Dans une boîte en fer-blanc, elle prit quelques-uns des biscuits au sucre qu'elle avait confectionnés au début de la semaine. Elle fut heureuse de pouvoir offrir à son invité une serviette coupée dans une chute de tissu.

— Vous devez vous sentir bien seule, ici, remarqua-t-il.

— Je n'ai pas le temps de m'ennuyer. Mais j'avoue que ce n'est pas ce que j'espérais.

— Dommage que votre père n'ait pas réussi à rendre la mine rentable.

— Elle lui donnait de l'espoir, répondit Sarah en pensant au journal qu'elle continuait à lire. Il avait plus besoin d'espoir que de nourriture.

— C'est exact. Je lui avais offert de racheter sa concession, il y a quelque temps.

Sarah prit place en face de lui et haussa les sourcils, surprise.

— Vraiment ? Pour quelle raison ?

— Une raison sentimentale, répondit Carlson avec un sourire embarrassé. Ce terrain appartenait à mon grand-père, autrefois. Il l'avait perdu au poker quand j'étais encore enfant, et cette histoire le rendait furieux.

Il sourit encore et goûta un biscuit.

— Certes, il avait le ranch : douze cents hectares, avec la meilleure eau de la région. Pourtant, il n'a cessé de bougonner au sujet de cette mine jusqu'au jour de sa mort.

— Il doit y avoir en elle quelque chose qui captive les hommes, acquiesça Sarah. En tout cas, elle a captivé mon père.

— Matt l'avait achetée au gagnant de la partie de poker, et il s'y est tout de suite plongé jusqu'au cou — si je puis dire. Il a toujours cru qu'il finirait par trouver le filon principal, lequel, à mon avis, n'existe pas. Quand mon grand-père est mort et que j'ai pris sa suite, j'ai pensé que ce serait une bonne chose que je ramène la mine dans la famille. Mais Matt ne voulait pas s'en séparer.

— Il poursuivait un rêve, murmura Sarah. Un rêve qui a fini par le tuer.

— Excusez-moi, je vous ai bouleversée. Ce n'était pas mon intention.

— Ce n'est rien. Il me manque encore, vous savez. Je suppose qu'il me manquera toujours.

— Il n'est peut-être pas très sain pour vous d'habiter si près de l'endroit où il est mort.

— Cette maison est tout ce que j'ai, expliqua Sarah.

Carlson se pencha pour lui tapoter la main.

— Comme je le disais tout à l'heure, vous êtes un être sensible. Ecoutez… Je voulais acheter cette mine à Matt, et je suis toujours disposé à vous l'acheter si vous décidez de la vendre.

— La vendre ?

Surprise, Sarah leva les yeux. Le soleil entrait à flots par la fenêtre, traversant les rideaux jaunes. Ses rayons dessinaient une traînée d'or sur le sol. Avant longtemps, pensa-t-elle, il allait flétrir le tissu.

— Vous êtes très généreux, monsieur Carlson.

— Je serais flatté que vous m'appeliez Samuel.

— Vous êtes très généreux, Samuel, mais je ne pense pas être prête à quitter cet endroit.

Elle se leva et gagna la fenêtre. Oui, le soleil blanchirait les rideaux comme il avait blanchi la terre, dehors. Elle appuya la main sur le mur de pisé, qui restait frais malgré la chaleur. Une sorte de miracle, comme l'endurance des hommes qui avaient lutté pour rester ici.

— Vous n'avez pas à vous décider tout de suite, insista Carlson.

Il s'était levé à son tour et avait rejoint Sarah. Quand il lui posa la main sur l'épaule, elle lui sourit. Cette présence amie la réconfortait.

— M'adapter à cet endroit n'a pas été facile, reprit-elle. Pourtant, il me semble que je n'ai pas le droit de partir. En le faisant, j'aurais l'impression d'abandonner mon père.

— Je sais ce que c'est que de perdre sa famille, acquiesça Carlson. Il faut du temps pour se remettre.

Il se tourna vers elle.

— Je crois que je connaissais assez bien Matt pour savoir qu'il souhaiterait le meilleur pour vous. Si vous décidez de partir, faites-le-moi savoir. C'est tout. Mon offre reste valable.

— Merci.

Sarah ne put s'empêcher de rougir quand il lui prit les mains et les porta à ses lèvres.

— Je veux vous aider, Sarah. J'espère que vous me permettrez de le faire.

— Mademoiselle Conway.

Sarah sursauta et poussa un soupir en apercevant Lucius, qui se tenait sur le pas de la porte.

— Oui ?

Lucius regarda Carlson, puis détourna la tête pour cracher au-dehors.

— Voulez-vous que je rentre l'attelage ?

— Oui, s'il vous plaît.

— Qu'est-ce que je fais du cheval en plus ?

— Je m'en vais, indiqua Carlson. Merci de m'avoir accordé votre compagnie, Sarah.

— Cela a été un plaisir.

Tandis qu'ils sortaient dans la cour, Carlson remit son feutre.

— J'espère que vous me permettrez de revenir vous voir.

Sarah fut obligée de prendre Lafitte dans ses bras, car il tournait autour de leur visiteur en grognant et en montrant les crocs.

— Bien sûr. Au revoir, Samuel.

Quand il fut parti, Sarah posa le petit chien par terre et alla trouver Lucius, occupé à détacher les chevaux.

— Lucius, vous vous êtes montré incorrect, tout à l'heure.

— Si vous le dites, mam'zelle…

— Oui, je le dis !

Elle passa sous l'encolure des chevaux pour le rejoindre.

— M. Carlson a eu l'amabilité de me ramener de la ville. Vous l'avez regardé comme si vous vouliez lui tirer une balle en pleine tête.

— Peut-être bien.

— Mais pourquoi donc, bonté divine ?

— Les serpents n'ont pas tous des sonnettes.

Levant les yeux au ciel, Sarah préféra en rester là. Puis elle attrapa la bouteille de whiskey dans le chariot et la montra à Lucius. Aussitôt, les yeux du vieil homme s'illuminèrent.

— Si vous la voulez, quittez votre chemise.

La bouche de Lucius s'affaissa, comme s'il venait de recevoir un coup sur la tête.

— Je vous demande pardon, mam'zelle ?

— Votre pantalon aussi. Quittez tout, vous m'entendez ?

Lucius porta une main à son foulard.

— Cela vous ennuierait que je vous demande pourquoi, mademoiselle Conway ?

— Je veux laver vos habits. J'en ai supporté l'odeur — et la vôtre — assez longtemps. Pendant que je ferai la lessive, vous pourrez prendre ce pain de savon que je viens d'acheter et vous en frotter.

— Mais, mam'zelle…

— Je vous donnerai cette bouteille quand vous serez propre, pas avant. Prenez un seau d'eau, le savon et allez dans la grange. Vous me ferez passer vos habits quand vous les aurez quittés.

Pas très sûr de trouver l'arrangement à son goût, Lucius hésita.

— Et si je ne le fais pas ?

— Je viderai cette bouteille de whiskey par terre jusqu'à la dernière goutte.

Lucius décampa, une main sur le cœur. Il avait une peur bleue que cette imprévisible jeune fille mette sa menace à exécution !

7

Sarah roula les manches de sa plus vieille chemise, remonta sa jupe noire et se mit au travail.

« Il vaudrait mieux le brûler », pensa-t-elle en plongeant le pantalon de Lucius, raide de crasse, dans le ruisseau. Immédiatement, l'eau devint brunâtre. Avec une exclamation de dégoût, Sarah essora le jean, puis le plongea de nouveau. Elle aurait du mal à le rendre à peu près présentable, mais elle y parviendrait !

La propreté rapproche de Dieu. Tel était l'un des préceptes, brodés au point de croix, que la mère supérieure avait accrochés dans son bureau. Qu'il soit d'accord ou non, Sarah allait essayer de rapprocher Lucius de Dieu.

Laissant tremper le pantalon, elle attrapa du bout des doigts sa chemise au bleu passé. « Déplorable, décréta-t-elle en la mouillant et en la frottant. Absolument déplorable. » C'était à se demander si ces vêtements avaient vu de l'eau claire depuis une année… Et Lucius ? Etait-il aussi sale ?

Avec un sourire, Sarah se souvint de son expression, quand elle avait menacé de vider le whiskey par terre. Pauvre Lucius ! Il avait peut-être l'air bourru et malcommode, ce n'était en réalité qu'un pauvre homme très doux, qui avait simplement besoin d'une femme pour lui montrer le droit chemin.

La plupart des hommes étaient ainsi. Du moins, Lucilla le disait-elle. Battant la chemise usée contre les rochers, Sarah se demanda ce que son amie penserait de Jake Redman. Il n'y avait certainement rien de doux à trouver en lui, même en creusant très profond. Pourtant, il pouvait se montrer aimable. Chaque fois qu'il laissait apercevoir son bon cœur, elle en était ébahie. Mais cela ne durait jamais… Et cela précédait toujours ou presque un acte inexcusable.

Comme de l'embrasser à lui en couper le souffle. L'embrasser jusqu'à ce que son sang s'embrase, que son esprit se vide et qu'elle soit emplie d'un désir qu'elle ne comprenait même pas. Il n'avait aucun droit de faire cela, et encore moins de s'en aller juste après en la laissant tremblante et désorientée.

Elle aurait dû le gifler. Oui ! songea-t-elle en faisant claquer la chemise dans l'eau et en hochant la tête, satisfaite. Elle aurait dû lui faire passer son arrogance et partir la première.

La prochaine fois… Il n'y aurait pas de prochaine fois. Car si jamais Jake Redman osait de nouveau la toucher, elle… elle… elle s'abandonnerait entre ses bras, elle devait le reconnaître. Oh ! comme elle le détestait de lui inspirer de telles envies !

Quand il la regardait, il se produisait quelque chose d'incroyable, quelque chose qu'elle n'avait jamais connu auparavant : son cœur s'emballait, la paume de ses mains devenait moite. Un regard suffisait. Ses yeux étaient si sombres, si pénétrants… Quand il la regardait, c'était comme s'il était en mesure de voir tout ce qu'elle était, ou pouvait être, ou désirait être.

C'était absurde ! Cet homme vivait de son arme, prenait tout ce qui lui faisait envie sans scrupule ni regret. Or, jusqu'à présent, on avait enseigné à Sarah qu'il y avait une ligne claire et nette entre le Bien et le Mal. Une ligne à ne pas franchir. Tuer était le plus grand des péchés, le plus impardonnable. Jake Redman avait tué et tuerait certainement encore. Sachant cela, Sarah ne pouvait éprouver d'attachement pour lui.

Pourtant, cet attachement existait. Et ce désir, aussi. Et ce besoin de lui.

Les mains plongées dans l'eau jusqu'au poignet, elle se reprit soudain. Elle ne devait pas se laisser aller à ce genre de réflexions. Ni penser à lui de cette façon. Si elle devait penser à un homme, mieux valait choisir un homme comme Samuel Carlson. Il était poli, avait de bonnes manières. Il savait comment traiter une dame. Ce n'était pas lui qui lui imposerait ces baisers sauvages, impudiques. Avec lui, une femme se sentait sans nul doute aimée, choyée, protégée.

Néanmoins, Sarah aurait préféré que ce soit Jake qui la raccompagne.

Tout cela était ridicule ! songea-t-elle en essorant la chemise et en se frottant le nez du dos de la main. Elle avait remué assez de sottises pour l'instant.

Elle aspirait à une vie ordonnée. Ce ne serait peut-être pas la grande vie qu'elle avait imaginée, mais elle serait agréable quand même. Même ici. Assise sur les talons, Sarah regarda autour d'elle. A l'ouest, le soleil descendait vers les collines, lentement, comme une grosse boule dorée dans un ciel qui avait les couleurs chamarrées des peintures indiennes. Les rochers dressaient leurs silhouettes étranges, un peu mystérieuses.

L'air sentait le genièvre. Non loin, un aigle planait dans le ciel, les ailes étendues. Au-dessous d'elle, le ruisseau gargouillait en se faufilant paresseusement entre les galets.

C'était magnifique ! Non sans surprise, Sarah constata qu'elle avait la gorge nouée devant tant de beauté. Cette beauté, qu'elle n'avait pas vue jusque-là, avait quelque chose de sauvage, de désolé. Mais son charme venait justement de ce que l'homme n'était pas parvenu à la toucher, ou qu'il n'avait pas osé. Si ce pays ne connaissait pas les lois, c'était peut-être parce qu'il était au-dessus d'elles.

Pour la première fois depuis son arrivée, Sarah ressentit une impression d'affinité, d'appartenance. De paix. Elle avait bien fait de rester. Ici, elle était chez elle. Enfin chez elle !

Lorsqu'elle se releva pour étendre la chemise sur un rocher, elle souriait. C'est alors qu'elle vit l'ombre, et qu'elle leva brusquement les yeux.

Ils étaient cinq.

Leurs cheveux noirs tombaient sur leurs épaules nues. Tous se tenaient à cheval, sauf un. Ce fut celui-là qui marcha vers elle. Une cicatrice blanche partait de sa tempe, au coin de l'œil, et descendait en croissant sur sa joue. Sarah vit cette cicatrice, elle vit la lame du couteau qu'il tenait à la main.

Alors, elle se mit à hurler.

Lucius entendit arriver le cavalier et ceignit sa cartouchière par-dessus son caleçon de flanelle. Des traces de savon sur le visage, il sortit de la grange. Jake arrêta son cheval et lui accorda un long regard ironique.

— Tu fêtes le printemps ?

— Maudites soient les femmes ! répliqua Lucius en crachant par terre.

Jake démonta et lança les rênes sur la barrière. Aussitôt, Lafitte bondit pour poser ses pattes avant sur ses cuisses. La langue pendante, le jeune chien semblait sourire.

— Belle vérité. Tu vas au bal, ou quoi ?

— Je ne vais nulle part.

Lucius jeta un coup d'œil haineux vers la maison.

— Elle m'a menacé. Oui, m'sieur, y a pas d'autre mot. Elle m'a dit que si je ne prenais pas un bain et si je ne la laissais pas laver mes affaires, elle viderait la bouteille de whiskey qu'elle m'a rapportée jusqu'à la dernière goutte.

Avec un sourire en coin, Jake s'appuya à la barrière et roula une cigarette.

— Elle n'est peut-être pas aussi stupide qu'elle en a l'air.

— Elle a l'air très bien, maugréa Lucius. Mais elle est sacrément têtue… Qu'est-ce que tu fais là ?

— Je suis venu bavarder avec toi.

— Tu parles ! J'ai des yeux. Elle n'est pas là.

Irrité, Jake gratta une allumette et alluma sa cigarette.

— J'ai dit que c'était toi que je venais voir. As-tu jeté un coup d'œil à la mine ?

— Un coup d'œil, pas plus. La p'tite dame n'est pas du genre à laisser ses victimes prendre du bon temps.

Lucius ramassa une pierre et la lança pour que Lafitte coure la chercher.

— Il lui faut toujours construire ou réparer quelque chose. Mais elle fait bien la cuisine, ajouta-t-il en se tapant le ventre. Pour ça, je ne me plains pas.

— Tu as vu quelque chose ?

— J'ai vu l'endroit où Matt était en train de travailler quand ça s'est effondré.

Il cracha de nouveau avant de poursuivre :

— J'peux pas dire que j'ai eu très envie d'aller plus loin. Maintenant, si tu me disais ce que j'étais supposé chercher ?

— Tu le sauras si tu le trouves.

Jake regarda du côté de la maison et remarqua les rideaux neufs.

— Est-ce qu'elle y monte, parfois ?

— Oui, mais elle n'entre pas. Elle s'assied près de sa tombe, seulement… Ça crève le cœur.

— On dirait que tu te ramollis, vieux, observa Jake en grattant la tête de Lafitte.

— Tu peux parler ! rétorqua Lucius avec un petit rire amusé. N'essaie pas de me raconter des histoires, mon gars. Je te connais depuis trop longtemps. Au fait, ça t'intéressera peut-être de savoir que Samuel Carlson est venu faire une petite visite…

Jake souffla une bouffée de fumée et haussa les épaules.

— Je le savais déjà. Est-ce qu'il est resté longtemps ?

— Assez pour faire la cour à Sarah. Je l'ai vu lui baiser les mains. Les deux.

— Ah oui ?

La fureur embrasa Jake tout entier. Les yeux mi-clos, il jeta sa cigarette sans la terminer.

— Où est-elle ?

— Au ruisseau, j'imagine.

Réprimant à grand-peine son envie de rire, Lucius se pencha pour prendre Lafitte avant qu'il ne s'élance sur les talons de Jake.

— A ta place, petit, je resterais là. Il va y avoir un feu d'artifice digne de la fête de l'Indépendance.

Jake ignorait encore ce qu'il allait faire. Ce qu'il savait, en revanche, c'est que Sarah n'aimerait pas. Elle avait besoin qu'on lui tienne la bride haute, et il allait s'en occuper. Laisser Carlson poser ses sales pattes sur elle… A cette simple idée, les griffes de la jalousie lui déchiraient le ventre.

Lorsqu'il l'entendit crier, ses revolvers se retrouvèrent hors de leur étui en un clin d'œil. Il parcourut les cinq cents derniers mètres comme un fou tandis que les hurlements de Sarah et le bruit de chevaux au galop retentissaient désagréablement dans sa tête.

Arrivé au bord du ruisseau, il vit la poussière soulevée par les sabots des poneys. Malgré la distance, il reconnut la silhouette de Petit Ours. Ce n'était plus la jalousie qui le dévorait, à présent. Un autre feu brûlait en lui, froid comme de la glace.

Alors qu'il rengainait ses revolvers, que Lafitte arrivait au grand galop.

— Tu arrives encore trop tard, lança Jake au petit chien qui flairait le sol avec des gémissements.

Il se tourna vers Lucius, qui accourait aussi, seulement vêtu de sa cartouchière et de son caleçon long.

— Qu'est-ce qui s'est passé ?

Jake ne répondit pas. Le vieil homme se baissa et examina les traces de lutte.

— Des Apaches.

Puis il aperçut sa chemise séchant au soleil.

— Bon sang de bonsoir ! Qu'ils aillent au diable. Grommelant d'autres jurons, il vint rejoindre Jake.

— Laisse-moi enfiler mon autre chemise et mes bottes. Ils n'ont pas pris trop d'avance.

— J'y vais seul.

— Ils sont au moins quatre… peut-être plus !

— Cinq, rectifia Jake en reprenant d'un pas vif le chemin de la maison. Mais j'y vais seul.

— Ecoute, petit : même si c'était Petit Ours, ça ne te donne aucune garantie. Vous n'étiez que des gamins quand vous vous êtes trouvés ensemble. Depuis, vous avez suivi des chemins bien différents.

— C'était Petit Ours, et je n'attends aucune garantie, affirma Jake en sautant en selle. Je la ramènerai.

Lucius posa une main sur le pommeau de la selle.

— J'espère bien.

— Si je ne suis pas rentré demain soir au coucher du soleil, préviens Barker. Je laisserai des traces que même lui pourra suivre.

Sur ce, Jake lança son cheval au galop et partit vers le nord.

Sarah ne s'était pas évanouie, mais elle aurait préféré. On l'avait jetée avec rudesse sur un cheval, et elle devait se cramponner à la crinière de l'animal pour ne pas tomber. L'Indien à la cicatrice était assis derrière elle ; de temps à autre, il criait quelque chose à ses compagnons et brandissait une carabine Winchester flambant neuve. Il avait tiré Sarah par les cheveux pour la hisser sur le cheval et semblait fasciné par ses mèches blondes. Quand elle le sentit plonger son nez dedans, elle ferma les yeux et se mit à prier.

Ils allaient vite. Les poneys, infatigables, avaient le pied très sûr. Sarah s'en rendit compte lorsqu'ils quittèrent la plaine pour grimper dans les rochers et les collines. Le soleil était impitoyable, qui lui brûlait la nuque. Sarah, tant bien que mal, s'efforçait de ne pas pleurer. Elle ne voulait pas mourir en pleurant. Car ils allaient sûrement la tuer.

Il y avait pourtant plus angoissant que la mort qu'ils lui

réservaient… Sarah avait en effet entendu raconter des histoires horribles, barbares, sur ce qu'ils faisaient subir à leurs prisonnières blanches. Autrefois, elle tenait ces histoires pour des bêtises. A présent, elle craignait qu'elles ne fussent qu'un pâle reflet de la réalité.

Ils grimpaient toujours plus haut, là où l'air était plus frais et où la montagne semblait prendre vie avec ses pins et ses torrents. Quand les poneys ralentirent, Sarah s'affala en avant, les cuisses meurtries par l'effort qu'elle avait dû fournir pour ne pas tomber. Ses ravisseurs se parlèrent dans une langue qu'elle ne comprenait pas. Le temps, lui aussi, avait perdu tout son sens. Elle savait seulement que la chevauchée avait duré des heures : le soleil était bas sur l'horizon et commençait de teinter le ciel de rouge. De rouge sang.

Ils s'arrêtèrent. Durant quelques secondes de folie, Sarah envisagea de talonner le cheval et d'essayer de fuir. Mais on la tira à terre.

Trois des hommes emplirent des outres dans le torrent. Puis ils firent boire leurs montures sans lui prêter la moindre attention.

Se redressant sur ses coudes, Sarah vit alors l'Indien à la cicatrice se disputer avec celui qui devait être le chef. Ce dernier avait un visage superbe, aux traits ciselés, mais dur et froid. Une plume d'aigle était plantée dans ses cheveux et un collier, qui semblait fait de petits os blanchis, ornait son cou. Il jeta un regard presque indifférent à la jeune fille, puis fit un signe à son compagnon.

Sarah se remit à prier en silence, désespérément, tandis

que le guerrier à la cicatrice venait vers elle. Il l'obligea à se remettre sur pied et joua avec ses cheveux. Son chef aboya un ordre, qu'il accueillit en grommelant. Il empoigna Sarah à la gorge. Elle retint son souffle, mais il ne fit que lui arracher son camée. Apparemment satisfait pour l'instant, il la poussa vers le torrent et la fit boire.

Elle but avec avidité. Finalement, sa mort n'était peut-être pas aussi proche qu'elle le pensait. Peut-être pourrait-elle y échapper… Pas question de désespérer, se dit-elle en rafraîchissant sa peau brûlante avec l'eau glacée. Quelqu'un viendrait la chercher.

Jake.

Elle faillit hurler son nom quand on la força de nouveau à se relever. Son ravisseur avait fixé sa broche sur son gilet de daim. Comme un trophée… Furieuse de voir ainsi utilisé le camée de sa mère, Sarah tendit la main pour le reprendre. Une gifle la projeta à terre. Elle sentit que l'on arrachait sa chemise de son épaule ; quelqu'un tirait sur le tissu pour la relever. D'instinct, elle se mit à se débattre, se servant de ses dents et de ses ongles. Elle entendit un cri de douleur, puis des rires d'hommes. Alors qu'elle se démenait, qu'elle donnait des coups de pied, on lui attacha les mains avec un lien de cuir. Elle sanglotait, à présent, mais c'était de rage. Puis on la hissa de nouveau sur le poney, avant de lui ligoter les chevilles.

Sarah avait le goût du sang dans la bouche et des larmes dans les yeux.

Le petit convoi reprit sa progression dans la montagne.

Sarah essaya de dormir. C'était le meilleur moyen d'échapper à la douleur qui lui lacérait les bras et les jambes. Sans parler de l'altitude, qui lui donnait le vertige. Ils suivirent le bord d'un étroit précipice dont on ne voyait pas le fond. Comme ses paupières s'abaissaient de nouveau, Sarah songea qu'il devait descendre jusqu'en enfer.

Jusqu'en enfer.

Elle ne savait où ils l'emmenaient, mais c'était un monde différent, avec des forêts, des rivières, des falaises abruptes. Cela n'avait de toute façon aucune importance. Ou elle mourrait, ou elle s'échapperait. Tout se résumait à ça.

« Survivre. Rien d'autre ne compte. »

Les paroles de Jake venaient de s'imposer à elle. Elle n'avait pas compris ce qu'il voulait dire, alors. A présent, elle comprenait. En certains moments, il n'y avait que cette alternative : la vie ou la mort. Si elle pouvait s'échapper, et si elle devait tuer pour y parvenir, elle tuerait. Si elle ne pouvait pas fuir, et s'ils projetaient de faire ce qu'elle redoutait, alors elle trouverait un moyen de se tuer elle-même.

Ils grimpaient toujours. Cette montée n'avait pas de fin. Ils suivaient une piste sinueuse et s'enfonçaient dans le crépuscule. Autour d'elle, Sarah entendait les appels des oiseaux de nuit, aigus et musicaux, soulignés par le hululement sourd d'un hibou. Les arbres resplendissaient d'or et de pourpre ; le vent, qui se levait, sifflait entre leurs branches. L'air était froid, pénétrant.

D'épuisement, Sarah se mit à rêver. Elle chevauchait à travers une forêt avec Lucilla, et elles discutaient d'un chapeau qu'elles avaient vu le matin. Elles riaient, parlaient de l'homme dont elles tomberaient amoureuses et qu'elles épouseraient. Il serait grand, fort et formidablement beau.

Puis elle rêva de Jake, d'un baiser de rêve et d'un vrai baiser. Elle rêva qu'il venait la chercher à cheval, qu'il la prenait sur son grand mustang gris et qu'il l'emmenait. Il la tenait, la réchauffait, la protégeait.

Soudain, les chevaux s'arrêtèrent.

Quand on coupa les liens qui attachaient ses chevilles, Sarah se rendit compte qu'elle était trop lasse pour prier. Sans résister, elle se laissa tirer à bas du cheval, puis s'affala par terre. De même que ses jambes ne la portaient plus, il ne lui restait même plus assez de forces pour pleurer ; elle resta donc allongée, immobile.

Elle dut dormir. Car lorsqu'elle revint à elle, elle entendit le crépitement d'un feu et le murmure tranquille d'hommes en train de manger.

Réprimant un gémissement, elle essaya de se redresser. Avant qu'elle y parvienne, une main s'abattit sur son épaule et la fit retomber sur le dos.

Son ravisseur se pencha sur elle. La lumière du feu faisait briller ses yeux noirs. Il lui parla, mais ses mots n'avaient aucun sens pour elle. Elle se battrait, se promit-elle. Même si elle était condamnée à perdre, elle se battrait.

Il toucha ses cheveux, y glissa les doigts, les souleva et les laissa retomber. Cela dut lui plaire, car il sourit. Après quoi, il tira son couteau.

Sarah se dit — et espéra presque — qu'il allait lui

trancher la gorge. Tout serait fini, alors. Mais il se mit à couper sa jupe. Elle lui donna des coups de pied aussi féroces que possible, qu'il se contenta d'esquiver, avant d'immobiliser ses jambes sous les siennes. Lorsqu'elle entendit le tissu se déchirer, Sarah frappa à l'aveuglette de ses poings liés.

A l'instant où l'homme allait la frapper à son tour, un cri retentit près du feu de camp. Les guerriers se levèrent, arcs et fusils prêts à tirer.

Un cavalier sortit de la nuit et s'avança dans la lumière vacillante.

« Je rêve encore », pensa Sarah avec un sanglot. Puis elle le regarda mieux. Alors, un regain d'énergie envahit son corps, et elle parvint à se relever.

— Jake !

Elle voulut courir vers lui, mais on la ramena violemment en arrière. Il ne lui fit aucun signe, regarda à peine de son côté tandis qu'il avançait vers le groupe d'Apaches. Puis il se mit à parler en une langue qu'elle ne comprenait pas.

— Beaucoup de temps a passé, Petit Ours…

Petit Ours abaissa son fusil.

— Je croyais ne jamais te revoir, Yeux Gris.

Lentement, ignorant la rage qui bouillonnait en lui, Jake mit pied à terre.

— Nos chemins s'étaient séparés. Voilà qu'à présent ils se rejoignent.

Il plongea les yeux dans ces yeux sombres qu'il connaissait aussi bien que les siens. Entre cet Apache et lui, il existait un lien que bien peu d'hommes auraient compris.

— Je me souviens d'une promesse que nous nous sommes faite, enfants. Nous avons juré par le sang que jamais nous ne porterions la main l'un sur l'autre.

— Une promesse faite par le sang ne s'oublie jamais.

Petit Ours tendit la main à Jake, et ils s'empoignèrent fermement, du poignet au coude.

— Veux-tu manger ?

Jake acquiesça, puis s'assit près du feu pour partager le gibier. Du coin de l'œil, il apercevait Sarah, recroquevillée par terre, qui l'observait. Elle était livide de peur et de fatigue. Des cernes sombres soulignaient ses yeux au regard fixe. Ses habits étaient déchirés. Il savait qu'elle avait froid, alors que lui-même mangeait et buvait.

Mais s'il la voulait vivante, il devait respecter les traditions.

— Où est le reste de ta tribu ? demanda-t-il.

— Morts, égarés ou en fuite, répondit Petit Ours en fixant le feu d'un air buté. Les Longs-Couteaux nous ont abattus comme des daims. Ceux qui restent se cachent dans les montagnes, et ils sont peu nombreux.

— Bras Crochu ? Panier de Paille ?

— Ils sont vivants. Mais ils se trouvent dans le Nord, où les hivers sont longs et le gibier rare.

Petit Ours tourna la tête. Sur son visage, Jake vit une colère sans fond, froide, intense, qu'il comprenait parfaitement.

— Les enfants ne rient plus, Yeux Gris, les femmes ne chantent plus.

Tandis que le feu crépitait, ils évoquèrent des souvenirs

communs, des gens qu'ils avaient aimés tous les deux. Le lien qui les unissait était aussi fort qu'au temps où Jake vivait parmi les Apaches et se sentait l'un d'eux. Ils savaient pourtant l'un comme l'autre que cette époque était révolue.

Le repas terminé, Jake se leva.

— Tu as pris ma femme, Petit Ours. Je suis venu la reprendre.

Petit Ours leva la main avant que le guerrier balafré qui se tenait près de lui puisse parler.

— Elle n'est pas ma prisonnière, mais celle de Faucon Noir. Ce n'est pas à moi de te la rendre.

— Alors, nous pourrons tenir notre promesse.

Jake se tourna vers le guerrier.

— Tu as pris ma femme.

— Je n'ai pas fini avec elle, répliqua Faucon Noir en posant une main sur le manche de son couteau. Je la garde.

Jake aurait pu marchander. Un fusil valait plus qu'une femme. Mais ce marchandage lui aurait fait perdre la face. Il avait déclaré que Sarah était sa femme ; à présent, il n'existait pour lui qu'un moyen de la reprendre.

— Celui qui vivra la gardera.

Il défit son ceinturon et tendit ses revolvers à Petit Ours. Rares étaient les hommes à qui il acceptait de confier ainsi ses armes.

— Je vais lui parler.

Tandis que Faucon Noir entamait une incantation pour se préparer au combat, il se dirigea vers Sarah.

— J'espère que vous avez apprécié votre repas ! lui lança-t-elle d'un ton acerbe. Et moi qui ai cru un moment que vous étiez venu me sauver.

— Je m'y efforce.

— Oui, je vois. En mangeant, buvant et en racontant des histoires près du feu… Mon héros !

Un grand sourire éclaira le visage de Jake, qui attira la jeune fille contre lui pour l'embrasser avec passion.

— Vous êtes une sacrée femme, Sarah ! Restez assise et laissez-moi faire.

Abandonnant soudain toute fierté, elle agrippa sa chemise.

— Ramenez-moi à la maison ! Je vous en prie, ramenez-moi chez moi !

— Je vous ramènerai.

Jake serra ses mains dans les siennes, puis il se releva et se mit à son tour à chanter.

Bientôt, Faucon Noir et lui se placèrent côte à côte devant le feu, et le plus jeune des braves les attacha ensemble par le poignet gauche. Quand Sarah vit briller des lames de couteaux, elle se dressa. Petit Ours lui prit le bras.

— Vous ne pouvez rien faire, déclara-t-il dans un anglais parfait.

Les lames se levèrent.

— Non ! cria Sarah en essayant de se débattre. Mon Dieu, non !

— Je vais verser ton sang de Blanc, Yeux Gris, murmura Faucon Noir.

Alors, les lames s'abaissèrent dans un sifflement de mort, avant de s'entrechoquer.

Liés l'un à l'autre, ils reculaient, avançaient, esquivaient. Jake combattait dans un silence tendu. S'il perdait, Faucon Noir célébrerait sa victoire en violant Sarah séance tenante, alors même que son sang coulerait encore. Cette pensée le mit en furie et le déconcentra un instant. Faucon Noir en profita pour lui entailler l'épaule. Jake sentit son sang couler sur son bras, chaud. Alors, il en absorba l'odeur pour ne penser à rien d'autre ; chassant Sarah de son esprit, il lutta pour survivre.

Dans l'air froid de la nuit, le visage ruisselant de sueur des deux adversaires brillait. Les oiseaux s'étaient enfuis, chassés par le fracas des lames et l'odeur du sang. Le seul bruit que l'on entendait maintenant était la respiration rauque des deux hommes qui s'étreignaient, décidés à tuer. Les autres formaient autour d'eux un cercle lâche et les regardaient. D'avance, ils avaient accepté l'idée de la mort, inévitable.

Sarah, debout, serrait ses poings liés sur sa bouche et réprimait son envie de hurler, hurler jusqu'à ce qu'elle n'ait plus de souffle. Quand elle avait vu couler le sang de Jake, elle avait fermé les yeux en crispant les paupières. Mais la terreur les lui avait vite fait rouvrir.

Petit Ours lui tenait toujours le bras. S'il ne la serrait pas, elle savait qu'elle ne pouvait lui échapper. Elle avait déjà compris qu'elle constituerait une récompense pour le vainqueur du combat.

Comme Jake écartait la lame de Faucon Noir, qui l'avait manqué de peu, elle se tourna vers son gardien.

— Je vous en prie… Si vous arrêtez ce combat, si vous laissez Jake vivre, j'irai avec vous sans protester et je n'essaierai pas de m'enfuir.

Un instant, Petit Ours détourna les yeux du combat pour considérer celle qui venait de parler. Yeux Gris avait bien choisi sa femme.

— Il n'y a que la mort qui puisse l'arrêter, maintenant. Les deux hommes tombèrent à terre. Sarah vit le couteau de Faucon Noir s'enfoncer dans la poussière, tout près du visage de Jake. Tandis qu'il le retirait, la lame de Jake le blessa à la cuisse. Puis ils roulèrent vers le feu.

Indifférent à la chaleur, Jake ne ressentait qu'une rage glacée. Les flammes eurent le temps de roussir la peau de son bras avant qu'il parvienne à se dégager. Le manche de son couteau était moite de sa sueur, la lame rougie par le sang de son adversaire.

Quand ils roulèrent près des chevaux, ceux-ci hennirent et secouèrent la tête, effarouchés.

Les adversaires étaient dans l'ombre, à présent. Sarah n'apercevait plus qu'une masse sombre et l'éclat sporadique d'une lame, mais elle entendait des grognements désespérés et le crissement du métal. Soudain, elle n'entendit plus que le souffle rauque d'un homme.

D'un seul homme.

La gorge nouée, le cœur battant à se rompre, elle attendit de voir qui allait revenir dans la lumière.

Contusionné, ensanglanté, Jake vint jusqu'à elle. Sans

mot dire, il lui coupa ses liens avec la lame tachée de sang. Puis, toujours silencieux, il enfila le couteau dans sa botte et reprit ses revolvers.

— C'était un brave, dit Petit Ours.

Jake boucla son ceinturon, en proie à un mélange de peine et de triomphe.

— Il est mort en guerrier, acquiesça-t-il en prenant le bras de Petit Ours. Puissent les Esprits chevaucher à tes côtés, frère.

— A tes côtés aussi, Yeux Gris.

Jake tendit la main à Sarah. Quand il vit qu'elle ne tenait pas sur ses jambes, il la cueillit dans ses bras et la porta jusqu'à son cheval.

— Tenez bon, dit-il.

Puis il sauta en selle, derrière elle, et quitta le camp sans un regard en arrière. Il savait qu'il ne reverrait jamais Petit Ours.

Sarah ne voulait pas pleurer. Pourtant, elle ne pouvait pas s'en empêcher. Son seul réconfort venait de sa certitude que Jake ne l'entendait pas. Du moins le croyait-elle. Ils chevauchaient depuis dix minutes à peine, sans se presser, quand il la fit pivoter et la prit contre lui.

— Vous avez passé un mauvais moment, duchesse. N'ayez pas peur, pleurez tout votre soûl.

Alors, bercée par les mouvements du cheval, Sarah sanglota sans honte, la joue posée contre le torse de Jake.

— J'ai eu si peur. Il allait…

— Je sais. Il ne faut plus y penser, maintenant.

Jake songea que la remarque était aussi valable pour lui.

S'il pensait à ce qui avait failli arriver, il risquait de perdre le peu de contrôle qu'il gardait encore sur lui-même.

— C'est fini, murmura-t-il.

— Est-ce qu'ils vont nous poursuivre ?

— Non.

— Comment pouvez-vous en être sûr ?

A présent que ses larmes s'étaient taries, sa terreur revenait de plus belle.

— Question d'honneur.

— *D'honneur ?* Mais ce sont des Indiens !

Elle leva la tête vers lui. Dans le clair de lune, son visage semblait aussi dur que le roc.

— Justement. Ils tiennent à leur honneur beaucoup plus que les hommes blancs.

Sarah se souvint alors que Jake avait du sang apache.

— Vous... vous sembliez les connaître.

— J'ai vécu cinq ans avec eux. Petit Ours, celui qui avait la plume d'aigle, est mon cousin.

Tout à coup, Jake s'arrêta et descendit de cheval.

— Vous avez froid. Je vais faire du feu pour que vous puissiez vous reposer un moment.

Il tira une couverture de son sac de selle et la posa sur les épaules de la jeune fille. Trop fatiguée pour protester, elle s'en drapa et s'assit par terre.

En un rien de temps, le feu fut allumé et du café commença à passer dans la cafetière. Sarah mordit sans hésiter dans la viande fumée que Jake lui offrit, puis réchauffa ses mains sur les flammes.

— L'homme… avec qui vous vous êtes battu, vous le connaissiez ?

— Oui.

— Je suis désolée, murmura-t-elle.

Il avait tué pour elle. Peut-être sa victime était-elle un vieil ami, un membre de sa propre famille…

— De quoi ? demanda Jake en versant du café dans un gobelet, qu'il plaça entre les mains tremblantes de Sarah.

— De tout. D'un seul coup, ils ont été là, devant moi. Je n'ai rien pu faire.

Sarah, qui éprouvait un intense besoin de chaleur, but à grands traits.

— Quand j'étais à l'école, se souvint-elle, nous lisions les journaux, nous entendions raconter des histoires à propos des Indiens. Je ne croyais pas vraiment à tout ça. Je pensais que l'armée contrôlait tout le pays.

— Les articles que vous avez lus parlaient de massacres, déclara Jake d'une voix emplie de fureur. De colons assassinés, de diligences attaquées. On vous a raconté que des sauvages scalpaient des enfants. C'est arrivé. Mais avez-vous lu quelque part les exploits des soldats américains ? Ceux qui entrent à cheval dans des campements, tuent les hommes comme des bouchers, violent les femmes et tirent sur des bébés bien après que les traités de paix ont été signés, et malgré les promesses ? Avez-vous entendu parler de la nourriture empoisonnée et des couvertures contaminées que l'on envoie dans les réserves ?

— Ce n'est pas possible !

— Les Blancs veulent la terre, et la terre n'est pas à eux. Ou, plutôt, ne l'était pas.

Jake tira son couteau de sa botte et l'essuya dans la poussière avant d'ajouter :

— Mais ils la prendront, d'une manière ou d'une autre.

Sarah ne voulait pas le croire. Pourtant, dans ses yeux, elle pouvait lire qu'il disait la vérité.

— J'ignorais tout cela, avoua-t-elle.

— Il n'y en a plus pour très longtemps. Petit Ours et ses frères sont pratiquement vaincus.

— Comment avez-vous fait pour choisir ? Pourquoi ne pas être resté avec eux, plutôt que de venir vivre parmi les Blancs ?

Jake haussa les épaules.

— Je n'ai pas vraiment eu le choix. Je n'avais pas assez de sang apache pour pouvoir être accepté comme un brave. Et j'ai surtout été élevé comme un Blanc. Pourtant, mon nom signifie Peau Rouge. *Red Man.* C'est ainsi que des soldats avaient baptisé mon père quand ils l'avaient découvert près d'un poste des environs de Tucson. Il a gardé ce nom. Peut-être par fierté, peut-être pour une autre raison.

Irrité de s'être livré de la sorte, Jake s'arrêta. Il n'en avait jamais dit autant à personne.

— Prête à remonter en selle ? demanda-t-il.

Sarah aurait aimé qu'il continue, qu'il lui révèle tout ce qu'il y avait à savoir sur lui. Son instinct la dissuada d'insister. Elle risquait, alors, de ne plus rien apprendre.

— Je peux essayer.

Elle lui sourit, puis toucha le bras de Jake.

— Je voudrais… Oh ! vous saignez !

Il baissa les yeux sur sa blessure.

— Il m'a touché à plusieurs endroits.

— Faites voir. J'aurais dû vous soigner plus tôt !

Agenouillée près de lui, elle déchira la manche de sa chemise.

— Il n'y a rien qu'un homme apprécie davantage, murmura Jake. Se faire arracher ses vêtements par une jolie femme…

— Je vous saurais gré de bien vous tenir ! rétorqua Sarah avec un soupir amusé.

C'était si bon de l'entendre rire, pensa Jake. L'horreur qui habitait ses yeux s'était pratiquement dissipée ; il voulait la faire disparaître à tout jamais.

— Il paraît que vous avez déshabillé Lucius sous la menace ? lança-t-il.

Cette fois, le rire de Sarah fut plus franc, plus chaud.

— C'est un homme qu'il faut mener d'une main ferme, expliqua-t-elle. J'aurais voulu que vous voyiez sa tête quand je lui ai demandé d'ôter son pantalon.

— Je ne pense pas que vous oseriez faire la même chose avec moi.

— La chemise suffira. Votre bras a certainement besoin d'être bandé.

Sarah se redressa puis, pudique, se tourna avant de soulever sa jupe pour déchirer le bas de son jupon. Pendant ce temps, non sans difficulté, Jake quittait sa chemise.

— Je vous suis très obligé de faire pareil sacrifice. Dites-moi, duchesse, je me suis toujours demandé : combien de jupons avez-vous au juste ?

— Ce n'est pas un sujet de conversation ! répondit-elle en se retournant vers lui. Mais heureusement que je…

Elle se tut, bouche bée. C'était la première fois qu'elle voyait un torse masculin. Et jamais elle n'aurait cru qu'un homme pût être aussi beau. Jake était mince et musclé, sa peau sombre et lisse brillait à la lueur du feu de camp. Elle sentit une vive chaleur se répandre en elle, qui partait du centre de son être, pressante, presque douloureuse, et coulait dans ses veines à la manière d'une drogue.

Un hibou hulula derrière elle et la fit sursauter.

— Il va me falloir de l'eau, déclara-t-elle après s'être éclairci la gorge. Il faut que je nettoie ces blessures.

Gardant les yeux sur elle, Jake lui fit passer la gourde. Sans un mot, elle s'agenouilla de nouveau près de lui pour laver la plaie. L'entaille courait de l'épaule de Jake à son coude.

— C'est profond. Il faudra voir un médecin.

— Oui, m'dame.

Sarah leva les yeux vers lui, puis les détourna aussitôt.

— Vous conserverez sûrement une cicatrice.

— J'en ai d'autres.

Gênée, Sarah songea qu'elle pouvait en effet s'en rendre compte. Le corps de Jake était celui d'un héros, balafré, musclé, magnifique.

— Je vous ai causé beaucoup d'ennuis.

— Plus que je ne l'imaginais, murmura Jake tandis que les doigts fins de Sarah glissaient doucement sur sa peau.

Elle noua le premier bandage, puis se pencha sur la blessure qu'il avait au côté.

— Celle-ci paraît moins sérieuse, mais elle doit vous faire mal.

Sa voix avait pris une tonalité plus sourde. Jake sentit la caresse de son souffle sur sa peau, puis il tressaillit quand elle nettoya sa blessure. Le souffle lui manqua lorsqu'elle passa les bras autour de lui pour mettre le bandage en place.

— Vous avez encore pas mal de coupures, commenta Sarah.

Comme fascinée, elle posa la main, bien à plat, sur le torse de Jake et dit :

— Il vous faudra du baume.

Ce qu'il lui fallait, Jake le savait. Sa main se ferma sur le poignet de Sarah.

Un instant, elle garda les yeux fixés sur leurs mains, comme si elle était médusée par le contraste de la peau sombre de Jake sur sa peau claire. Puis, lentement, elle leva la tête vers lui. Il porta alors une main à son visage, frotta la paume contre sa joue. Rien, dans sa vie, ne lui avait paru plus doux, ne lui avait semblé plus beau. Un véritable feu brûlait dans les yeux de Sarah, chaud, étincelant. Et c'était de la passion qu'il voyait là. Il connaissait assez les femmes pour la reconnaître.

Il se pencha vers elle, les yeux ouverts. Il s'attendait qu'elle s'écarte, mais elle se haussa vers lui.

A quelques centimètres l'un de l'autre, ils hésitèrent tandis que leurs souffles se mêlaient. Puis, avec douceur, une douceur dont il ne se serait pas cru capable, Jake effleura de ses lèvres celles de Sarah. Elle poussa un soupir. Avec la même douceur, il l'attira contre lui et sentit qu'elle cédait. Ses lèvres s'écartèrent.

Alors, forte d'une témérité qu'elle ne se connaissait pas, Sarah laissa ses mains courir sur le torse de Jake. Elle eut l'impression qu'il tremblait. Emerveillée, elle lui murmura des mots sans suite. D'un baiser, il l'obligea au silence et, à mesure qu'il approfondissait sa caresse, il lui fit connaître un bonheur sans limites.

Jake sentait le désir le parcourir comme une traînée de feu. Il enflammait son esprit, ses reins, son cœur.

— Sarah..., murmura-t-il d'un ton rauque.

Tandis qu'il la cueillait dans ses bras pour l'embrasser encore, un coup de vent attisa le feu de camp, des étincelles jaillirent près d'eux dans la nuit. Jake sentait le corps de Sarah se mouler au plus près du sien, réclamer plus encore. Fou d'amour, il écarta le col déchiré de son corsage.

Elle poussa un cri quand il enveloppa un sein de sa paume. C'était une paume rêche, calleuse, dont le contact lui coupa le souffle. Puis il posa la bouche sur sa peau — une bouche brûlante, humide, avide — et descendit le long de sa gorge. Eperdue, Sarah enfouit les doigts dans ses cheveux.

Un instant plus tôt, elle avait affronté la mort. A présent, c'était la vie. L'amour. Les lèvres de Jake couraient sur elle, la rendant folle de désir. Intrépide, les nerfs à fleur de peau, elle l'obligea à l'embrasser de nouveau, et ils connurent un véritable instant d'extase. Pressantes, troublantes, impérieuses, caressantes, les mains de Jake semblaient partout à la fois.

Le visage enfoui dans le cou de Sarah, il s'enivrait du goût de sa peau et ne voulait plus penser à rien d'autre.

Tout à coup, pourtant, il la sentit trembler de la tête aux pieds et, brusquement, il revint à la réalité. Il avait oublié qui il était. Qui *elle* était. Un peu plus, il allait s'emparer d'elle, là, par terre. Il s'écarta et l'entendit gémir doucement.

— Jake…

Il avait l'impression d'avoir reçu une balle dans le ventre, et que cette blessure saignerait durant le reste de son existence. Sans un mot, il éteignit le feu et commença de lever le camp.

— Qu'est-ce… qui ne va pas ? balbutia Sarah en serrant les bras autour d'elle.

— Il faut repartir.

— Mais… je croyais… Je pensais…

— Bon sang, jeune fille, j'ai dit qu'il fallait partir !

Jake tira un manteau d'une sacoche et le lui lança.

— Enfilez ça.

Le manteau serré contre elle, Sarah regarda Jake attacher les sacs. Elle ne pleurerait pas. Se mordant la lèvre, elle se jura de ne jamais pleurer pour lui. Ainsi, il ne voulait pas d'elle. Ce qui venait de se passer n'était que le résultat d'une impulsion. Sans doute préférait-il une autre sorte de femme.

Posant le manteau sur ses épaules, elle alla le rejoindre.

— Je peux monter seule, affirma-t-elle quand il voulut lui prendre le bras.

Il hocha la tête, recula et sauta en selle, derrière elle.

8

L'écho du coup de feu retentit dans les rochers et fit s'envoler un faucon solitaire. Sarah serra les dents, arma le fusil et tira de nouveau. La bouteille vide explosa. Elle faisait des progrès, se dit-elle en s'essuyant le front avant de recharger. Et elle était décidée à faire encore mieux.

Lucius vint vers elle en compagnie de Lafitte.

— Vous commencez à avoir l'œil, mam'zelle Sarah.

— Merci, répondit-elle en abaissant le fusil pour gratter la tête du chien. Je crois en effet que je deviens assez bonne…

Désormais, plus personne n'aurait à la sauver. Ni d'un serpent à sonnette, ni d'une bande d'Apaches, ni même de la colère de Dieu. Depuis que Jake, deux semaines plus tôt, l'avait déposée devant sa porte sans un mot et sans une arrière-pensée, apparemment, elle avait décidé de s'exercer. Et son adresse s'était considérablement accrue depuis qu'elle imaginait à la place des bouteilles ou des boîtes de conserve vides le visage souriant de son mercenaire.

— … mais je vous l'ai déjà dit, Lucius, ce n'est pas la

peine de me surveiller sans arrêt. Ce qui est arrivé n'était pas votre faute.

— Pourtant, je ne peux pas m'empêcher de penser que si. Vous m'avez engagé pour ouvrir l'œil. Et la première fois que je baisse mes pantalons — façon de parler, mam'zelle Sarah —, vous avez des ennuis.

— Il ne m'est rien arrivé de grave.

— Le ciel soit loué ! Si Jake n'était pas arrivé à ce moment-là… J'aurais bien essayé de vous ramener, mam'zelle Sarah, mais il faut reconnaître qu'il était l'homme de la situation.

Sarah retint la remarque acide qui lui venait aux lèvres. Car Jake l'avait sauvée, il avait risqué sa vie pour elle. Ce qui s'était passé par la suite ne diminuait pas ses mérites.

— Je suis très reconnaissante à M. Redman, Lucius.

— Il a fait ce qu'il devait, c'est tout.

Avec un frisson, Sarah se remémora la lutte au couteau.

— J'espère sincèrement qu'il n'aura plus à faire une chose pareille.

— C'est bien pour ça que je dois vous tenir à l'œil. Enfin, je vais vous dire la vérité, mam'zelle Sarah : s'occuper d'une femme, ça donne du tracas ! Ça ne m'était plus arrivé depuis que ma femme est morte.

— Vous avez été marié ? s'exclama Sarah avec surprise.

— Y a quelques années de ça, ouais. Eau Tranquille, qu'elle s'appelait. Je peux dire que j'y tenais.

— Votre femme était indienne ?

Sarah, qui avait envie d'en savoir plus, s'assit sur un rocher et étala ses jupes autour d'elle. Lucius ne parlait pas souvent de tout ça, du moins quand il était sobre.

— Oui, m'dame, acquiesça-t-il. Elle était apache, de la même tribu que Petit Ours. C'était plus ou moins sa tante, en fait. Je l'ai rencontrée alors que j'étais venu par ici comme soldat. Je me suis surtout battu contre des Cheyennes. Ça doit bien remonter à 62… La bagarre ne me dérangeait pas, mais je n'aimais pas beaucoup marcher. Un jour, je suis parti vers le Sud pour faire un peu de prospection, et c'est là que j'ai rencontré John Red-man, le père de Jake.

— Vous avez connu le père de Jake ?

— Très bien, oui. On s'est même associés, un temps. Lui et sa femme, ils avaient passé de rudes moments. Beaucoup de gens n'aimaient guère qu'il soit à moitié apache.

Lucius eut un petit rire et haussa les épaules.

— Et c'était pareil de l'autre côté : certains membres de sa tribu lui reprochaient d'être à moitié blanc. C'est comme ça…

— Quel genre d'homme était-il ?

— Il avait la tête dure, mais il était très calme. Il ne disait pas grand-chose. En revanche, pour aimer rire, il aimait rire, ça oui ! Je crois bien que c'est le meilleur ami que j'aie jamais eu.

D'un geste hésitant, Lucius sortit sa bouteille et constata avec soulagement que Sarah ne disait rien.

— John avait décidé de s'installer comme fermier, reprit-il après avoir pris une bonne lampée de whiskey. Alors, je lui donnais un coup de main de temps en temps. C'est comme ça que j'ai rencontré Eau Tranquille.

Sarah lissa sa jupe d'un air dégagé.

— Vous avez dû connaître Jake enfant…

— Si je l'ai connu ! lança Lucius en riant. C'était un sacré petit dur. Quand il vous regardait, vous aviez l'impression qu'il vous perforait. Il n'a pas beaucoup changé. A ce moment-là, il vivait avec sa grand-mère. A part ses yeux, on l'aurait pris pour un des leurs. Mais il savait bien qu'il ne l'était pas, et les autres le savaient aussi. Comme disait John, « c'est pas facile de n'être ni d'un côté ni de l'autre ». Je me suis souvent demandé ce qui se serait passé si Eau Tranquille et moi avions eu des gamins.

— Qu'est-il arrivé à votre femme, Lucius ?

Le vieil homme plissa les paupières, regardant vers le soleil.

— J'étais parti chercher de l'or… Apparemment, un régiment est passé par là un matin. Un colon s'est plaint que du bétail lui avait été volé, et il a accusé les Apaches. Alors, les soldats ont fait irruption dans le campement. Ils ont massacré tout le monde, sauf ceux qui avaient réussi à s'enfuir dans les rochers.

— Oh ! Lucius, c'est terrible…

Incapable de trouver d'autres mots, Sarah lui prit les mains.

— Quand je suis revenu, poursuivit-il, le mal était fait. J'étais à moitié fou. J'ai tourné en rond pendant des jours, à cheval, sans aller nulle part. Au fond, je crois que j'espérais que quelqu'un me tirerait dessus. Puis, je me suis rendu chez les Redman. On leur avait tout brûlé.

— Mon Dieu !

— Il ne restait plus que des cendres et du bois calciné.

Sarah serra plus fort les mains de Lucius.

— Quelle horreur ! Etaient-ce aussi les soldats ?

— Non. En tout cas, ceux qui ont fait ça ne portaient pas d'uniforme. A mon avis, c'étaient plutôt des salauds de la ville voisine qui avaient bu et qui avaient dû décider tout à coup qu'ils ne voulaient pas d'Indiens si près de chez eux. Ils ont commencé par faire du grabuge et brûler la grange. Puis, l'un d'eux s'est mis à tirer. Peut-être qu'ils avaient prévu ça depuis le début, on n'a jamais su. Quand ç'a été fini, ils avaient tout brûlé et laissé la famille pour morte.

Les yeux écarquillés par l'horreur, Sarah resta un instant silencieuse.

— Jake… Il devait être tout jeune !

— Treize ou quatorze ans, je pense. Mais pour lui, la jeunesse était finie. Je l'ai trouvé à l'endroit où il avait enterré ses parents. Il était assis là, entre les deux tombes. Il avait le couteau de son père dans les mains. Il l'a toujours.

Sarah connaissait ce couteau. Elle l'avait vu souillé de sang, à cause d'elle.

— Il devait être terrifié, murmura-t-elle.

— Non, mam'zelle, je ne crois pas que terrifié soit le mot. Il chantait une de ces incantations que les Indiens utilisent quelquefois pour entrer en transe. Un chant de guerre, c'était. Il comptait aller en ville pour retrouver les types qui avaient tué ses parents.

— Mais il n'avait que treize ans !

— Je vous l'ai dit, ce n'était plus un gamin. Le mieux que j'aie pu faire, alors, ç'a été de le dissuader quelque temps — le temps qu'il apprenne à manier correctement un revolver. Il a appris vite. Je n'ai jamais vu un homme faire avec un flingue ce que Jake sait faire.

Malgré la chaleur étouffante, Sarah frictionna ses bras glacés.

— Est-ce que... A-t-il retrouvé les coupables ?

— Je n'en sais trop rien. Je ne le lui ai jamais demandé. A l'époque, j'ai pensé qu'il valait mieux l'éloigner en attendant qu'il prenne quelques années de plus. Alors, on est partis dans le Sud. Je lui avais acheté un cheval. Dès que nous arrivions quelque part, je me disais qu'il allait s'acoquiner avec des types à histoires, mais Jake ne s'est jamais acoquiné avec personne. Il avait à peu près seize ans quand nos chemins se sont séparés. J'ai entendu parler de lui de temps en temps. Et puis, voilà six mois, il a débarqué à Lone Bluff.

— Tout perdre de cette façon..., murmura Sarah avec une insondable tristesse. C'est un miracle qu'il ne soit pas empli de haine.

— La haine, il l'a, mais elle est froide. Moi, je me sers de la bouteille pour essayer d'oublier ; de temps à autre, je fais la grande lessive. Jake, lui, il se sert de ça, indiqua Lucius en se frappant la tempe. Ce garçon en a plus là-dedans que personne ne devrait en avoir. Le jour où il décidera de laisser sortir tout ce qu'il cache en lui, les gens auront intérêt à s'écarter.

Sarah comprenait ce qu'il voulait dire. Elle l'avait vue, cette expression dangereuse qui passait dans les yeux de Jake. Ce regard apparemment terne qui était plus explosif que la fureur, plus mortel que la rage.

— Vous tenez à lui, n'est-ce pas ?

— Il est toute ma famille, pour ainsi dire. Oui, j'ai de l'affection pour ce garçon…

Il se tourna vers elle, les yeux plissés.

— … et je crois bien que vous aussi.

— Je ne sais pas, Lucius. Je ne sais pas ce que j'éprouve pour lui.

Sarah mentait. Elle savait très bien ce qu'elle ressentait, de quelle façon elle le ressentait, et elle commençait même à comprendre pourquoi. Jake n'était certes pas l'homme qu'elle imaginait autrefois dans ses rêves, mais c'était le seul qu'elle voudrait jamais.

— De toute façon, quelle importance, s'il n'éprouve pas la même chose que moi ? reprit-elle.

— Peut-être qu'il l'éprouve — même s'il n'en dit rien. Je suis persuadé que les femmes ont un don pour sentir ces choses.

— Pas toujours.

Avec un soupir, Sarah se leva.

— Nous avons du travail, Lucius.

— Oui, m'dame.

— Une question, encore : qu'êtes-vous allé faire à la mine ?

— A la mine, mam'zelle Sarah ?

— Ecoutez, Lucius, vous dites vous-même que j'ai de bons yeux. Je sais que vous y êtes allé. Pourquoi ?

— Eh bien…

Les inventions n'étaient pas le fort de Lucius. Il toussota, dansa d'un pied sur l'autre, regarda par terre.

— … je jetais un coup d'œil.

— Pour l'or ?

— Possible.

— Pensez-vous que vous pourriez en trouver ?

— Matt a toujours pensé qu'il y avait une veine importante dans ce rocher, et quand Jake…

Il s'interrompit brusquement.

— Quand Jake quoi ? insista Sarah. Il vous a demandé d'aller voir ?

— Peut-être bien qu'il en a parlé, une fois ou l'autre…

— Je vois.

Sarah porta les yeux vers la crête. Elle s'était toujours demandé ce que Jake voulait, pensa-t-elle, le cœur déchiré. Peut-être qu'elle avait la réponse, à présent. Décidément, l'or semblait attirer les hommes qu'elle aimait.

— Je ne vois pas d'objection à ce que vous travailliez dans la mine, Lucius. En fait, je trouve l'idée excellente. Faites-moi savoir s'il vous faut des outils.

Quand elle se tourna de nouveau vers lui, son regard était aussi dur et froid que celui d'un homme. Elle ajouta :

— La prochaine fois que vous irez en ville, rappelez quand même à Jake que la mine est à moi.

— Bien, m'dame. Si vous y tenez…

— J'y tiens. Une voiture arrive, ajouta Sarah en regardant du côté de la route.

Lucius cracha par terre. Il espérait qu'il ne s'agissait pas de Carlson. Ce bellâtre était venu voir Sarah bien trop fréquemment à son goût, ces dernières semaines.

Ce n'était pas Carlson.

Quand la voiture s'approcha, Sarah vit qu'une femme tenait les rênes. Ce n'était pas Liza, non plus, constata-t-elle avec une pointe de déception. La visiteuse, brune et délicate, lui était inconnue. Elle appuya le fusil contre le mur.

— Bonjour.

— Bonjour, mademoiselle. Vous habitez bien loin, remarqua la jeune femme avec un petit sourire nerveux.

Comme elle ne semblait pas vouloir descendre, Sarah s'approcha de la voiture.

— Oui. Je suis Sarah Conway.

— Je sais, mademoiselle. Moi je suis Alice, Alice Johnson. Enchantée de vous connaître.

— Je suis ravie aussi… mademoiselle Johnson. Voulez-vous entrer prendre une tasse de thé ?

— Oh ! non, mademoiselle, je n'oserais pas !

Déconcertée par l'expression horrifiée de sa visiteuse, Sarah essaya d'en savoir plus.

— Vous êtes-vous égarée ?

— Non, je suis venue vous parler, mais je ne peux pas entrer. Ce ne serait pas convenable.

— Pas convenable ? Pourquoi ?

— Parce que je suis... Je suis l'une des filles de Carlotta, mademoiselle Conway.

De Carlotta ? Les yeux ronds, Sarah examina Alice Johnson avec une nouvelle attention. C'était une toute jeune fille, de seize ou dix-sept ans à peine. Son visage était d'une netteté scrupuleuse et sa robe modeste. Elle abaissa ses longs cils noirs et ses joues s'empourprèrent sous le regard insistant de Sarah.

— Vous voulez dire que vous travaillez au Silver Star ? lui demanda celle-ci.

— Oui, mademoiselle. Depuis trois mois.

— Mais... Ecoutez, mademoiselle Johnson, si vous êtes venue me parler, nous serions mieux à l'intérieur. Il fait beaucoup trop chaud pour rester au soleil.

— Je ne peux vraiment pas, mademoiselle Conway. Ce ne serait pas correct.

— Correct ou pas, je n'ai pas envie que nous attrapions une insolation. Entrez, je vous prie !

Sarah entra la première, laissant à sa visiteuse le choix de la suivre ou non.

Alice hésita. Elle ne se sentait pas le droit de faire ça. Mlle Conway était une vraie dame. En même temps, si elle rentrait au Silver Star sans pouvoir assurer à Carlotta qu'elle avait rempli sa mission, elle serait sûrement battue. Carlotta devinait toujours, quand on mentait. Et elle ne pardonnait pas les mensonges.

Sarah était en train de remplir la bouilloire quand elle entendit des pas timides qui s'approchaient. Avant qu'elle ait pu offrir un siège à Alice, celle-ci se mit à babiller.

— Que cet endroit est joli ! Vous avez vraiment une belle maison, mademoiselle Conway. Avec des rideaux et tout !

Ravie du compliment, qui était le premier du genre qu'on lui adressait, Sarah eut un grand sourire.

— Merci. Je me sens de plus en plus chez moi, ici. Je vous en prie, mademoiselle Johnson, asseyez-vous. Je prépare du thé.

— C'est très aimable à vous, mais… il n'est pas bien que vous m'offriez du thé.

— Je suis chez moi et vous êtes mon invitée, s'impatienta Sarah. Il n'y a rien de mal là-dedans. J'espère que vous apprécierez ces gâteaux, je les ai faits hier.

Tirant nerveusement sur sa jupe, Alice s'assit.

— Merci, mademoiselle. Et ne vous inquiétez pas : je ne dirai à personne que je me suis assise à votre table.

Intriguée, Sarah servit son invitée et demanda :

— Si vous me disiez pourquoi vous êtes venue ?

— C'est Carlotta. Elle a vu toutes les robes que vous avez réalisées pour ces dames, en ville. Elles sont très jolies, mademoiselle Conway.

— Merci.

— L'autre soir, quand Jake est parti…

— Jake ?

— Oui, m'dame. Il vient assez régulièrement au Silver Star. Carlotta a le béguin pour lui. En général elle ne travaille pas, vous savez. Sauf pour quelqu'un comme Jake.

Alors qu'Alice buvait une gorgée, en faisant de gros efforts pour tenir correctement sa tasse, Sarah, elle, attendait que son cœur finisse de se briser.

Au lieu de ça, il se gonfla de fureur.

— Je vois… Un homme comme lui doit lui sembler séduisant, je suppose.

— Ça, sûrement. Et elle n'est pas la seule : toutes les filles l'adorent.

— Je n'en doute pas.

— Ce soir-là, donc, alors que Jake venait de partir, Carlotta a décrété qu'il nous fallait des robes neuves. Quelque chose de distingué, comme en portent les dames. Jake lui aurait dit que vous pourriez nous en confectionner quelques-unes…

— Il a fait ça ?

— Oui. Carlotta a déclaré qu'il avait eu une très bonne idée, et elle m'a envoyée chez vous pour que nous nous mettions d'accord. J'ai apporté toutes les mesures.

— Je suis désolée, mademoiselle Johnson, mais je ne peux accepter. Toutefois, remerciez Carlotta de cette proposition.

— Nous sommes huit, mademoiselle, et Carlotta a dit qu'elle vous paierait d'avance. J'ai l'argent.

— C'est très généreux de sa part, insista Sarah en secouant la tête, mais c'est impossible. Voulez-vous encore un peu de thé ?

Troublée, Alice regarda sa tasse. Personne, à sa connaissance, n'avait jamais osé dire non à Carlotta.

— Oui, si cela ne vous dérange pas trop…

Elle avait envie de prolonger sa visite, même si elle savait combien cela lui coûterait cher au retour ; sans parler de la punition qu'elle recevrait pour rapporter une réponse négative.

— Mademoiselle Johnson…

— Vous pouvez m'appeler Alice, mademoiselle Conway. Tout le monde le fait.

— Bien, Alice. Cela vous ennuierait-il de me dire comment vous vous êtes retrouvée chez Carlotta ? Vous êtes très jeune, pour… vivre seule.

— Mon père m'a vendue.

— *Vendue* ? répéta Sarah avec stupeur.

— Nous étions dix enfants, à la maison, et un onzième allait arriver. Chaque fois qu'il était ivre, mon père fouettait l'un de nous ou il faisait un autre enfant à ma mère. Il buvait beaucoup. Il y a quelques mois, un homme est venu chez nous, et mon père m'a vendue pour vingt dollars. Je me suis enfuie dès que j'ai pu. Quand je suis arrivée à Lone Bluff, je suis allée travailler chez Carlotta. Je sais que ce n'est pas bien, mais c'est toujours mieux que ce que je connaissais chez mes parents. Je suis nourrie et j'ai un lit à moi quand j'ai fini de travailler.

L'air gêné, elle haussa les épaules pour ajouter :

— La plupart des clients sont corrects.

— Votre père n'avait pas le droit de vous vendre, Alice.

— Il y a le droit et ce que l'on en fait.

— Je suis sûre que vous trouveriez un autre travail si vous quittiez Carlotta. Un travail convenable.

— Pardonnez-moi de vous contredire, mademoiselle

Conway, mais je ne crois pas. Aucune dame, en ville, n'acceptera de m'engager pour quoi que ce soit. La plupart des hommes de la ville sont venus au moins une fois chez Carlotta…

Le raisonnement était juste. Pourtant, Sarah insista :

— Si vous décidez de partir, je vous aiderai.

— C'est gentil à vous, mademoiselle Conway. Je savais bien que vous étiez une vraie dame, et je vous remercie… Bon, je ferais mieux de rentrer, à présent.

— Si vous voulez revenir me voir, j'en serai heureuse, dit Sarah en la raccompagnant.

— Non, mademoiselle, ce ne serait pas correct. Merci pour le thé.

Sarah réfléchit beaucoup à la visite d'Alice.

Ce soir-là, alors qu'elle lisait le journal de son père, Sarah essaya d'imaginer ce que la jeune fille avait pu ressentir. Etre vendue ! pensa-t-elle avec un frisson. Et vendue par son propre père, de surcroît, comme un cheval ou un taureau. Elle non plus n'avait pas eu de famille pendant des années. Mais elle avait toujours su que son père l'aimait ; ce qu'il avait fait, il l'avait fait pour elle.

Autrefois, elle aurait condamné la vie qu'Alice avait choisie. A présent, elle comprenait. L'engrenage s'était mis en route avec le geste de son père ; et si, par la suite, elle avait continué de se vendre, c'est parce qu'elle était incapable de trouver une autre issue. Offrir son corps était tout ce qu'elle connaissait.

Jake était-il dans le même cas ? S'il menait cette vie d'instabilité et de violence, était-ce à cause de la cruauté qu'il avait connue dans son enfance ? Les cicatrices qu'il portait étaient profondes. Et la haine... Lucius avait raison : cette haine le glaçait.

Elle aurait dû le détester. De tous ses vœux, Sarah appelait une colère vengeresse, une fureur noire qui l'empêcheraient d'éprouver tout autre sentiment à son égard. Là, au moins, elle se sentirait à l'abri, elle aurait l'impression de reprendre le contrôle d'elle-même. Malheureusement, elle ne parvenait pas à le haïr.

Elle avait beau savoir qu'il avait couché avec une autre femme, embrassé d'autres lèvres, touché une autre peau, elle ne pouvait lui en vouloir. En revanche, elle souffrait de l'avoir perdu ; elle pleurait la mort d'une chose magnifique qui n'avait même pas eu le temps de s'épanouir pleinement.

Peu à peu, elle avait compris ce qu'ils auraient pu partager ; elle avait admis qu'ils étaient faits l'un pour l'autre, en dépit de leurs différences, en dépit des risques. Jake vivrait toujours en mercenaire, suivant ses propres règles. En même temps, Sarah savait aussi — parce qu'il le lui avait montré — qu'il était capable de beaucoup de douceur et de tendresse.

Il y avait une place pour elle dans son cœur, elle en avait la certitude. Sous sa rudesse extérieure se cachait un homme épris de justice, un être sensible et plein d'attentions. Cette part de lui, il la lui avait laissé entrevoir — une faveur dont bien peu avaient bénéficié.

Alors pourquoi, au moment où elle commençait à faiblir et à l'accepter tel qu'il était, s'était-il tourné vers une autre femme ? une femme dont l'amour s'achetait avec une poignée de pièces ?

Quelle importance ?

Avec un soupir, Sarah ferma le journal de son père et se prépara à se mettre au lit. Elle s'était nourrie d'illusions en croyant qu'il pourrait s'attacher à elle. La tendresse qu'il lui avait témoignée s'opposerait toujours à sa nature indomptable, à son cœur sans repos. Pour sa part, elle désirait un foyer, un homme à son côté, des enfants jouant à ses pieds. Tant qu'elle aimerait Jake, ces désirs ne seraient jamais comblés.

Ce serait dur, ce serait douloureux, mais elle devait cesser de l'aimer.

Tandis qu'il se rendait chez Sarah, Jake inventait des dizaines d'excuses pour justifier cette visite : il voulait parler à Lucius et savoir où celui-ci en était avec la mine ; il voulait s'assurer qu'elle n'avait pas été mordue par un serpent ; il avait eu envie de faire une balade à cheval, et sa maison était un but de promenade comme un autre…

Rien de tout cela, bien sûr, n'était vrai.

Il voulait voir Sarah, tout simplement. Il voulait la regarder, l'entendre parler, respirer le parfum de ses cheveux. Après tout, cela faisait deux semaines qu'il se retenait. Il avait bien le droit…

Non, il n'avait aucun droit ! se dit-il en pénétrant dans

la cour. Pas même celui de penser à elle comme il le faisait, ni de la désirer comme il la désirait. Elle méritait un homme qui fût en mesure de lui faire des promesses et de les tenir, un homme capable de lui offrir le genre de vie pour lequel elle était née.

En tout cas, il ne la toucherait plus. Il se l'était juré lorsqu'il l'avait quittée, la dernière fois. S'il la touchait encore, il ne pourrait reculer, et ils en souffriraient davantage encore tous les deux. Il l'avait blessée, il le savait. Mais ce n'était rien par rapport à ce qu'il lui aurait infligé s'il était resté.

Pas un bruit. Jake arrêta son cheval et inspecta prudemment les lieux, une main sur la crosse de son revolver. Lafitte n'aboyait pas, aucun filet de fumée ne sortait de la cheminée. Sa selle craqua lorsqu'il démonta.

Sans frapper, il poussa la porte et tendit l'oreille. Aucun son ne provenait de l'intérieur. Jetant un coup d'œil d'un bout à l'autre de la maison, il se rendit compte qu'elle était vide et aussi bien rangée qu'une église. Les rideaux, qui commençaient à passer, voletaient joliment dans le vent chaud.

Jake se détendit. Elle avait vraiment fait du bon travail. La façon dont elle avait réussi à créer un véritable foyer à partir de rien forçait l'admiration. Un dessin et un tableau étaient accrochés aux murs. Le second était une aquarelle représentant des fleurs des champs ; les couleurs étaient fines, délicates. Cette œuvre ressemblait à Sarah, pensa-t-il en l'examinant de plus près. Fraîche, vaporeuse, ingénue.

Et fragile. Comme ces fleurs, elle se flétrirait vite sans amour et sans tendresse.

Il s'approcha du dessin et le contempla, les sourcils froncés. Il était fait à la mine de plomb — c'était un croquis, dirait sans doute Sarah. Jake reconnut le paysage, les collines aux lignes arrogantes, la roche brûlée par le soleil. C'était ce que l'on voyait en regardant vers l'ouest quand on était au bord du ruisseau. Cet endroit n'était pas aussi désert qu'il le paraissait : les Apaches savaient qu'il était habité par les Esprits. Curieusement, Sarah semblait le savoir aussi.

Jake avait du mal à l'imaginer traçant des lignes aussi fortes, aussi sombres. Il concevait mal la raison qui l'avait poussée à accrocher au mur un croquis de ce genre. Mais d'une certaine façon, sans qu'il parvienne à comprendre pourquoi, il avait l'impression que ce dessin lui ressemblait tout autant que les fleurs des champs.

Irrité par ses propres pensées, il se détourna. Elle devait être douée pour la magie, se dit-il. La maison tout entière semblait imprégnée de son parfum, au point qu'il sentait son ventre se crisper. Il ferait mieux d'aller prendre l'air — à cinquante milles d'ici.

Alors qu'il allait sortir, un livre attira son attention. Sans songer une seconde qu'il violait l'intimité de la jeune fille, il l'ouvrit. Elle tenait un journal, apparemment.

Jake fut incapable de résister : il parcourut la première page.

Elle y décrivait son arrivée à Lone Bluff. Il sourit en lisant le récit qu'elle faisait de l'attaque de la diligence et de son arrivée à point nommé. Le portrait qu'elle traçait de lui était impressionnant, même si elle mentionnait par ailleurs sa conduite « révoltante et fort peu chrétienne ».

Venait ensuite un long passage que Sarah consacrait à son père et à l'analyse de ce qu'elle ressentait pour lui. Respectueux de son chagrin, Jake le passa. Puis il se mit à rire en lisant les détails de la première nuit de Sarah dans sa nouvelle maison — mangeant des haricots froids et tremblant jusqu'au matin à cause des bruits qu'elle entendait. Certaines de ses remarques à propos des habitants de Lone Bluff et de la vie dans l'Ouest étaient drôles et bien vues.

Puis Jake aperçut de nouveau son nom.

« Jake Redman est une énigme. » Qu'entendait-elle par là ? Ce mot-là lui semblait un peu trop recherché pour le qualifier. La suite lui apporta quelques éléments de réponse :

« Je ne sais pas si l'on peut parler à son sujet de diamant brut, bien qu'il y ait indubitablement quelque chose de brut en lui. L'honnêteté me force à admettre qu'il m'a été d'un certain secours et qu'il montre des traces de gentillesse. Cela dit, je suis incapable de définir mes sentiments pour lui ; je me demande d'ailleurs pourquoi je m'y efforce tant. C'est un homme qui n'obéit qu'à sa propre loi et qui manque totalement de manières et de courtoisie. Sa réputation est désastreuse, pour ne pas dire pire. C'est une sorte de bandit armé, qui porte ses revolvers avec la même aisance qu'un homme du monde porte une montre de gousset. Pourtant, si l'on se donnait la peine de creuser assez profond, je pense que l'on pourrait découvrir en lui quelqu'un de bien. Par bonheur, je n'ai ni le temps ni l'envie de creuser.

» En dépit de ses manières et de son style de vie, il se dégage de lui un charme certain, pour ne pas dire puissant. Il a de beaux yeux gris clair, une bouche que l'on pourrait qualifier de poétique, surtout quand il sourit, et des mains superbes. »

Jake s'interrompit pour regarder ses mains, perplexe. Elles avaient été gratifiées de bien des qualificatifs, mais jamais encore de « superbes ». Il n'était pas sûr que cet adjectif lui plaise. Néanmoins, force lui était d'admettre que Sarah savait écrire.

Alors qu'il tournait la page, s'apprêtant à continuer sa lecture, un bruit léger le fit pivoter sur ses talons, revolvers dégainés.

Lucius abaissa son propre pistolet et lâcha un chapelet de jurons.

— Bon sang, j'ai pas vécu aussi vieux pour que tu me troues la peau !

Jake rangea ses armes.

— Ça t'apprendra à surprendre un homme de cette façon. Tu n'as pas vu mon cheval ?

— Si, mais je voulais m'assurer que c'était bien toi. Je ne m'attendais pas à te trouver en train de fouiner par ici, ajouta le vieil homme avec un coup d'œil au journal.

Sans un mot, Jake ferma le volume.

— Je ne m'attendais pas à trouver l'endroit désert. Lucius tira de sa poche une petite fiasque de whiskey.

— J'étais à la mine.

— Et alors ?

— Intéressant...

Après avoir avalé une longue rasade, Lucius s'essuya la bouche du revers de la main.

— ... j'arrive pas à comprendre comment Matt s'est fait coincer au moment de l'éboulement. Il avait l'œil, et en plus de ça je me souviens parfaitement que les étais étaient solides. A mon avis, quelqu'un a dû les secouer pas mal, pour qu'ils tombent.

Avec un hochement de tête, Jake regarda l'aquarelle.

— Tu lui en as parlé ?

— Sûrement pas. Et il y a autre chose que je ne lui ai pas encore dit, ajouta Lucius avec un sourire rayonnant. Il y a de l'or, petit. Juste comme Matt le prétendait. Il avait trouvé le filon principal.

Le vieil homme but une nouvelle gorgée de whiskey et reboucha la fiasque.

— Tu t'en doutais ? demanda-t-il à Jake.

— Un peu.

— Tu veux que je garde ça sous mon chapeau ?

— Pour l'instant, oui.

— J'aime pas beaucoup faire des cachotteries à mam'zelle Sarah, mais je suppose que tu as tes raisons.

— En effet.

— J'te demanderai pas lesquelles. J'te demanderai pas non plus pourquoi tu venais plus, ces derniers temps. Mam'zelle Sarah, elle a une bien petite mine, depuis que tu l'as ramenée des montagnes.

— Elle est malade ? demanda Jake un peu trop vite.

Lucius plaça une main sur sa bouche pour cacher son sourire.

— J'crois bien qu'elle a la fièvre. La fièvre d'amour.

— Elle s'en remettra, marmonna Jake en sortant.

— Toi non plus, t'as pas l'air en forme…

Comme Jake ne disait rien, Lucius poursuivit :

— Sûr que c'est un sacré bout de femme. Elle a l'air fragile, comme ça, mais elle est tellement têtue qu'elle arrive à tout. Tu vois, là ? lança-t-il en indiquant le potager. Elle a réussi à y faire pousser quelque chose ! J'aurais jamais cru que j'y verrais une pointe de vert un jour… Eh bien, ça y est ! Elle arrose tous les jours. Oui, pour ça, elle est têtue.

— Où est-elle ?

— Partie avec Carlson, répondit aussitôt Lucius, qui attendait que Jake lui pose la question. Il vient ici presque chaque jour. Prendre le thé.

Il cracha par terre et ajouta :

— Il lui baise les doigts et il l'appelle par son petit nom.

Pour le plus grand plaisir de Lucius, le regard de Jake se durcit tandis qu'il poursuivait :

— Il a dit qu'il l'emmenait voir son ranch, je crois. Ils sont partis depuis plus d'une heure.

— Voilà bien longtemps que je n'avais pas passé une journée aussi agréable. Ni dégusté un repas aussi délicieux.

Sarah se leva, quittant la luxueuse table en acajou qui trônait dans la salle à manger de Samuel Carlson.

— Tout le plaisir a été pour moi, répondit-il en lui prenant la main.

Poliment, Sarah sourit et se dégagea.

— Votre maison est si belle. Je ne m'attendais pas à voir quelque chose de ce genre dans les environs.

Il s'empara de son coude.

— Mon grand-père, qui aimait les belles choses, m'a transmis ce goût. La plupart des meubles viennent d'Europe. Nous avons dû faire quelques concessions au pays, précisa Carlson en tapotant un mur en pisé, mais il n'y a aucune raison de sacrifier notre confort.

Il guida Sarah jusqu'à un portrait représentant une femme pâle et élégante, vêtue de soie bleue.

— Ma mère, précisa-t-il. Elle faisait la joie et la fierté de mon grand-père. Il avait perdu sa femme avant que la maison ne soit finie. A dater de ce jour, tout ce qu'il a fait l'a été pour sa fille.

— Elle est très belle.

— Elle l'était. L'amour et la dévotion de mon grand-père n'ont pas réussi à la garder en vie. Dans ma famille, les femmes ont toujours été délicates. Ce pays est dur, trop dur pour les êtres fragiles… C'est d'ailleurs pourquoi je m'inquiète pour vous.

— Je ne suis pas aussi délicate que vous pourriez le penser, répondit Sarah en songeant à son expédition dans la montagne, avec les mains et les pieds liés.

— Vous êtes volontaire. Je trouve cela très séduisant.

De nouveau, il se saisit de sa main.

Avant que Sarah ait pu réagir, un homme entra à grandes enjambées dans la maison. Il était plus petit et plus mince que Samuel Carlson, mais la ressemblance entre eux ne laissait aucun doute sur son identité. Son chapeau pendait dans son dos. De la poussière jaune couvrait ses habits. Il enfila les pouces dans les poches de son pantalon et regarda Sarah avec une expression qui glaça le sang de la jeune fille.

— Eh bien, eh bien ! Qui donc avons-nous ici ?

— Mlle Conway, répondit Samuel Carlson.

Son ton contenait un avertissement aimable, mais ferme.

— Mon frère Jim, expliqua-t-il à son invitée. Vous voudrez bien l'excuser, il vient de s'occuper du bétail.

— Sam s'occupe de l'argent, moi du reste, indiqua l'intéressé. Alors, cachottier, tu ne m'avais pas dit que nous avions de la compagnie !…

L'air fanfaron, il s'approcha de Sarah. Il sentait le cuir et le tabac, mais elle ne trouva rien de séduisant à cette odeur.

— … et quelle compagnie !…

— J'ai invité Mlle Conway à déjeuner.

— Et c'était très agréable. Néanmoins, je dois vraiment rentrer, déclara Sarah qui tenait surtout à s'éloigner de Jim Carlson.

— Vous n'allez pas vous enfuir à l'instant où j'arrive ! lança celui-ci avec un grand sourire. Les visites de votre qualité sont trop rares, ici. Vous êtes aussi jolie qu'une image. Oui, aussi jolie qu'une image, répéta-t-il avec un rire gras, tout en jetant à son frère un coup d'œil que Sarah ne comprit pas.

Samuel le regarda durement.

— Tu ferais mieux d'aller te laver ! Nous avons des affaires à discuter, quand je rentrerai.

— Les affaires ! Pour mon cher frère, il n'y a que cela qui compte. Moi, j'ai du temps pour autre chose…, lança Jim avec un clin d'œil à l'adresse de Sarah.

La jeune fille réprima un soupir de soulagement quand Samuel reprit son coude.

— Au revoir, monsieur Carlson.

— Bonne journée à vous, répondit Jim en la suivant des yeux. Très bonne journée.

Samuel aida Sarah à grimper dans le buggy.

— Il faut que vous l'excusiez. Jim est un peu brutal. J'espère qu'il ne vous a pas effrayée.

— Non, pas du tout, répondit Sarah en s'efforçant de garder un sourire poli.

Les mains croisées sur ses genoux, elle se mit à bavarder de tout et de rien.

— Vous semblez bien vous adapter à votre nouvelle vie, observa Carlson.

— En fait, elle me plaît beaucoup.

— De façon assez égoïste, je dois vous avouer que je m'en réjouis. Je craignais que vous ne perdiez courage. Je suis très heureux que vous restiez.

Il arrêta les chevaux afin qu'ils puissent contempler le ranch du haut de la colline. Le soleil donnait à la maison, haute de deux étages, un somptueux éclat rose tandis que ses fenêtres à petits carreaux étincelaient. Des enclos et des dépendances en excellent état parsemaient la propriété, qui était ceinte de collines et traversée par une rivière bleutée.

— C'est superbe, Samuel ! commenta Sarah avec un enthousiasme sincère. Vous devez en être très fier.

— La fierté ne suffit pas toujours à un homme. Un endroit comme celui-ci doit être partagé. J'ai souvent regretté de ne pas avoir une famille à moi pour remplir cette maison. Je commençais à penser que je ne trouverais jamais une femme pour y vivre à mes côtés… Sarah, je voudrais que vous soyez cette femme ; rien ne me rendrait plus heureux.

Il porta la main de la jeune fille à ses lèvres.

Sarah n'était pas sûre de pouvoir parler, même si cette déclaration n'était pas une surprise. Samuel la courtisait ouvertement. En silence, elle étudia son visage. Il était l'incarnation de l'homme de ses rêves : beau, fringant, fiable, riche. Il lui offrait tout ce qu'elle avait toujours souhaité : une maison, une famille, une vie pleine et heureuse. Elle aurait voulu lui dire oui, lui caresser la joue et sourire.

Mais elle ne le pouvait pas.

Alors qu'elle détournait les yeux, en quête des mots justes, elle le vit. Ce n'était qu'une silhouette se découpant sur l'horizon, un cavalier anonyme arrivant au galop. Pourtant, sans voir son visage, sans entendre sa voix, elle savait que c'était Jake. Cette certitude suffit à accélérer les battements de son cœur, à emplir son corps de désir.

Fermement, elle fit de nouveau face à Carlson.

— Samuel, vous ne pouvez savoir à quel point votre proposition me flatte…

Il devina son refus. Et malgré la colère qui devait monter en lui, il se contenta de sourire.

— Je vous en prie, ne me donnez pas de réponse tout de suite ! J'aimerais que vous réfléchissiez. Je sais parfaitement que nous nous connaissons depuis très peu de temps, Sarah, et que vos sentiments peuvent ne pas être aussi forts que les miens. Donnez-moi une chance de changer cela.

Sans protester, Sarah le laissa lui baiser encore une fois les doigts.

— Merci. Je réfléchirai. Je vous sais gré d'être patient. J'ai tant de choses en tête, en ce moment. J'ai presque organisé ma vie, mais maintenant que je vais rouvrir la mine…

La main de Carlson se crispa sur la sienne.

— La mine ? Vous allez rouvrir la mine ?

— Oui, pourquoi ? lui demanda Sarah avec un regard intrigué. Quelque chose ne va pas ?

— Non, non. C'est dangereux, c'est tout. Et je crains que ce projet ne vous bouleverse plus que vous ne le pensez. Après tout, cette mine a tué votre père.

— Je sais, mais elle lui a aussi donné la vie. J'ai la conviction qu'il aimerait me voir continuer.

— Voulez-vous faire quelque chose pour moi ?

— Si je le peux…

— Réfléchissez bien. Vous êtes trop importante pour

moi, Sarah. Je serais très triste de vous voir gâcher votre vie à poursuivre un rêve inutile.

Il lui sourit, puis fit repartir les chevaux.

— Si vous m'épousez, je ferai en sorte que la mine soit exploitée sans vous causer de migraines.

— J'y penserai, répondit Sarah.

Mais son esprit était occupé par bien d'autres pensées tandis qu'elle regardait, par-dessus son épaule, le cavalier solitaire qui galopait sur la colline.

9

Jamais Sarah n'avait été aussi excitée par la perspective d'un bal. Jamais, non plus, elle n'avait travaillé si dur. Dès que les réjouissances du 4 juillet avaient été annoncées, les commandes pour des robes avaient afflué. Alors, elle avait abandonné toutes les tâches domestiques à Lucius pour coudre jour et nuit.

Elle avait à présent les doigts gourds et les yeux brûlants, mais elle avait gagné assez d'argent pour commander le plancher dont elle rêvait. Ensuite, pensa-t-elle, elle achèterait des carreaux pour la fenêtre et un service de table. Puis, quand ils en auraient le temps et l'argent, elle demanderait à Lucius de lui construire une vraie chambre… Enfin, si la mine rapportait, Sarah pourrait songer sérieusement à cette fameuse maison promise par son père, avec quatre chambres et un salon. Pour l'instant, cependant, elle se satisferait d'un vrai plancher sous les pieds.

Bientôt, se promit-elle. Après le bal.

Elle avait mis toute son adresse à rendre chacune des robes qu'elle avait réalisées aussi élégante et à la mode que possible. Toutefois, elle tenait à rester la plus jolie.

L'après-midi du bal, elle sortit sa plus belle robe de soie.

Elle était d'un bleu lavande très pâle. Le décolleté carré du corsage, bordé de dentelle, rehaussait la rondeur de sa gorge et laissait voir un bout d'épaule. Un nœud de velours d'un bleu plus soutenu ornait chacune des petites manches ballon. Sarah laça son corset très serré, à s'en meurtrir les côtes. Puis, armée de miroir à main, elle se contorsionna pour essayer d'apercevoir différentes parties de sa silhouette, qu'elle assembla ensuite mentalement pour tenter de reconstituer une image globale. La jupe à volants soulignée de petits nœuds était seyante, conclut-elle, et le ruban de velours assorti qu'elle portait autour du cou était d'un bel effet. Elle aurait aimé y épingler son camée. Malheureusement, elle l'avait perdu — comme tant d'autres choses.

Ce soir, elle ne penserait pas à tout cela, se promit Sarah en tapotant ses cheveux. Elle les avait remontés en un chignon très naturel, avec de petites mèches qui bouclaient sur ses tempes.

Il fallait qu'elle soit aussi belle que possible, se répéta-t-elle en enfilant ses longs gants blancs. Si Jake était là, elle voulait qu'il voie ce qu'il avait rejeté !

Enfin, Sarah passa son châle de dentelle blanche sur ses épaules, vérifia le contenu de son réticule et sortit.

— Bonté divine !

Lucius se tenait près du chariot, son chapeau à la main. Il s'était lavé sans même que Sarah ait à le lui rappeler et avait même eu recours au rasoir. Lorsqu'elle lui sourit, il en fut tout retourné ; s'il avait eu dix ans de moins, il aurait donné du fil à retordre à Jake, ça oui !

— Lucius, comme vous êtes beau ! lui lança-t-elle.

— Diable… Oh ! pardon, mam'zelle Sarah. Je voulais dire… vous êtes fichtrement jolie.

Sarah sourit de nouveau et lui tendit la main. Avec toute la courtoisie dont il était capable, Lucius l'aida à monter.

— Ils vont tous en rester baba, assura-t-il.

— Je l'espère bien, répondit Sarah, qui pensait surtout à une personne. Il faudra que vous me réserviez une danse, Lucius.

— Avec plaisir. Si je puis me permettre, je danse très bien — que je sois soûl ou sobre.

— Et si vous essayiez la sobriété, ce soir ?

Jake les vit entrer en ville. Assis à la fenêtre de sa chambre, il fumait et regardait les cow-boys qui arrivaient au galop, agitant leur chapeau et tirant des coups de feu en l'air avec des hurlements de joie.

La fête de l'Indépendance…

Pour la plupart, ils estimaient avoir droit à la liberté et à la propriété de cette terre qu'ils revendiquaient. Jake avait fini par se résigner à les voir conquérir l'Arizona et l'Ouest tout entier. Il était clair à présent que Faucon Noir et les siens ne parviendraient jamais à arrêter le flot.

Pour sa part il ne se considérait ni comme un envahisseur ni comme un envahi. C'était peut-être pour cela qu'il n'avait jamais essayé de laisser sa marque sur le sol. Pour cela, et parce qu'il ne restait rien de ce que son père s'était efforcé de bâtir. Depuis, il estimait qu'il valait mieux limiter ses possessions aux quelques objets que son cheval pouvait transporter.

La ville était pleine de bruit et de monde. La plupart des garçons de ferme allaient se soûler, et se tireraient les uns sur les autres au lieu de viser les cibles que Cody avait installées pour le concours d'adresse.

Jake s'en moquait. Assis à sa fenêtre, il regardait.

Quand il la vit, il ressentit aussitôt une douleur fulgurante du côté du cœur. Elle riait. Son rire léger montait jusqu'à lui, glissait sur sa peau comme de l'eau fraîche. Le désir qu'elle lui inspirait était si fort qu'il détourna les yeux. Question de survie. Il ne put cependant s'empêcher de la regarder de nouveau. Elle descendit du chariot et se remit à rire quand Liza Cody sortit en courant du magasin de son père pour venir à sa rencontre. Elle tourna sur elle-même pour se faire admirer, n'épargnant aucun détail à Jake. Il aperçut ainsi la peau blanche de sa gorge, le contour de ses seins ronds et fermes, sa taille de guêpe, l'éclat de ses yeux.

Sa cigarette lui brûla les doigts. Il poussa un juron, mais continua à regarder.

— Vous allez passer la journée à la fenêtre, ou m'emmener à la fête comme vous l'avez promis ?

Maggie, qui venait de pénétrer dans la chambre, s'immobilisa, les mains sur les hanches. Apparemment, Jake Redman n'avait rien entendu. Elle alla lui taper sur l'épaule et répéta sa question.

Jake poussa un juron.

— Je n'ai jamais rien promis.

— Si ! Le soir où j'ai dû vous mettre au lit parce que vous étiez soûl au point de ne plus tenir debout.

Jake se rappelait cette soirée. C'était environ une semaine après l'enlèvement de Sarah. Durant les jours précédents, il s'était rendu quotidiennement au Silver Star dans l'intention de coucher avec Carlotta ou une de ses filles. Il s'était rendu compte que boire était plus simple. Mais jamais il n'avait bu ainsi, à ne plus y voir clair, et il ne comptait pas recommencer.

— J'aurais pu le faire tout seul, bougonna-t-il.

— Vous n'étiez même pas capable de monter l'escalier ! S'il y a une chose que je connais, c'est un homme plein comme une barrique. Alors, vous me sortez ou vous déclarez forfait ?

Jake s'éloigna de la fenêtre en maugréant. Maggie, souriante, lui tendit son chapeau. A peine avaient-ils fait deux pas dans la rue que John Cody fonça sur eux.

— Monsieur Redman ! Monsieur Redman ! Je vous attendais.

— Ah oui ? Et pourquoi ? demanda Jake en rabattant le chapeau du gamin sur son nez.

Ravi, Johnny sourit jusqu'aux oreilles.

— Pour le concours de mon père. Le meilleur tireur gagnera une couverture de selle toute neuve. Une rouge. Vous allez gagner, n'est-ce pas ?

— Je ne pensais pas participer…

— Pourquoi ? Personne ne tire mieux que vous. Et la couverture est magnifique.

Maggie lui donna une tape sur le bras.

— Allez-y, Jake. Le gamin compte sur vous.

— Je ne tire jamais pour m'amuser.

Alors qu'il s'éloignait, il vit le visage de John se défaire et changea aussitôt d'avis.

— Une couverture rouge, tu dis ?

Les yeux du jeune garçon s'illuminèrent.

— Oui, m'sieur. La plus belle qu'on ait jamais vue !

— On peut toujours y jeter un coup d'œil.

Avant que Jake ait terminé sa phrase, Johnny l'avait empoigné par la main et le tirait de l'autre côté de la rue.

Derrière le magasin, Cody avait empilé des bouteilles vides et des boîtes de tailles diverses. Chaque concurrent se postait derrière une ligne tracée par terre et tirait six coups. Le sol était déjà jonché de débris de verre.

— Il faut deux cents pour s'inscrire, dit Johnny. Si vous voulez, je peux vous en donner un.

Jake le regarda, amusé et touché.

— Merci, j'ai ce qu'il faut.

— C'est Jim Carlson qui gagne, pour l'instant. Mais je suis sûr que vous êtes meilleur que lui.

Non loin de là, Jim faisait tournoyer autour de son index un Smith & Wesson 44 flambant neuf. Jake donna une pièce à Johnny et lui demanda d'aller l'inscrire ; le gamin détala, fou de joie.

— Tu vas tirer pour une couverture ? demanda Lucius, arrivé sur ces entrefaites.

— Je me pose la question.

En réalité, Jake observait Jim Carlson. Il se souvenait que Jim montait un grand hongre blanc. Or, la nuit où la grange de Sarah avait été brûlée, il avait aperçu un cheval blanc…

Portant un doigt à son chapeau, Lucius salua Maggie.

— M'dame.

— C'est vous, Lucius ? demanda-t-elle avec étonnement. Je crois bien que je ne vous avais jamais vu rasé.

Le teint du vieil homme se colora.

— On peut bien se raser de temps en temps sans que toutes les femelles vous regardent avec des yeux ronds, non ?

— J'avais oublié que tu avais une figure, sous ta barbe, ironisa Jake.

Il observait Will Metcalf, qui venait de réussir quatre coups sur six.

— Vous avez envie d'une couverture neuve, vous aussi ? lui demanda-t-il.

— Non. Je suis juste venu faire un tour pour vous dire que Burt Donley est en ville.

Le regard de Jake se modifia imperceptiblement.

— Ah oui ? Je le croyais à Laramie.

— Plus maintenant. Il est arrivé dans le coin pendant que vous étiez au Nouveau-Mexique. Il travaille pour Carlson.

— Donley n'est pas garçon de ferme, que je sache, observa Jake en regardant autour de lui.

— Il se pourrait que Carlson l'ait engagé pour autre chose.

— Possible, murmura Jake.

Il venait de repérer Donley, qui fendait la foule.

C'était un grand type aux épaules solides et à la taille épaisse. Ses cheveux gris, qu'il portait longs, se mélangeaient à sa barbe. Et il tirait vite, Jake était bien placé pour le savoir. Si la justice n'était pas intervenue, deux ans plus tôt, l'un d'eux serait mort à ce jour.

Leurs yeux se rencontrèrent. Ils n'avaient pas besoin de mots. Ils avaient une affaire à terminer, tous deux le savaient.

Debout près de Liza, Sarah regardait Jake. Un frisson la parcourut quand elle vit l'expression qui passait dans son regard. Quelque chose de froid, de mortel, d'inévitable. Puis des cris jaillirent de la foule : un concurrent venait d'atteindre les six bouteilles.

— Regarde ! s'exclama Liza en prenant le bras de Sarah. Jake va tirer. Je sais que ce n'est pas bien, mais j'ai toujours rêvé de le voir faire. On raconte de telles histoires à son…

Elle se tut. Six coups venaient de retentir.

— Je ne l'ai même pas vu dégainer ! murmura-t-elle, abasourdie. En un clin d'œil, son revolver s'est retrouvé dans sa main.

— Il a touché toutes les cibles, observa Sarah en resserrant son châle autour d'elle.

Jake avait à peine bougé. Son revolver fumait encore quand il se recula.

Donley arriva, lança une pièce et attendit que de nouvelles bouteilles soient installées. Sarah regardait sa grosse main posée sur la crosse de son revolver. Tout à coup, il dégaina et tira.

— Bonté divine…, murmura Liza. Il les a toutes atteintes, lui aussi. Il reste donc Dave Jeffrey, Jim Carlson, Jake et Burt Donley.

— Qui est cet homme ? s'enquit Sarah.

— Donley ? Il travaille pour Samuel Carlson. On raconte sur lui le même genre de choses que sur Jake, mais…

— Mais quoi ?

— Eh bien, j'écorcherais Johnny tout vif s'il cherchait à s'approcher de lui. Alors qu'avec Jake, je ne suis pas du tout inquiète.

La foule s'écarta pour laisser Cody tracer une autre ligne deux mètres plus loin. Quand le premier finaliste tira et manqua deux bouteilles, Sarah vit Johnny tirer sur la manche de Jake et lui murmurer quelque chose. A sa grande surprise, Jake sourit et ébouriffa les cheveux du jeune garçon. La voilà de nouveau ! pensa-t-elle. Cette bonté. Cette gentillesse fondamentale. Mais cela ne lui fit pas oublier l'expression de ses yeux un instant plus tôt. Une question lui brûlait les lèvres : « Qui êtes-vous vraiment, Jake Redman ? »

Comme s'il l'avait entendue, Jake tourna la tête vers elle. Leurs yeux se rencontrèrent. Sarah soutint son regard tandis qu'un flot d'émotions la submergeait ; rien que pour cela, elle aurait voulu le détester.

— Si vous continuez à la regarder comme ça, murmura Maggie, qui était restée auprès de Jake, vous allez être obligé de l'épouser ou de décamper en vitesse.

— Fermez-la, Maggie !

Celle-ci eut le plus suave des sourires.

— En tout cas, sachez que Sam Carlson n'a pas l'air content du tout de la façon dont vous vous comportez.

Le regard de Jake glissa vers Carlson, qui était venu se placer derrière Sarah et posait une main de propriétaire sur son épaule. Un instant, il joua avec l'idée de lui tirer dessus pour lui faire payer cette insulte.

— Il n'a aucun droit ! déclara-t-il.

— Ce n'est pas faute d'essayer. Vous feriez mieux de vous presser, mon p'tit gars.

Les spectateurs poussèrent alors des cris enthousiastes, car Jim Carlson venait de toucher cinq bouteilles sur six.

Prenant son temps, Jake rechargea son pistolet, puis gagna la ligne. Les six coups retentirent presque en même temps. Quand il abaissa son canon, six bouteilles étaient tombées.

Donley le remplaça. Tout aussi rapidement, il obtint le même résultat.

On recula encore la ligne.

— Ils ne peuvent pas y arriver de là ! chuchota Liza. C'est trop loin.

Sarah se contenta de secouer la tête. Ce n'était plus un jeu. Il y avait entre les deux hommes quelque chose de bien plus grave qu'un simple concours de tir. Elle n'était d'ailleurs pas la seule à l'avoir senti : un murmure parcourait la foule, les visages étaient troublés.

Jake passa derrière la ligne. Il visa, évaluant la distance, puis fit ce qui lui réussissait le mieux : il dégaina et tira d'instinct. Les bouteilles explosèrent l'une après l'autre, jusqu'à ce qu'il ne reste plus qu'un tesson déchiqueté. Alors, Jake sortit son second revolver et fit le ménage.

Dans un grand silence, Donley s'avança. Il tira à son tour, le revolver sursautant dans sa main à chaque coup. Quand il eut fini, une bouteille restait intacte.

— Félicitations, Redman, dit-il en fixant un regard dur sur son adversaire.

Cody, qui espérait dissiper la tension, apporta la couverture. Il lâcha un soupir soulagé quand le shérif Barker s'avança. Will Metcalf se tenait près de lui.

— Sacré tir, les gars. Et je préfère vous voir passer votre hargne sur des bouteilles. Si l'un de vous attrape une balle ce soir, je saurai à coup sûr de qui elle vient.

L'avertissement avait été donné d'un ton bon enfant, mais donné quand même. Derrière Sarah, Carlson fit un signe de tête. Aussitôt, Donley se fraya un chemin parmi la foule qui s'ouvrait devant lui.

Johnny leva la tête vers Jake. Dans ses yeux se lisait un mélange de respect et d'admiration.

— Je n'avais jamais vu quelqu'un tirer comme ça, affirma-t-il.

Jake lui posa la couverture dans les mains.

— C'est pour toi.

Les yeux du jeune garçon s'écarquillèrent plus encore.

— Pour moi ?

— Tu as bien un cheval, non ?

— Oui, m'sieur. J'ai un poney bai.

— Bai ? Le rouge lui ira très bien. Si tu allais voir ?

Avec un saut de joie, Johnny décampa. Sa mère l'attrapa au passage et lui murmura quelque chose d'un ton furieux. Johnny se retourna, souriant jusqu'aux oreilles.

— Merci, monsieur Redman ! Merci beaucoup !

— Vous lui avez fait un sacré plaisir, observa le shérif Barker.

— Je n'ai pas besoin d'une couverture.

Barker secoua la tête.

— Vous êtes un mystère, Jake. Je ne peux pas m'empêcher de vous trouver sympathique.

— La plupart des hommes de loi nourrissent d'autres sentiments à mon égard.

— Peut-être. Quoi qu'il en soit, je vous saurai gré de laisser vos revolvers dans leur étui, cette nuit. Vous ne voudriez pas me dire ce qu'il y a entre Donley et vous, par hasard ?

Jake le regarda calmement.

— Non.

— Je m'en doutais, avoua Barker en crachant un jet de jus de tabac. Bon. Je vais aller grignoter un peu et danser avec ma femme.

Une douzaine de tables étaient alignées d'un côté du grand chapiteau de toile. Avant même que la musique ne commence, la moitié de la nourriture avait disparu. Quand le violon retentit, des couples s'éparpillèrent sur la piste. Liza, auréolée de mousseline rose, attrapa la main de Will et l'entraîna. Carlson, vêtu d'un superbe costume couleur tabac, vint s'incliner devant Sarah.

— Voulez-vous me faire l'honneur de cette danse, Sarah ?

Avec un petit rire, elle esquissa une révérence.

— J'en serai ravie.

La musique était rapide et enjouée. En dépit de la chaleur, les danseurs suivaient la cadence. Si les danses ne ressemblaient pas à celles que Sarah avait apprises à Philadelphie, elles étaient merveilleuses, pensa-t-elle en tourbillonnant un peu plus tard dans les bras de Lucius. Elle adorait les sifflets, les cris, les claquements de mains et de pieds qui accompagnaient le petit orchestre. Et elle riait de bon cœur.

— Vous aviez raison, Lucius, dit-elle quand la musique s'arrêta.

A bout de souffle, elle posa une main sur son cœur.

— A propos de quoi ?

— Vous êtes un excellent danseur, et ce bal est le plus réussi auquel j'aie jamais assisté.

Sur une impulsion, elle embrassa la joue du vieil homme. Il devint cramoisi de plaisir et de gêne.

— Ça alors ! bredouilla-t-il. Si j'allais vous chercher un verre de punch ?

— Ce serait très gentil.

— Sarah !

Lisa accourait, presque aussi rouge que Lucius.

— Dieu du ciel, qu'y a-t-il ? demanda aussitôt Sarah.

— Rien d'ennuyeux, ne t'inquiète pas. Viens. Si je ne parle pas tout de suite à quelqu'un, je vais exploser.

Elle entraîna son amie dans un coin de la tente.

— Dis vite ! la pressa Sarah. Je ne tiens pas à ce que tu fasses craquer les coutures de cette robe.

— J'étais dehors, pour prendre l'air, chuchota Liza en regardant autour d'elle. Will est venu me rejoindre et il m'a embrassée.

— Vraiment ?

— Deux fois ! Mon cœur a failli cesser de battre.

Sarah, les sourcils levés, s'efforçait de ne pas sourire.

— Tu acceptes donc qu'il te fasse la cour, je suppose ?

— Nous allons nous marier ! s'exclama Liza.

— Liza, mais c'est merveilleux !

Ravie, Sarah prit son amie dans ses bras.

— Je suis si heureuse pour toi. Vous avez fixé la date ?

— Pas encore, il faut d'abord que Will parle à papa, expliqua Liza en se mordillant la lèvre. Mais cela devrait bien se passer. Je sais que papa l'apprécie.

— Bien sûr ! Oh ! Liza, tu ne peux savoir combien je suis contente pour toi.

— Si, je sais.

Les larmes aux yeux, Liza renifla.

— Sapristi, je ne vais pas me mettre à pleurer !

— Surtout pas… sinon je vais m'y mettre aussi ! avoua Sarah.

Liza l'embrassa avec fougue.

— Ce sera bientôt ton tour. Samuel Carlson ne peut détacher les yeux de toi. Je dois avouer que j'avais le béguin pour lui, moi aussi. Mais je crois que je me servais surtout de lui pour rendre Will jaloux.

— Je n'épouserai pas Samuel, dit Sarah. D'ailleurs, je pense que je ne me marierai pas.

— Sornettes ! Si ce n'est pas Samuel, il y aura bien un homme par ici qui te tapera dans l'œil.

Les musiciens se remirent à jouer. Une valse. Avec un demi-sourire, Sarah se laissa bercer par la musique.

— C'est déjà fait, murmura-t-elle. Seulement, il n'est pas du genre à penser au mariage.

— Hein ? s'exclama Liza. Qui donc…

Elle s'interrompit et se tourna dans la direction où Sarah regardait.

— Mon Dieu ! souffla-t-elle.

Jake venait d'entrer et traversait le chapiteau. Brusquement, il n'y eut plus que lui. Sarah ne vit pas Samuel Carlson se diriger vers elle pour lui demander cette valse. Elle ne le vit pas non plus crisper les mâchoires lorsqu'il se rendit compte que son attention était fixée sur quelqu'un d'autre. Elle ne voyait que Jake, qui venait vers elle.

Sans un mot, il s'arrêta devant elle et lui tendit une main. Aussitôt, Sarah se laissa aller entre ses bras.

Elle avait l'impression de rêver. Il la tenait contre lui, la faisait tournoyer encore et encore tandis que la musique envahissait sa tête. Leurs yeux ne se quittaient pas. Impulsivement, Sarah leva une main pour lui caresser la joue. Les prunelles de Jake prirent la couleur de l'orage.

— Je n'aurais pas cru que vous dansiez, lui confia-t-elle en reposant la main sur son épaule.

— Ma mère adorait ça.

— Vous…

Sarah s'arrêta. Cela ne se faisait pas. Puis elle décida d'envoyer les convenances au diable.

— … Vous n'êtes pas revenu me voir.

— Non, reconnut Jake de façon laconique.

— Pourquoi ?

— Vous le savez très bien.

Un instant, Sarah baissa les yeux. Jake se traita de fou. Pourquoi la torturer ainsi, et se torturer avec elle ? Quand elle releva les paupières, son regard clair exprimait un défi.

— Vous avez peur de moi ? demanda-t-elle. Jake décida de mentir, ce qu'il ne faisait pas souvent.

— Non. C'est vous qui devriez avoir peur.

— Je n'ai pas peur de vous, Jake.

— Vous avez tort.

Quand la musique se tut, il la garda un instant contre lui.

— Vous devriez vous enfuir en courant dès que je m'approche de vous.

— Je ne fuis jamais, contrairement à vous.

Sarah s'arracha aux bras de Jake et s'éloigna. Elle avait toutes les peines du monde à garder l'air digne. Elle aurait voulu tempêter, hurler et taper du pied. Les dents serrées, elle accorda la danse suivante au premier homme qui la lui demanda.

Quand elle regarda du côté de Jake, il n'était plus là.

— Sarah.

Alors qu'elle essayait en vain de se rafraîchir avec son petit éventail de soie, Samuel Carlson venait d'apparaître à son côté, un verre de limonade à la main.

— Merci. C'est une belle fête, n'est-ce pas ?

— Oui. D'autant plus belle pour moi que vous êtes ici.

Sarah choisit de boire pour ne pas répondre.

— Je ne voudrais pas gâcher votre soirée, Sarah, mais je pense que je dois être sincère, poursuivit Carlson.

— A quel sujet ?

— Vous mettez le pied sur un terrain très dangereux, avec Jake Redman.

Sarah sentit la moutarde lui monter au nez. Pourtant, elle se contint.

— Vraiment ? Comment cela, Samuel ?

— Vous devez savoir qui il est, ma chère : un tueur, un mercenaire. Un homme comme lui ne vous traitera pas avec plus de respect qu'il traite... une femme de mauvaise vie.

— Quoi que vous pensiez de lui, Samuel, sachez qu'il est venu à mon aide plusieurs fois. A défaut d'autre chose, je le considère comme un ami.

— Il n'est l'ami de personne. Restez loin de lui, Sarah, dans votre propre intérêt.

La jeune fille se redressa avec raideur.

— S'agit-il d'un conseil, ou d'un ordre ?

— Disons... d'une requête...

Carlson prit la main de Sarah et demanda :

— Nous sommes d'accord, n'est-ce pas ?

— Je suis navrée de vous dire que non, déclara-t-elle en se libérant de lui. Je n'ai pas encore accepté de vous épouser, Samuel, et tant que je ne l'aurai pas fait je ne me sentirai aucune obligation envers vous. Maintenant, si vous voulez bien m'excuser, j'ai envie de prendre l'air. Seule.

Sur ces paroles, elle quitta la tente.

La lune, qui s'était levée, était presque pleine. Tout en contemplant le disque argenté, Sarah inspira à fond, ainsi que sœur Madeleine le leur recommandait lorsqu'elles avaient besoin de se calmer. La lune était certainement aussi grosse et aussi brillante dans l'Est. Pourtant, Sarah ne l'avait jamais vue ainsi. Et le ciel, là-bas, ne lui avait jamais paru si vaste, si plein d'étoiles. Ni les hommes aussi impossibles.

Au bout d'un moment, il lui fallut accepter le fait que la méthode de sœur Madeleine ne donnait rien. Elle allait marcher un peu. A peine avait-elle fait cinq pas que l'ombre d'un homme l'arrêta net.

— La nuit est bien chaude, pour marcher, observa Jake en jetant sa cigarette.

— Merci de me le faire remarquer.

Sarah continua son chemin.

— On boit beaucoup, ce soir, souligna encore Jake. Ceux qui boivent n'ont pas souvent l'occasion de voir de belles femmes, et encore moins de les toucher. Vous promener seule est dangereux.

— J'en prends note.

Comme elle s'éloignait d'un pas furieux, Jake l'attrapa par le bras.

— Faut-il que vous soyez aussi sèche ?

— Oui, répliqua Sarah en se dégageant d'un geste brusque. Maintenant, si c'est tout ce que vous avez à dire, j'aimerais être seule.

— Ce n'est pas tout.

Jake tira quelque chose de sa poche et le lui tendit.

— Ceci est à vous.

— Oh…

Sarah saisit le camée et ferma ses doigts sur lui.

— Je croyais l'avoir perdu à jamais, avoua-t-elle. L'Apache à la cicatrice me l'avait arraché. Il le portait quand…

« Quand vous l'avez tué », termina-t-elle en elle-même.

— Je l'ai repris. Je voulais vous le rendre, mais j'ai oublié.

Autre mensonge. En réalité, Jake l'avait gardé parce qu'il voulait posséder quelque chose d'elle, même peu de temps.

— Merci, murmura Sarah en rangeant le camée à l'intérieur de son réticule. Il a beaucoup d'importance pour moi.

Un rire de femme, haut perché, lui fit pincer les lèvres. Apparemment, il y avait fête aussi au Silver Star.

— Je suis surprise que vous soyez encore ici, lâcha-t-elle d'un ton acerbe. Danser n'est sûrement pas un divertissement suffisant pour vous. Je ne voudrais surtout pas vous retenir.

— Bon sang ! s'impatienta Jake. Je vous ai dit de ne pas vous promener seule !

Sarah regarda la main qui s'était de nouveau posée sur son bras.

— Je ne pense pas être tenue de vous obéir. Lâchez-moi.

— Retournez sous la tente.

— J'irai où je voudrai, quand je voudrai, affirma Sarah en se libérant pour la seconde fois. Et avec qui je voudrai.

— Si vous faites là allusion à Carlson, je vous conseille de l'éviter.

— Ah oui ?

La fureur qui avait saisi Sarah quand Samuel Carlson lui avait fait la même recommandation resurgit de plus belle.

— Vous pouvez me conseiller ce que vous voulez, déclara-t-elle, mais *moi* je choisis de ne pas vous écouter. Je verrai Samuel quand bon me semblera.

La colère que Jake réprimait depuis un bon moment menaçait d'éclater.

— Pour qu'il vous baise les mains ? interrogea-t-il. Pour que toute la ville raconte que vous avez passé la journée chez lui ?

— Vous ne manquez pas de toupet, rétorqua Sarah d'une voix sourde. Vous qui fréquentez cette… femme, qui la payez pour qu'elle s'occupe de vous, vous osez insinuer que ma conduite est répréhensible ?

Elle s'approcha de lui et pointa un doigt sur son torse avant d'ajouter :

— Si je permets à Samuel de me baiser la main, c'est mon affaire. Il m'a demandé de l'épouser.

En livrant cet aveu, Sarah s'attendait à tout, sauf à quitter le sol.

— Qu'avez-vous dit ? interrogea Jake.

— Qu'il m'a demandée en mariage. Reposez-moi par terre, maintenant.

Jake la secoua si violemment que ses épingles à cheveux tombèrent.

— Je vous avertis, duchesse. Vous avez intérêt à bien réfléchir avant de l'épouser, car le jour où vous deviendrez sa femme vous serez aussi sa veuve. C'est un serment.

Sarah eut du mal à avaler sa salive. Elle avait, lui semblait-il, le cœur dans la gorge.

— Vous ne savez donc pas agir autrement qu'avec un revolver ?

Lentement, sans la quitter des yeux, Jake la remit sur ses pieds.

— Restez ici !

— Je ne…

De nouveau, il la secoua.

— Vous allez rester ici, sacrebleu ! Sinon, je vous attache à la barrière comme un cheval récalcitrant !

Le suivant d'un regard courroucé, Sarah se frotta les bras pour y rétablir la circulation. Cet homme était une brute, un malotru, un… Soudain, en même temps qu'une pensée s'imposait à elle, ses yeux s'écarquillèrent. Doux Jésus ! songea-t-elle avec terreur. Il allait tuer quelqu'un ! Portant une main à sa gorge, elle se mit à courir.

Elle tomba sur Jake au moment où il ressortait de la tente.

— Vous n'obéissez donc jamais ? s'impatienta-t-il.

— J'ai cru… J'ai eu peur que…

— Que quoi ? Que je loge une balle dans la poitrine de Carlson ? Il est encore trop tôt, répondit Jake, les lèvres pincées.

Elle tenait donc à lui à ce point ? D'une main ferme, il l'attrapa par le bras et l'entraîna avec lui.

— Que faites-vous ?

— Je vous ramène chez vous.

— Certainement pas !

Elle essaya de planter ses talons dans le sol, mais n'y parvint pas.

— Je refuse d'aller avec vous. Je n'ai pas envie de rentrer. Et puis, j'ai mes affaires…

— Dommage.

Las des efforts que Sarah déployait pour se dégager, Jake la souleva et la chargea sur une épaule.

— Arrêtez ! cria-t-elle. Lâchez-moi tout de suite ou je hurle !

— Allez-y.

Il la laissa tomber sur le siège du chariot. Elle essaya de prendre les rênes, mais il fut plus rapide qu'elle.

— Lucius me raccompagnera quand j'en aurai envie, bougonna-t-elle.

— Lucius reste en ville. Et maintenant, vous allez vous taire, sinon je vous bâillonne.

10

Sa dignité. En dépit des circonstances — ou plutôt *à cause* d'elles —, Sarah devait garder sa dignité. Ce serait difficile, vu l'état de ses nerfs et l'allure à laquelle Jake conduisait. Mais à aucun moment elle ne devait oublier qu'elle était une dame.

Même si elle aurait aimé être un homme pour pouvoir assommer Jake d'un bon coup de poing.

Tandis qu'ils galopaient à vive allure, Jake gardait les yeux fixés sur la tête des chevaux. Si seulement il pouvait se contrôler aussi aisément qu'il les contrôlait... Toute sa vie, ou presque, il avait réussi à se maîtriser aussi efficacement qu'il maîtrisait ses colts. Il n'allait pas faiblir maintenant, et faire quelque chose qu'il regretterait.

Il était bien dommage qu'un homme ne puisse corriger une femme.

Sans échanger un mot, ils avançaient sous la lune. Certains auraient pu trouver cette nuit romantique, se dit Sarah avec une ironie mordante. Pas elle. Elle ne pourrait jamais plus voir une lune pleine sans se mettre en rage, elle en était sûre. L'emmener de force au milieu d'un bal ! Lui donner des ordres sur sa vie privée ! Menacer de la ligoter comme… comme du bétail ! Il était difficile d'imaginer quelqu'un d'aussi arrogant, autoritaire, mal élevé que Jake Redman…

Inspirant profondément, Sarah s'obligea à ne plus penser à lui. Elle allait perdre plus que sa dignité, si elle continuait à remâcher ses griefs contre Jake Redman.

Quand ils pénétrèrent dans la cour, le chien les accueillit avec des aboiements frénétiques. La langue pendante, il se mit à sauter près du chariot, tout heureux de retrouver sa maîtresse. Un regard de Sarah suffit cependant à le calmer.

Dès que Jake eut arrêté les chevaux devant la maison, la jeune fille rassembla ses jupes pour descendre. Dans sa hâte et sa fureur, elle accrocha l'ourlet de sa robe. Furieuse, et oublieuse de sa dignité, elle tira dessus pour se libérer. La soie se déchira.

— C'est à cause de vous ! s'écria-t-elle.

Tout aussi furieux, mais moins gêné par ses vêtements, Jake sauta de l'autre côté.

— Si vous aviez attendu une minute, je vous aurais aidée à descendre.

Le menton levé, Sarah contourna le chariot.

— Vraiment ? Je ne vous ai jamais vu vous comporter en gentleman. Vous mangez avec votre chapeau sur la tête, vous jurez, vous arrivez et vous partez sans un bonjour ni un au revoir…

— Ce sont de graves défauts, reconnut Jake.

Sarah leva les sourcils et s'arrêta pour le fusiller du regard.

— Des défauts ? Je n'ai pas encore parlé de vos défauts. D'ailleurs, si je commençais, je serais encore là dans un an. Comment avez-vous osé me jeter dans ce chariot comme un sac de farine et me ramener ici contre ma volonté ?

Les joues empourprées par la colère, les yeux étincelants, elle était superbe dans le clair de lune.

— J'avais mes raisons.

— Ah oui ? J'aimerais beaucoup les connaître.

Jake aussi, au vrai. Car il n'aurait su dire avec certitude ce qui l'avait pris, sinon une jalousie aveugle. Et ce n'était pas un sujet qu'il avait envie d'aborder.

— Allez vous coucher, duchesse.

— Je n'irai nulle part ! Et vous non plus, tant que vous ne vous serez pas expliqué. Pourquoi avez-vous menacé de tuer Samuel Carlson ?

— Ce n'était pas une menace. Je le tuerai la prochaine fois qu'il vous touchera.

A l'évidence, il était sérieux. Sarah en resta clouée sur place. Les mœurs de l'Ouest étaient peut-être nouvelles pour elle, mais elle savait lire le désir de meurtre dans les yeux d'un homme.

Jake s'était éloigné pour s'occuper des chevaux. Son châle volant derrière elle, elle lui courut après.

— Est-ce que vous êtes fou ? lui demanda-t-elle.

— Peut-être.

— En quoi mes relations avec Samuel Carlson vous concernent-elles ? Je puis en tout cas vous assurer une chose : si je ne veux pas qu'il me touche, je ne me laisserai pas toucher !

Jake pivota sur lui-même.

— Alors, ça vous plaît ? s'exclama-t-il. Vous aimez qu'il vous tienne, qu'il pose les mains sur vous, qu'il vous embrasse !

En cet instant, Sarah aurait préféré subir toutes les tortures de l'enfer plutôt que d'avouer que Carlson n'avait jamais fait que lui baiser les doigts. Et que le seul homme à être allé plus loin se tenait précisément devant elle.

Elle avança jusqu'à se trouver à deux doigts de lui.

— Au risque de me répéter, cela ne vous regarde pas.

— Je pense que si !

Comme il tirait les chevaux dans l'écurie pour les débarrasser de leur harnachement, Sarah le suivit. Que ce soit digne ou non, elle dirait ce qu'elle avait à dire !

— Vous pensez mal. Je suis seule responsable de mes actes. Je n'ai rien fait dont j'aie honte, et certainement rien dont je doive me justifier devant vous. Si j'autorise Samuel à me courtiser, vous n'avez strictement rien à dire.

Jake tira le premier cheval dans sa stalle.

— Vous courtiser ? Vous appelez ça ainsi ?

Sarah se figea.

— Vous connaissez un autre terme ?

Tout en l'observant, il prit le second cheval par la bride.

— Peut-être que je me suis trompé à votre sujet. Je vous croyais plus difficile. Mais après tout, vous ne m'avez pas repoussé non plus quand j'ai posé les mains sur vous.

A l'instant où elle allait le gifler, il lui attrapa le poignet au vol.

— Comment osez-vous ? lança-t-elle, le souffle court. Comment osez-vous me parler ainsi ?

Elle se libéra brusquement. Son châle tomba, sans qu'elle se préoccupe de le ramasser.

— Non, je n'ai pas protesté quand vous m'avez touchée, lança-t-elle. Dieu sait que je le regrette ! Vous me faites…

Les mots se refusèrent à franchir sa gorge. Au prix d'un terrible effort, pourtant, Sarah s'obligea à continuer.

— … Vous m'avez fait éprouver des choses que je ne comprends toujours pas, avoua-t-elle. Vous vous êtes arrangé pour que j'aie confiance en vous, que je croie en ces sentiments, alors que tout n'était que mensonge. Vous m'avez amenée à vous désirer, alors que vous ne vouliez pas de moi. Et ensuite, vous êtes parti comme si cela n'avait pas eu la moindre importance pour vous.

Une vague de chagrin envahit Jake. Ce qu'elle disait était vrai. Et la douleur qu'il lisait dans ses yeux était bien réelle.

— Vous devriez me remercier, déclara-t-il calmement en guidant un cheval dans sa stalle.

— Je suis d'accord ! répliqua Sarah en étouffant un sanglot. Mais si vous croyez que cela vous donne le droit d'interférer dans ma vie, vous vous trompez. Vous vous trompez complètement.

— En tout cas, vous êtes vite passée de mes bras aux siens.

L'amertume avait rendu les paroles de Jake plus dures

qu'il n'aurait voulu. Et, déjà, il se maudissait de les avoir laissées échapper.

— Quoi ?

C'était trop fort ! Ivre de rage, Sarah l'agrippa par sa chemise et s'écria :

— Ce n'est pas moi qui ai fait une chose pareille, c'est vous ! Vous m'avez laissée ici sans un mot, et vous vous êtes rendu tout droit au Silver Star. Je suppose que vous vous êtes essuyé la bouche pour effacer mon odeur avant de l'embrasser !

Jake l'empoigna par les épaules et la secoua.

— Avant d'embrasser qui ? s'écria-t-il.

— Je n'ai rien d'autre à dire.

— Vous avez commencé, vous allez finir ! Alors, d'après vous, qui ai-je embrassé ?

— Carlotta.

Sarah lâcha ce prénom avec toute la douleur et toute la colère qui l'étouffaient.

— Vous m'avez laissée pour aller la retrouver, ajouta-t-elle. Et comme si cette humiliation ne suffisait pas, vous lui avez conseillé de m'engager !

Sous le choc, Jake serra un peu plus les épaules de Sarah.

— De vous engager ? Qu'est-ce que vous racontez, bon sang ?

— Vous le savez très bien. Vous lui avez dit qu'elle devrait me commander des robes pour elle et pour…

— Des robes ?

En cet instant, Jake ne savait plus trop s'il devait rire

ou jurer. Lentement, il lâcha Sarah et laissa retomber ses bras.

— Quoi que vous pensiez de moi, murmura-t-il, vous devriez savoir que je ne suis pas idiot.

— Je ne sais plus ce que je dois penser.

Sarah luttait contre les larmes, à présent, et cela la rendait à l'évidence furieuse. Devant son chagrin, Jake, qui aurait préféré se taire, finit par s'expliquer.

— Je n'ai jamais conseillé à Carlotta de vous engager pour quoi que ce soit. Et je n'ai sûrement pas…

Il s'interrompit dans un juron. Comme il quittait l'écurie d'un pas rageur, Sarah le retint par le bras.

— Qu'alliez-vous dire ? Que vous n'êtes pas allé au Silver Star ?

— Non, je ne dirai pas ça.

Sarah eut un petit rire amer.

— Je vois… Vous vouliez juste préciser que vous n'avez pas couché avec Carlotta. Vous avez sans doute trouvé et payé une autre fille qui vous plaisait davantage ? Pauvre Carlotta ! Elle doit être désespérée.

— Il lui en faudrait plus. Et si j'ai payé quelque chose au Silver Star, c'est du whiskey, rien d'autre.

— Pourquoi ? murmura Sarah, le souffle court.

— Ça me regarde.

Se maudissant de nouveau, Jake chercha à sortir de l'écurie, mais Sarah l'en empêcha encore.

— Je vous ai posé une question !

— Et je vous ai répondu.

Il lui ramassa son châle et le lui tendit.

— Maintenant, allez vous coucher.

Sarah laissa tomber le châle par terre.

— Je n'irai pas me coucher, et vous non plus, tant que vous ne m'aurez pas expliqué pourquoi vous n'êtes pas allé avec elle — ou avec une autre.

— Parce que je ne cesse pas de penser à vous !

Exaspéré, il la plaqua contre le mur, si violemment que les dernières épingles qui retenaient le chignon de la jeune fille volèrent. La masse de ses cheveux s'écroula, tombant jusqu'à sa taille. Jake voulait lui faire peur, lui faire payer la frayeur qu'elle lui avait causée.

— Vous n'êtes pas en sécurité avec moi, duchesse, murmura-t-il. Ne l'oubliez pas. Il se pencha sur elle et, sans ménagement, plongea les doigts dans ses cheveux.

Sarah pressa ses mains moites contre le mur. Elle n'avait pas peur. L'émotion qu'elle ressentait était forte, impérieuse, mais ce n'était pas de la peur.

— Vous ne voulez pas de moi.

— Je vous veux si fort que cela me ronge.

De sa main libre, Jake lui enserra le cou.

— Je préférerais recevoir une balle plutôt que d'éprouver ce que vous me faites éprouver.

— Qu'est-ce que je vous fais éprouver ? murmura Sarah.

— Vous me rendez violent, répondit Jake, qui accentua la pression de sa main pour le prouver. Je pourrais vous faire mal, cela me serait égal. C'est pour cela que vous auriez tout intérêt à partir en courant pendant que je vous en laisse encore la possibilité.

— Je ne partirai pas !

Même si elle l'avait voulu, Sarah n'aurait pas pu : ses jambes tremblaient, et elle était déjà à bout de souffle. Alors, tout en sachant ce qu'elle risquait, elle continua à le défier.

— Je vous l'ai déjà dit, c'est vous qui fuyez. C'est facile de menacer. Si vous étiez le genre d'homme que vous prétendez être, et si vous me désiriez, vous me prendriez. Ici même, tout de suite.

Les yeux de Jake s'assombrirent. Presque noirs, ils transperçaient Sarah. Elle ne cilla pas quand il ferma les doigts sur ses cheveux. Elle garda le menton levé, dans une attitude pleine de défi.

— Le diable vous emporte !

Avec dureté, Jake abattit la bouche sur la sienne. Pour la terrifier, se dit-il tandis qu'il pressait la jeune fille contre le mur. Pour lui faire voir une fois pour toutes quel homme il était. Sans douceur, il la parcourut de ses mains. Il la touchait comme il aurait touché une fille du Silver Star. Il la rudoyait, la brusquait. Il voulait lui tirer des larmes, la faire trembler et sangloter, la forcer à le supplier de la laisser tranquille.

Alors, peut-être, il en serait capable.

Soudain, Sarah poussa un cri étouffé contre la bouche de Jake. Il voulut s'écarter, mais elle noua les bras autour de lui et le retint.

Elle se livrait totalement, sans retenue. Elle savait qu'il essayait de lui faire mal. Il n'y parviendrait pas. Elle allait lui prouver qu'être dans ses bras ne pourrait jamais la faire souffrir. Quand la bouche de Jake descendit sur sa gorge, brûlante, elle poussa un cri et dut se cramponner à lui pour garder son équilibre. Lorsqu'il mordilla sa peau tendre, elle gémit. Trop excitée pour être choquée par ses propres gestes, elle tira sur sa chemise. Elle voulait toucher sa peau, sentir sa chaleur.

Jake se perdait en elle, il était déjà perdu. Son parfum, si subtil, lui faisait tourner la tête. Sa bouche avide le mettait à la torture. Puis elle prononça son nom — un soupir, une prière — et brisa les derniers liens qui le retenaient.

Eperdu de désir, il l'allongea dans le foin. La soie de la robe se froissa dans un bruissement lorsqu'il la fit glisser sur l'épaule de Sarah. Il devenait fou, arrachait sans soin ses vêtements, les déchirait dans sa hâte de la découvrir.

Un sursaut de terreur prit Sarah à la gorge.

Mais ce n'était pas Jake qui la terrifiait. C'était la force de ce désir qui avait pris possession d'elle, qui la gouvernait, qui l'entraînait au-delà de toute limite. Aussi impétueuse que Jake, elle lui arracha sa chemise, puis l'attira à elle.

Une pluie de baisers brûlants s'abattit sur son visage. Elle ne pouvait pas respirer, et ne respira pas mieux lorsque Jake défit les lacets de son corset. Ils roulèrent dans le foin tandis qu'ils bataillaient pour se libérer des dernières barrières qui les séparaient. Quand Jake prit ses seins à pleines mains, Sarah s'arqua contre lui, trop transportée de plaisir pour avoir honte de sa nudité. Son pouls tambourinait en dix endroits au moins de son corps, lui faisait perdre conscience de ce qui l'entourait.

Au milieu de son vertige, elle ne pouvait penser qu'à Jake, ne pouvait se concentrer que sur lui.

Sarah, découvrit Jake, était mince comme un saule, douce comme la soie qu'il avait déchirée, fine comme la plus délicate des porcelaines. Pourtant, en dépit de sa fragilité, c'était elle qui le dominait. Autour d'eux, il percevait l'odeur du foin, des chevaux, de la nuit. Grâce aux rayons de lune qui s'infiltraient par les fentes de la grange et faisaient miroiter leurs deux corps, il voyait les yeux de Sarah, ses cheveux, sa peau. Une fois encore, une dernière fois, il essaya de recouvrer son sang-froid. Dans leur intérêt à tous les deux.

Mais elle leva les bras vers lui et le ramena à elle.

Tandis qu'il pressait de nouveau sa bouche sur la sienne, Sarah comprit que le point de non-retour était franchi — pour elle comme pour Jake. Dans leur stalle, les chevaux grattaient le sol de leurs sabots. Un coyote poussait sa plainte solitaire dans les collines. Sarah, pourtant, ne percevait que le murmure de son prénom sur les lèvres de Jake.

Le foin égratigna sa peau nue lorsqu'il s'allongea sur elle, mais elle ne fit que soupirer. Quand il prit dans sa bouche la pointe d'un sein, Sarah, troublée, laissa échapper un gémissement. Puis il se mit à caresser le mamelon de sa langue et le plaisir grandit en elle, douloureux, merveilleux, irradiant le centre de son être tandis que les dents de Jake mordillaient sa chair. C'était insupportable et magnifique à la fois. Elle aurait voulu le lui dire, essayer de lui expliquer ce qu'elle ressentait, mais elle ne pouvait que répéter son prénom, le répéter sans fin.

Jake sentit la cuisse de Sarah trembler lorsqu'il la caressa de sa main. Puis il effleura ce qu'aucun homme encore n'avait jamais touché et il entendit son cri de surprise, suivi d'un gémissement de plaisir.

A lui.

Elle était à lui. Avec une infinie patience, aussi doucement que le lui permettait son propre désir, dévorant, il lui prodigua des caresses grâce auxquelles, pour la première fois, elle découvrit des sommets inconnus d'elle. Elle poussa un cri, tendant son corps comme un arc quand l'ultime extase l'emporta.

Brûlant de passion, Jake écrasa la bouche sur la sienne.

Sarah s'accrochait à lui, ébranlée, éblouie, bouleversée. C'était donc ça, l'amour ? Ce qu'un homme et une femme se donnaient dans l'intimité de la nuit. C'était tellement plus que ce qu'elle avait rêvé…

Un flot de larmes s'échappa de ses yeux, se mêlant à la sueur qui couvrait son corps et celui de Jake.

— Je vous en prie…, murmura-t-elle sans même savoir ce qu'elle réclamait. Je vous en prie…

Pour rien au monde Jake ne voulait lui faire mal. Il pria le ciel de lui permettre de la prendre sans douleur puis, le souffle court, il pénétra lentement en elle, tentant de l'apaiser de sa bouche et de ses mains.

Sarah eut l'impression qu'un feu d'artifice explosait derrière ses yeux clos en un bouquet de lumières multicolores. Elle sentait une chaleur de plus en plus forte, presque intenable, grandir en elle, et poussait de petits cris en lacérant le dos de Jake de ses ongles. Bientôt, elle fut comme portée de plus en plus vite vers un but inconnu, quelque chose qu'elle désirait ardemment sans savoir ce que c'était. Quelque chose qui ressemblait à la vie. A l'air que l'on respire. A l'amour. D'instinct, elle berçait Jake de ses hanches. De joie, elle le serrait dans ses bras.

Sarah perdit son innocence dans une explosion sauvage de plaisir qui retentit sans fin en elle.

Le clair de lune nimbait le visage endormi de Sarah, et Jake la regardait. Son corps était avide de sommeil, mais son esprit ne pouvait se résoudre au repos. Etendue dans le foin, ses cheveux étalés autour d'elle, elle ne portait rien d'autre que le ruban de velours qui ceignait son cou. Elle semblait presque trop belle pour être vraie.

Dès le début, il avait deviné son caractère passionné. Il avait réprimé le sien trop longtemps pour ne pas le reconnaître chez quelqu'un d'autre. Elle était venue à lui ouvertement, avec franchise et innocence. De tous les péchés que Jake avait commis, le plus grand était sans doute de lui avoir ôté cette innocence.

Il n'avait pas le droit ! se dit-il en pressant les doigts sur ses paupières. Mais il n'avait pas eu le choix. La nature du désir qui le portait vers elle, maintenant encore, lui ôtait toute liberté.

Il était amoureux d'elle.

Cette pensée faillit le faire rire. Pourtant, elle était dangereuse. Dangereuse pour Sarah. Jusqu'alors, tout ce que Jake avait aimé avait été détruit, saccagé. Son regard dériva vers la robe de la jeune fille, qui se trouvait à ses pieds, en tas. Sur la soie bleue gisait sa cartouchière. Ce tableau résumait tout. Sarah et lui n'allaient pas mieux ensemble que ses colts avec une robe de soie.

Jake Redman n'était fait pour personne.

Lorsqu'il esquissa un geste pour se lever, Sarah tressaillit et chercha sa main.

— Jake…

— Oui.

Lentement, un sourire sur les lèvres, Sarah ouvrit les yeux. Elle n'avait pas rêvé. Il était là, avec elle. Elle sentait l'odeur du foin, son contact. Elle voyait briller les yeux de Jake dans la pénombre.

Son sourire s'évanouit.

— Qu'est-ce qui ne va pas ? lui demanda-t-elle.

— Rien.

Jake se détourna et attrapa son pantalon.

— Pourquoi es-tu en colère ?

— Je ne suis pas en colère.

D'un geste brusque, Jake tira son pantalon sur ses hanches et se leva. Sarah était décidée à garder son calme. Ce qui s'était passé entre eux était trop beau pour être gâché par des paroles irréfléchies. Elle trouva sa chemise, constata qu'une bride était arrachée et l'enfila.

— Tu t'en vas ?

Jake ramassa sa cartouchière. La voir à côté des affaires de Sarah le mettait mal à l'aise.

— Je n'ai pas envie de regagner la ville à pied, et Lucius a mon cheval.

— Je vois. C'est la seule raison pour laquelle tu restes ?

Jake se tourna, prêt à l'insulter. Elle se tenait très droite, ses cheveux vaporeux auréolant son visage et ses épaules. Sa chemise moulait ses cuisses et révélait impudiquement la courbe d'un sein. La bouche sèche, il secoua la tête.

Sarah sourit et lui tendit une main.

— Viens avec moi à la maison. Reste avec moi.

Une nouvelle fois, Jake se dit qu'il n'avait pas le choix. Il prit la main de Sarah.

Quand Sarah s'éveilla, Lafitte lui léchait la figure.

— Va-t'en ! grommela-t-elle en se tournant de l'autre côté.

— Tu m'as demandé de rester.

Jake lui passa un bras autour de la taille. Elle ouvrit brusquement les yeux, dans lesquels il lut le choc, puis le souvenir et enfin le plaisir.

— Je parlais au chien, expliqua-t-elle.

En se blottissant contre Jake, elle songea qu'il n'y avait rien de plus merveilleux que de se réveiller dans les bras de l'homme qu'on aime.

— Il sait monter, mais il n'a pas encore trouvé le moyen de redescendre.

Jake se pencha pour donner une tape sur la tête de Lafitte.

— Saute ! ordonna-t-il.

Puis il attira Sarah et la fit rouler sur lui.

— C'est le matin ? lui demanda-t-elle.

— Pas encore.

— Mais le soleil est déjà…

La phrase de Sarah se termina dans le baiser que lui donna Jake. Le jour, la nuit, l'été, l'hiver, le temps… plus rien de cela n'importait. L'essentiel était qu'il soit là, avec elle, et qu'il l'emporte de nouveau dans ces contrées merveilleuses qu'il lui avait fait découvrir au cours de la nuit, d'abord dans le foin puis dans l'étroit lit de bois où ils s'étaient aimés sans fin.

Jake lui apprenait peu à peu tout ce qu'une femme pouvait savoir des plaisirs de l'amour, des désirs qu'elle suscitait, de ceux qu'elle comblait. Il lui montrait comment l'amour pouvait ressembler à l'orage, avec la foudre et les éclairs, ou au contraire à une douce pluie de printemps. Sarah découvrit que le désir pouvait être une souffrance, et brûler dans les veines, mais qu'il pouvait aussi être une joie intense courant sous la peau.

Ensemble, ils connurent une nouvelle fois l'extase tandis que le soleil grimpait dans le ciel, suivi de son cortège de chaleur.

Un peu plus tard, seule dans la maison, Sarah se rafraîchit en s'aspergeant le visage d'eau. Voilà la vie qu'ils pourraient avoir, se dit-elle, rêveuse. Chaque matin, de bonne heure, elle préparerait le café pendant que Jake nourrirait les bêtes et irait chercher de l'eau au ruisseau. Pour lui, elle cuisinerait et tiendrait la maison. Ensemble, ils feraient quelque chose de cette terre et de leur vie. Quelque chose de bien et de beau.

Ils fonderaient une famille… Pressant la main sur son ventre, Sarah se demanda si c'était déjà fait. Quelle façon magnifique de créer un enfant ! En même temps, elle songea que ce n'était pas bien d'avoir ce genre de pensée alors qu'ils n'étaient pas mariés. Et qu'il ne lui avait même pas proposé le mariage. Le ferait-il ? Sarah enfila une robe et la boutonna en hâte. N'avait-elle pas dit elle-même à Liza qu'il n'était pas le genre d'homme à penser au mariage ? Et pourtant… était-il possible qu'il l'ait aimée comme il l'avait fait sans vouloir passer sa vie avec elle ?

Qu'avait dit Mme O'Rourke, déjà ? C'était à propos d'une femme assez maligne pour amener un homme au mariage en lui laissant croire que l'idée venait de lui.

Avec un petit rire, Sarah se tourna vers la cuisinière. Maligne, elle pensait l'être. Très maligne, même.

— Quelque chose de drôle ?

Sarah jeta un coup d'œil vers Jake, qui venait d'entrer.

— Non, pas vraiment. Je suppose que je suis heureuse, c'est tout.

Il posa un panier d'œufs sur la table.

— Je n'avais plus ramassé des œufs depuis que ma mère… Depuis très longtemps.

Sarah prit les œufs et commença aussitôt à préparer le repas.

— Ta mère avait des poules ? demanda-t-elle du ton le plus détaché possible.

— Oui. Le café est chaud ?

— Assieds-toi. Je vais te servir.

Apparemment, il n'avait pas envie de parler de son passé. Peut-être était-ce encore trop tôt.

— J'ai pu avoir un morceau de bacon chez M. Cobb, expliqua Sarah en coupant des tranches avec adresse pendant que la poêle chauffait. J'envisage d'acheter quelques cochons. Lucius va encore protester quand je lui demanderai de construire une soue… mais je ne pense pas qu'il se plaindra quand il aura du jambon dans son assiette. Tu ne sais rien de l'élevage des cochons, par hasard ?

Jake l'écoutait, amusé. Ainsi, la duchesse de Philadelphie parlait d'élever des cochons…

— Tu mérites mieux, répondit-il spontanément.

— Mieux que quoi ?

— Que cet endroit. Pourquoi ne retournes-tu pas dans l'Est, afin de mener la vie pour laquelle tu es faite ?

Sarah, qui avait servi le café pendant que le bacon grésillait, apporta sa tasse à Jake.

— Est-ce ce que tu veux ? Que je m'en aille ?

— Ce que je veux n'a pas d'importance, répondit Jake.

Debout près de lui, Sarah le regardait.

— Eh bien, moi, j'aimerais savoir ce que tu veux.

Jake avait eu un peu de temps pour réfléchir à la question, et pour réfléchir clairement. Mais lorsque Sarah se trouvait à côté de lui, qu'il la regardait, plus rien ne lui semblait clair.

— Je voudrais... du café, répondit-il en saisissant sa tasse.

— Tes désirs sont simples. Ote ton chapeau quand tu es à ma table, s'il te plaît.

Elle le lui enleva d'un geste vif et le posa à côté. Jake sourit et se passa une main dans les cheveux.

— Bien, m'dame. Le café est excellent, duchesse.

— Contente de savoir que je fais au moins une chose qui te plaît, rétorqua Sarah en tournant les talons.

Lorsqu'il l'attrapa par-derrière et la fit pivoter, elle poussa un cri.

— Tu fais beaucoup de choses qui me plaisent, tu le sais très bien.

Il accompagna ces paroles d'un long baiser passionné.

— C'est vrai ? demanda Sarah. Dommage que je ne puisse en dire autant.

Elle essayait de garder un ton détaché mais, déjà, elle avait passé les bras autour du cou de Jake. Celui-ci se mit à rire contre ses lèvres.

— Je suppose que c'était une autre femme, qui me caressait cette nuit... J'ai ramené tes affaires de la grange. Ta robe — en piteux état — et quatre jupons.

Il lui mordilla le lobe de l'oreille.

— J'espère que tu n'en mets pas autant tous les jours.

— Une femme ne discute pas de...

— Et cette espèce de carcan dans lequel tu te ligotes ? Je

me demande comment tu ne t'évanouis pas. Quel besoin en as-tu, d'ailleurs ? Ta taille est si mince que je peux en faire le tour avec mes deux mains.

Aussitôt, il lui prouva ses dires en l'enlaçant.

— Je n'ai pas l'intention de parler de ces choses avec toi, affirma Sarah.

— Et moi, je pense que j'en ai le droit ! Je te les ai enlevées, je te le rappelle…

Rougissant jusqu'à la racine des cheveux, Sarah se libéra.

— Le bacon est en train de brûler.

— Combien de jupons as-tu sur toi, en ce moment ? demanda Jake en se rasseyant.

Après avoir déposé le bacon dans une assiette, elle lui jeta un regard aguicheur par-dessus son épaule.

— Tu n'auras qu'à le découvrir par toi-même.

Ravie de la stupeur qu'elle avait provoquée, elle se remit à la préparation du repas.

Quand elle vint s'asseoir en face de lui, alors que de bonnes odeurs flottaient dans la pièce, Jake observa un moment de silence avant de remarquer :

— J'ai vu tes tableaux, au mur. Tu dessines vraiment bien.

— Merci. J'ai toujours aimé ça. Si j'avais su que mon père vivait ici — je veux dire dans une maison comme celle-ci —, je lui aurais envoyé quelques esquisses pour égayer un peu les murs. Je ne lui ai envoyé qu'une petite aquarelle, à Noël dernier…

A ce souvenir, l'expression de la jeune fille se troubla.

— … C'était un portrait de moi. Je pensais qu'il serait heureux de savoir à quoi je ressemblais, après toutes ces années. Curieusement, je ne l'ai pas retrouvé. Il gardait toutes mes lettres dans une boîte en fer, mais le portrait n'y était pas. Je ne l'ai trouvé nulle part. Je pensais demander au shérif s'il n'avait pas oublié de me le donner.

— Si Barker l'avait eu, il te l'aurait rendu, affirma Jake. Tu es sûre qu'il est arrivé ? Le courrier peut se perdre.

Une pensée, qu'il n'aimait guère, venait de l'effleurer.

— J'en suis certaine. D'ailleurs, il m'a écrit quand il l'a reçu. Et Liza m'a dit qu'il l'avait montré à tout le monde, à l'épicerie.

— On finira bien par remettre la main dessus…

Sarah haussa les épaules.

— Sans doute. J'ai nettoyé la maison à fond, mais il se peut que je ne l'aie pas vu. Je regarderai encore quand Lucius posera le plancher.

— Quel plancher ?

— Un plancher de bois, pour cette pièce. J'ai déjà commandé les planches. J'en ai même commandé un peu plus, ajouta Sarah en prenant un biscuit. Je rêve d'avoir une vraie chambre. Je la ferai aménager à l'ouest, je pense. Mes travaux de couture me rapportent pas mal d'argent…

— Hier soir, rappela Jake, tu as prétendu que j'avais donné à Carlotta l'idée de te commander des robes. Qui t'a dit ça ? Quand lui as-tu parlé ?

Sarah se raidit.

— Jamais. Je n'ai aucune intention de parler à cette femme !

— Qui te l'a dit, dans ce cas ?

— Alice Johnson. Elle… travaille là-bas. Carlotta lui avait demandé de venir négocier mes services.

Jake réfléchit, essayant de mettre un nom sur un visage.

— Alice… C'est la petite jeune, avec des cheveux noirs et de grands yeux ?

— La description est exacte, acquiesça Sarah avec un air pincé. Tu sembles très bien connaître le personnel du Silver Star…

— Je ne sais pas si j'emploierais le terme de « personnel », mais oui, je les distingue les unes des autres.

Sarah se leva et lui ôta son assiette d'un geste brusque.

— Et je suis sûre qu'elles te connaissent très bien aussi.

Comme il souriait, elle dut réprimer l'envie de lui faire passer cet air réjoui d'un coup de poêlon en fonte.

— J'aimerais que tu cesses de te moquer de moi ! lança-t-elle.

— Oui, m'dame.

Mais Jake sourit de plus belle en avouant :

— Tu es rudement jolie, quand tu t'enflammes.

Cette fois, Sarah eut toutes les peines du monde à conserver son sérieux.

— Si c'est un compliment, tu peux le garder.

— Les compliments, ce n'est pas mon style. Tu es jolie,

c'est un fait. Tu es même la plus jolie chose que j'aie jamais vue, je crois bien. En particulier quand tu es en rogne.

— C'est pour cela que tu n'arrêtes pas de m'exaspérer ?

— Je suppose. Viens ici.

Elle lissa sa jupe.

— Non.

— En plus, dit Jake en se levant, tu es têtue comme une mule. Je ne comprends vraiment pas pourquoi tu me plais à ce point.

Quand il l'attira à lui, Sarah feignit de se débattre, puis elle éclata de rire.

— Donc, si je veux te plaire, je dois faire en sorte de rester têtue et en rogne.

Jake ne dit rien. La façon dont elle le regardait lui coupait le souffle. Il l'attira plus près encore, la serra contre lui. Sarah lui taquina l'épaule du bout du nez puis, avant qu'il la lâche, elle prit son visage entre ses mains et l'embrassa sur les lèvres.

Il laissa échapper un profond soupir.

— Je ne sais jamais où j'en suis, avec toi, marmonna-t-il.

— C'est parfait ainsi. J'ai bien l'intention de continuer.

Soudain, Jake recula et prit les mains de Sarah.

— Laquelle a-t-il embrassée ? demanda-t-il.

— De quoi parles-tu ?

Sarah poussa un petit cri quand la pression des doigts de Jake s'accentua.

— Carlson ! Quelle main a-t-il embrassée ?

— Les deux, répondit-elle sans baisser les yeux.

Elle vit la fureur monter en lui, et fut stupéfaite de la façon dont il l'endigua aussitôt. Mais la colère était toujours là, en lui.

— Jake…

Il secoua la tête. Puis, d'un geste qui la laissa pantoise, il porta ses deux mains à ses lèvres. Après quoi il les lâcha, visiblement gêné.

— Je ne veux plus que tu le laisses faire cela.

— Il ne le fera plus.

Cette réponse, qui aurait dû rassurer Jake, ne fit qu'augmenter sa tension.

— Juste comme ça ?

— Juste comme ça.

Il lui tourna le dos et se mit à arpenter la pièce. Sarah haussa les sourcils. C'était la première fois qu'elle voyait Jake faire un geste inutile. D'habitude, quand il marchait, c'était pour s'approcher ou pour s'éloigner.

— Je n'ai pas le droit, maugréa-t-il d'un ton rageur.

— Tu as tous les droits, lui affirma Sarah d'une voix douce et apaisante. Parce que je t'aime.

Jake s'immobilisa, comme un homme qui vient de sentir le canon d'un revolver sur sa nuque.

— Tu ne sais pas ce que tu dis, bougonna-t-il.

— Si, je le sais ; et tu le sais aussi.

Sans le quitter des yeux, elle le rejoignit.

— Crois-tu que j'aurais pu rester ainsi avec toi, cette nuit et ce matin, si je ne t'aimais pas ?

Jake s'écarta avant qu'elle puisse le toucher. Il y avait si longtemps qu'on ne l'avait pas aimé qu'il avait oublié à quoi cela ressemblait. Cet amour le traversait soudain comme une rivière aux courants puissants.

— Je n'ai rien à t'offrir, Sarah. Rien.

— Si, toi.

Elle lui posa une main sur la joue et ajouta :

— Je ne te demande rien d'autre.

— Tu confonds ce qui s'est passé cette nuit avec…

— Avec quoi ? Crois-tu, parce que tu as été mon premier amant, que je ne sache pas faire la différence entre l'amour et la… luxure ? Peux-tu me dire que tu avais déjà connu quelque chose de comparable avec une autre femme ? Peux-tu me le dire ?

Non, il ne le pouvait pas.

— Lucius ne va pas tarder à rentrer, dit-il simplement. Je vais aller te chercher de l'eau, avant de partir.

C'était tout ? Furieuse, Sarah le regarda partir. Une fois de plus, il la laissait tomber. Il ne la croyait pas. Pour lui, elle n'était qu'une gamine romantique, qui se faisait des idées…

Aussitôt, elle se reprit. Non, ce n'était pas ça. Ce n'était pas ça du tout. Tout lui apparaissait avec une clarté cristalline, soudain. Jake la croyait, au contraire, et c'était pour cela qu'il avait tourné les talons. Il était aussi effrayé et déconcerté par cet amour qu'elle l'avait été par ce pays, en arrivant. Ce sentiment lui était tout aussi étranger. Tout aussi difficile à comprendre et à accepter.

Mais c'était quelque chose qu'elle pouvait changer.

Sarah inspira profondément et gagna l'évier pour faire la vaisselle. Elle changerait son état d'esprit de la même façon qu'elle s'était changée elle-même. Cette terre, elle l'avait acceptée, maintenant. Elle était devenue *sa* terre. Un jour, Jake agirait de même avec elle.

Entendant la porte s'ouvrir, elle se tourna, un grand sourire aux lèvres.

— Jake…

Mais ce n'était pas Jake qui se tenait dans l'embrasure. C'était Burt Donley.

11

— Où est Redman ?

Une panique folle envahit Sarah. Elle tenait encore le poêlon et, pendant une seconde de folie, elle envisagea de lui en donner un grand coup sur la tête. Mais elle vit sa main, posée sur la crosse de son arme. Et elle lut dans ses yeux ce qu'elle n'avait jamais lu dans ceux de Jake ni d'aucun autre homme, pas même dans ceux des Apaches qui l'avaient enlevée : le désir, l'impatience de tuer.

Il s'avança, un imperceptible sourire aux lèvres.

— Je vous ai demandé où est Redman.

— Il n'est pas ici, répondit Sarah.

Le calme de sa voix, alors que son cœur tambourinait dans sa poitrine, la surprit. Elle avait un homme à protéger. L'homme qu'elle aimait.

— Je ne crois pas vous avoir prié d'entrer.

Le sourire de Donley s'élargit.

— Vous n'allez pas me dire qu'il vous a raccompagnée jusqu'ici hier soir pour vous laisser dormir seule. Une jolie petite femme comme vous.

Sarah était terrifiée à l'idée que Jake allait revenir — mais elle redoutait tout autant qu'il ne revienne pas. Elle n'avait d'autre choix que de tenir bon.

— Je ne vous dis rien du tout ! répliqua-t-elle. Comme vous le voyez, je suis seule.

— Je vois. Bizarre. Son cheval est resté en ville, et il ne s'y trouve pas.

Donley prit un biscuit dans le plat posé sur la table, le tint un instant entre ses gros doigts carrés, puis mordit dedans et déclara :

— On raconte qu'il passe pas mal de temps ici.

— M. Redman me rend visite de temps en temps. Quand je le verrai, je lui dirai que vous le cherchez.

— J'y compte bien... Oui, j'y compte bien.

Donley mordit de nouveau dans le gâteau et mâcha lentement, sans quitter Sarah des yeux.

— Eh bien, bonne journée, lui lança-t-elle.

Au lieu de s'en aller, il s'approcha d'elle.

— Vous êtes encore plus jolie que dans mon souvenir.

— Je... je ne pense pas que nous nous soyons déjà rencontrés, balbutia Sarah en humectant ses lèvres tremblantes.

— Non, mais je connais votre visage. Vous ne ressemblez pas du tout à votre papa.

Quand il toucha ses cheveux, Sarah se raidit et recula.

— Si vous voulez bien m'excuser...

Elle fit un pas de côté, mais Donley lui barra le passage.

— Il faisait grand cas de vous, votre papa. On peut comprendre pourquoi.

Il poussa le reste du biscuit dans sa bouche, puis tendit la main vers le nœud qui fermait le col de la jeune femme.

— Dommage qu'il se soit fait tuer pour cette mine et qu'il vous ait laissée orpheline. S'il avait été plus malin, il se serait arrangé pour rester en vie. Ça valait le coup.

Sarah chercha de nouveau à s'esquiver. Et, de nouveau, il la bloqua.

— On ne peut le rendre responsable de cet accident, chuchota Sarah.

— C'est à voir. On en reparlera peut-être plus tard. Vous semblez plus maligne que votre père… Tout à coup, Lafitte pénétra dans la maison en grondant. Donley avait déjà la main sur la crosse de son revolver, quand Sarah lui attrapa le bras.

— Non, je vous en prie ! Il est encore tout petit…

En hâte, elle se baissa pour prendre dans ses bras le chien qui grondait toujours.

— … il est inutile de lui faire du mal. Il est inoffensif.

— Donley aime tuer ce qui est inoffensif.

Jake se tenait sur le pas de la porte. Trois mètres séparaient les deux hommes.

— J'ai connu quelqu'un, à Laramie…, murmura Jake. Un jeune garçon nommé Daniel Petit-Daim. Il était inoffensif, lui aussi. N'est-ce pas, Donley ?

Celui-ci eut un nouveau sourire.

— C'était un sale Indien ! lança-t-il. Pour moi, tuer un Indien n'est rien de plus qu'abattre un cheval malade.

— Et c'est plus facile quand on tire dans le dos.

— Je ne compte pas te tirer dans le dos, Redman.

— Ecarte-toi, Sarah.

— Jake, pour l'amour du ciel…

— Ecarte-toi !

La peur viscérale que Jake avait éprouvée en découvrant le cheval de Donley devant la maison avait disparu. Il avait recouvré son sang-froid, il était prêt à tuer. Ses revolvers pendaient sur ses hanches, ses mains étaient souples, prêtes à agir.

Donley équilibra son poids sur ses jambes.

— Il y a longtemps que j'attendais ce moment.

— Certains ont de la chance, murmura Jake. Ils attendent longtemps l'heure de leur mort.

— Quand je t'aurai tué, je prendrai la femme et l'or. Il agrippa la crosse de son revolver et, en un clin d'œil, le 44 fut braqué sur Jake, à hauteur de son cœur.

Un coup de feu retentit, se répercutant dans l'air tranquille du matin. Horrifiée, Sarah vit Donley vaciller vers l'avant, puis vers l'arrière, tandis qu'une tache rouge s'élargissait sur sa chemise et sa veste en peau. Enfin, il tomba près de la cheminée et ne bougea plus.

Jake était toujours dans l'encadrement de la porte, le visage impassible, parfaitement calme. Pas une fois, en tuant, il n'avait ressenti cette excitation dont parlaient certains. Pour lui, tuer n'était ni une preuve de force ni une malédiction. C'était une question de survie.

— Oh ! mon Dieu…

Le dos au mur, Sarah gardait les yeux fixés sur le corps de

Donley. Lafitte lui échappa et alla s'accroupir en grognant près du cadavre. La vision de Sarah, soudain, se brouilla ; elle allait défaillir quand Jake l'attrapa par les bras.

— Est-ce qu'il t'a brutalisée ?

— Non. Je…

— Sors.

Elle se sentait proche de l'hystérie. Un homme mort gisait sur le sol de sa maison, et celui qui la tenait dans ses bras avait l'air d'un étranger.

— Jake…

— Sors, répéta-t-il. Va dans la grange, ou au bord du ruisseau.

Comme elle restait immobile, le regard fixe, Jake tira la jeune femme jusqu'à la porte et la poussa dehors.

— Fais ce que je te dis, bon sang !

— Que… que vas-tu faire ?

— Le ramener en ville.

Se laissant aller à sa faiblesse, Sarah s'appuya contre la barrière et aspira des gorgées d'air brûlant et poussiéreux comme s'il s'agissait d'eau.

— Que va-t-il se passer ? demanda-t-elle avec inquiétude. Tu l'as tué.

— Ou Barker me croira sur parole, ou il me pendra.

— Mais…

En proie à un malaise croissant, Sarah frissonna. Une fine couche de sueur recouvrait sa peau.

— … il était venu pour te tuer, rappela-t-elle. Il te cherchait.

— Exact.

Jake s'empara de nouveau de ses bras ; il voulait qu'elle le regarde, le regarde vraiment.

— Et demain, la semaine prochaine, le mois prochain, c'est un autre qui viendra me chercher, affirma-t-il. Je suis rapide, Sarah. Et il y aura toujours quelqu'un pour vouloir prouver qu'il tire plus vite que moi. Un jour, l'un d'eux aura raison.

— Tu peux changer ! s'écria Sarah. Les choses peuvent changer ! Il le faut !

Elle lutta pour se dégager, mais ce fut pour passer les bras autour de la taille de Jake.

— Tu ne veux pas mener éternellement cette vie !

— Entre ce que je veux et ce qui est, il y a toujours eu un abîme.

Il la repoussa.

— Je tiens à toi, ajouta-t-il avec difficulté. C'est pour cela que je te demande de partir.

Il venait de tuer un homme sous ses yeux, et de le tuer de sang-froid. Malgré l'horreur du drame auquel elle avait assisté, Sarah s'en était rendu compte. Mais ce meurtre n'avait pas laissé Jake insensible. Ce qu'elle voyait maintenant sur son visage, c'était la frustration et la colère d'un homme qui se sentait pris au piège. Il avait besoin que quelqu'un l'aide à s'en libérer, ou lui donne au moins un espoir de le faire. A défaut d'autre chose, Sarah lui donnerait cet espoir.

Elle prit son visage entre ses mains.

— Non. Je ne peux pas partir. Je ne partirai pas.

Ses mains tremblaient. Elles étaient glacées, constata Jake en s'en emparant.

— Tu es une belle idiote !

— Oui, c'est vrai. Mais je t'aime.

Jake soupira. Il ne savait comment lui dire l'effet que lui faisaient ses paroles, combien le bouleversait la sincérité qu'il lisait dans ses yeux. Il n'avait pas les mots pour ça. L'attirant à lui, il lui donna un baiser violent, affamé.

— Eloigne-toi de la maison, lui ordonna-t-il ensuite. Je ne veux pas que tu sois par là quand je le sortirai.

Sarah acquiesça, inspira à fond et recula. Son malaise s'était dissipé, mais elle se sentait toujours à vif.

— Autrefois, confia-t-elle, j'étais convaincue qu'il n'existait que le Bien et le Mal, et que tuer une autre personne était le comble du Mal. Mais il n'y a pas que cela, Jake. Ce que tu as fait, ce que tu as dû faire, t'a permis de rester en vie. Rien ne compte plus pour moi que ça…

Elle effleura sa main.

— … Reviens.

Jake la regarda, comme il l'avait déjà fait une fois, gravir la pente vers la tombe de son père. Quand elle eut disparu, il pénétra dans la maison.

Deux jours passèrent, durant lesquels Sarah s'efforça de vaquer à ses tâches quotidiennes sans se demander pourquoi Jake n'était pas revenu la voir. Il lui semblait que tout le monde lui avait rendu visite, sauf lui. Le shérif Barker était venu l'interroger au sujet de Burt Donley. L'interrogatoire avait paru plutôt symbolique à Sarah : le shérif, soit par paresse, soit parce qu'il connaissait mieux les hommes qu'il ne voulait bien le laisser paraître, avait cru Jake sur parole.

L'histoire s'était répandue dans la région comme une traînée de poudre. Peu après Barker, Liza et John étaient arrivés pour entendre les détails et manger des biscuits aux flocons d'avoine. Avant de partir, Liza avait expédié son frère dans les jambes de Lucius afin de pouvoir parler à son amie de Will et de leur prochain mariage. Il lui faudrait une robe neuve ; déjà, elle avait commandé de la soie rose et un patron à Santa Fe.

Le lendemain matin, en entendant arriver un cavalier, Sarah sortit précipitamment du poulailler au risque de casser les œufs qu'elle portait dans un panier. Elle cacha sa déception de son mieux quand elle reconnut Samuel Carlson.

En hâte, il mit pied à terre. Il se serait emparé de sa main, si elle n'avait pas crispé les doigts sur l'anse de son panier.

— Sarah… j'étais inquiet pour vous.

— Vous n'auriez pas dû.

— J'ai été très choqué d'apprendre que Donley et Redman s'étaient battus sous votre toit. C'est un miracle que vous n'ayez pas été blessée.

— Je l'aurais sûrement été si Jake n'était pas arrivé au bon moment. Donley se montrait… très menaçant.

— Je me sens fautif.

— Vous ? Et pourquoi donc ?

— Donley travaillait pour moi, et je savais quel genre d'homme c'était. Toutefois, il ne m'a causé aucun problème avant l'arrivée de Redman.

— C'est Donley qui est venu chercher Jake, Samuel. C'est lui qui a provoqué un combat. Je le sais, j'étais présente.

— Bien sûr.

Carlson posa une main apaisante sur le bras de Sarah. Sa bonne éducation l'empêchait d'entrer dans la maison sans y avoir été invité, et il était assez fin pour comprendre que l'invitation ne viendrait pas.

Quelque chose avait changé.

— Il me répugne de savoir que vous avez été forcée d'assister à un meurtre, dans votre propre maison, déclara-t-il. Demeurer là doit vous paraître odieux, maintenant.

Sarah jeta un coup d'œil derrière elle. Le plus difficile avait été de retourner chez elle tout de suite après. Il restait encore des traces de sang sur la terre battue, spectacle qui avait fasciné Johnny. Pourtant, cette maison demeurait la sienne.

— Non, répondit-elle. Je ne suis pas si fragile.

— J'admire votre courage, Sarah, mais vous êtes sensible. Je me fais du souci pour vous.

— C'est gentil, Samuel. Votre amitié m'est d'un grand réconfort.

Il lui posa une main sur la joue.

— Sarah, vous savez bien que je désire être beaucoup plus qu'un ami pour vous.

— Je sais. Mais c'est impossible, Samuel. Je regrette.

Sarah vit la colère envahir son visage, le défigurer, et fut surprise par son intensité. Bien vite, cependant, Samuel se reprit.

— C'est Redman, n'est-ce pas ?

— Oui, répondit aussitôt Sarah, qui jugeait malhonnête et insultant de lui mentir.

— Je vous croyais plus raisonnable. Vous êtes une femme intelligente, Sarah, bien éduquée. Vous devez comprendre que Redman est un homme dangereux, un individu sans scrupule. Il vit de la violence, elle fait partie de lui.

Elle eut un petit sourire.

— Il se décrit de la même façon ; je crois que vous avez tort tous les deux.

— Il ne fera que vous blesser.

— Peut-être, mais je ne peux modifier mes sentiments. Et je ne le souhaite pas. Je suis désolée, Samuel, conclut Sarah en lui posant une main sur le bras.

— Avec le temps, vous oublierez cette toquade. Je sais être patient.

— Samuel, je ne…

Il lui tapota la main.

— Ne vous tourmentez pas. Je ne suis pas seulement patient, je suis aussi confiant. Vous m'êtes destinée, Sarah.

Samuel fit quelques pas pour détacher son cheval. Il bouillait de rage ! Il voulait cette femme et ce qui lui appartenait. Et, d'une manière ou d'une autre, il réussirait à s'en emparer.

Lorsqu'il se retourna, les rênes à la main, son visage n'exprimait que l'affection et l'inquiétude.

— Cela n'empêche pas que je suis inquiet de vous savoir seule ici.

— Je ne suis pas seule, j'ai Lucius.

Carlson regarda autour de lui, l'air soupçonneux.

— Il est à la mine, expliqua Sarah. Si j'avais le moindre ennui, il me rejoindrait là aussitôt.

— La mine…, répéta Carlson en portant les yeux vers la colline. Au moins, promettez-moi de ne pas y entrer. C'est un endroit dangereux.

Sarah sourit.

— L'or ne m'attire pas.

— L'or attire tout le monde, affirma Carlson.

Puis, d'un mouvement plein d'élégance, il se mit en selle.

La jeune femme le regarda s'éloigner. Peut-être avait-il raison… Même si, au fond de son cœur, elle ne croyait pas que la mine pût être rentable, il était excitant de savoir qu'il existait néanmoins une probabilité. Une probabilité qui contraignait Lucius à passer ses journées dans le noir et la poussière, et pour laquelle son père était mort.

Jake lui-même n'y était pas insensible. C'était lui qui avait demandé à Lucius de reprendre les travaux de prospection. Il fallait qu'elle sache pourquoi ! Les derniers mots de Donley, alors qu'il s'apprêtait à tuer, lui trottaient dans la tête.

Je prendrai la femme et l'or.

Pourquoi avait-il dit cela ? Pourquoi aurait-il pensé, en un instant pareil, à une mine sans valeur ?

Parce que, justement, elle n'était peut-être pas sans valeur…

Oubliant la promesse faite à Samuel, Sarah se dirigea vers la butte. Tandis qu'elle montait, elle perçut soudain un mouvement du côté de la route et se tourna pour mieux voir. Quelqu'un arrivait à pied. Puis la silhouette vacilla et tomba. Aussitôt, Sarah saisit ses jupes dans une main et courut.

Quand elle reconnut l'infortunée, elle pressa encore son allure.

— Alice !

La jeune femme, visiblement, était blessée. Sarah ne pouvait dire encore à quel point. Elle l'aida à se relever, lui passa un bras autour de la taille et l'entraîna vers la maison.

— Dieu du ciel… Que s'est-il passé ? Qui vous a fait ça ?

— Mademoiselle Conway…

Les lèvres tuméfiées et ensanglantées, Alice pouvait à peine parler. Son œil gauche, tout noir, était presque fermé. Des écorchures, qui ressemblaient à des traces d'ongles, lacéraient l'une de ses joues et chaque respiration semblait la faire souffrir.

— Appuyez-vous sur moi, lui dit Sarah. Nous sommes presque arrivées.

— Je ne savais pas où aller, expliqua Alice dans un souffle. Je ne devrais pas être ici.

— N'essayez pas de parler, pour l'instant. Laissez-moi vous conduire à l'intérieur. Oh ! Lucius…

Avec soulagement, Sarah venait d'apercevoir le vieil homme, qui dévalait la pente.

— … Aidez-moi à la mettre au lit. Elle est grièvement blessée.

— Bon sang de bonsoir…

La respiration sifflante, Lucius prit la jeune femme dans ses bras.

— Vous savez qui est cette fille, mam'zelle Sarah ?

— Oui. Portez-la sur mon lit, Lucius. Je prépare un peu d'eau.

Tandis que Lucius la hissait péniblement sur l'estrade, Alice perdit connaissance.

— Elle s'est évanouie ! annonça le vieil homme.

— C'est aussi bien comme ça. Elle doit souffrir le martyre. Je ne comprends pas comment elle a pu venir à pied jusqu'ici.

Prestement, Sarah rassembla une cuvette d'eau fraîche et des linges propres.

— Elle a pris une sacrée dérouillée, commenta Lucius.

Il se poussa sur le côté quand Sarah monta à son tour et s'assit sur le bord du lit. Délicatement, elle entreprit de baigner le visage de la jeune femme. Quand elle défit son corselet, le vieil homme toussota et tourna le dos.

— Oh ! mon Dieu…

Les mains tremblantes, Sarah défaisait le reste des boutons.

— … Aidez-moi à lui ôter sa robe, Lucius. Le tissu colle à ses blessures. On dirait qu'elle a été fouettée.

Quand Lucius découvrit le dos et les épaules d'Alice, il en oublia sa pudeur.

— Oui, elle a été fouettée, confirma-t-il. Fouettée pire qu'un chien. Si je tenais le salaud qui a fait ça, je l'étranglerais volontiers.

Sarah se rendit compte qu'elle serrait les poings de fureur.

— Il y a du baume sur l'étagère au-dessus de la cheminée, indiqua-t-elle. Allez me le chercher.

Elle fit de son mieux pour laver et rafraîchir les blessures. Les paupières d'Alice battirent, elle poussa un gémissement.

— Essayez de ne pas bouger, lui enjoignit Sarah d'une voix apaisante. Nous allons nous occuper de vous. Vous n'avez rien à craindre, ici. Vous êtes en sécurité, je vous le promets.

— Ça fait mal…

— Oui, je sais.

Les larmes aux yeux, Sarah prit le baume des mains de Lucius et commença à l'étendre sur les plaies.

Ce fut lent, douloureux. Les doigts de Sarah avaient beau être doux et légers, Alice gémissait chaque fois qu'elle l'effleurait. Son dos était strié jusqu'à la taille de raies rouges, dont certaines s'étaient ouvertes et saignaient.

— Voulez-vous un peu d'eau ? lui proposa Sarah.

— Oui, s'il vous plaît.

Alice but quelques gorgées, la tête soutenue par Sarah.

— Je suis désolée, mademoiselle Conway.

Elle se laissa retomber en arrière, très affaiblie, tandis que Sarah posait un linge frais sur son œil enflé.

— Je… je n'aurais pas dû venir ici. Ce n'est pas bien, mais je ne savais plus où j'en étais.

— Vous avez bien fait, lui assura Sarah.

— Vous avez été si gentille avec moi, l'autre fois. Et si je ne m'étais pas enfuie, je crois bien…

— Ne vous tourmentez pas.

Sarah appliqua du baume sur les blessures du visage d'Alice en lui disant :

— Dans quelques jours, vous vous sentirez beaucoup mieux. Nous réfléchirons alors à ce qu'il convient de faire. Mais pour l'instant vous allez rester ici.

— Je ne peux pas…

— Si. Vous le pouvez et vous le ferez.

Sarah posa la boîte qui contenait le baume et prit la main de sa protégée.

— Vous sentez-vous assez forte pour nous dire ce qui s'est passé ? Est-ce un homme, l'un de vos clients, qui vous a blessée ?

Alice humecta ses lèvres enflées.

— Non, m'dame. C'est Carlotta.

— Carlotta ? répéta Sarah en plissant les yeux.

— Je ne l'avais jamais vue comme ça. Parfois, quand quelque chose la contrarie, elle devient méchante ; ou bien elle nous gifle quand elle a trop bu. Mais là, on aurait dit une furie. Je crois qu'elle aurait pu me tuer si les autres filles n'avaient pas enfoncé la porte et ne s'étaient pas mises à crier.

— Mais pourquoi ? Pourquoi vous a-t-elle frappée ainsi ?

— Je n'en sais trop rien, avoua Alice. J'ai dû faire quelque chose de travers…

Sa voix s'éteignit, et elle ferma les yeux un instant.

— Elle était comme folle, reprit-elle. Jake et elle s'étaient disputés. Je le sais parce que Nancy, l'une des filles, avait écouté à la porte de son bureau. Il a dit quelque chose qui a fait sortir Carlotta de ses gonds, je suppose. D'après Nancy, elle hurlait. Il paraît qu'elle a parlé de vous, mademoiselle Conway, mais je ne sais pas ce qu'elle a dit. Quand il est parti, elle s'est mise à tout casser. Moi, je suis montée dans ma chambre. Elle m'a suivie et m'a frappée comme jamais mon père ne l'avait fait. C'est Eli qui est venu à mon secours.

— Eli, c'est le grand Noir qui travaille chez Carlotta, expliqua Lucius.

— Il m'a emmenée le plus loin qu'il a pu, poursuivit Alice. Si elle l'apprend, il va passer un mauvais quart d'heure. Elle avait pris une ceinture…

Peu à peu, le sommeil s'emparait d'elle.

— Elle me frappait encore et encore, ajouta-t-elle, en disant que c'était ma faute si Jake ne venait plus…

— La salope ! lâcha Lucius.

Aussitôt, il se mit la main sur la bouche.

— Je vous demande pardon, mam'zelle Sarah.

— Il n'y a pas de quoi, je partage votre avis.

Une rage terrible envahissait Sarah, plus brûlante, plus colossale que ce qu'elle avait jamais éprouvé. Elle contempla la jeune femme endormie dans son lit, s'attarda sur son visage contusionné et enflé. Chacune des blessures qu'elle avait soignées était présente à son esprit.

— Attelez le chariot, Lucius, ordonna-t-elle soudain.

— Oui, m'dame. Vous voulez que j'aille quelque part ?

— Non, c'est moi qui m'en vais. Vous, vous resterez près d'Alice.

— Je vais atteler, mam'zelle Sarah... Mais si vous pensez aller voir le shérif, ça ne servira à rien. Alice ne lui parlera pas comme elle vous a parlé. Elle aura bien trop peur.

— Je ne vais pas chez le shérif, Lucius.

Sarah faisait claquer les rênes sur le dos des chevaux. Alors qu'elle approchait de la ville, elle était heureuse de se sentir toujours aussi furieuse. Cette fureur, elle en avait besoin. Depuis qu'elle était arrivée dans l'Ouest, elle avait appris à accepter beaucoup de choses : le chagrin, la violence, le labeur. Mais elle n'accepterait jamais l'injustice. Ce pays était peut-être sans foi ni loi, mais même ici la justice devait de temps à autre se faire entendre.

Quand Johnny la vit arriver, il sortit en courant de l'épicerie — puis y retourna tout de suite après pour se plaindre à Liza que Sarah ne l'avait pas salué.

En fait, elle ne l'avait même pas vu. Un seul visage occupait son esprit en cet instant.

Enfin, elle s'arrêta devant le Silver Star.

A l'intérieur, trois femmes traînaient dans ce qui ressemblait à un salon. Vêtues de jupons et de châles bordés de plumes, elles sommeillaient à moitié, écrasées par la chaleur étouffante de cette fin de matinée. La pièce était sombre, l'atmosphère irrespirable. Des rideaux rouges pendaient aux fenêtres, les cadres dorés des miroirs semblaient ternes et poussiéreux.

Quand Sarah entra, une rousse aux paupières lourdes, allongée sur un canapé, se redressa. Puis elle se laissa retomber en arrière avec un rire tonitruant.

— Hé, les filles, regardez donc qui nous arrive ! Sortez les tasses à thé.

Les autres se tournèrent. L'une d'elles remonta son châle sur ses épaules. Postée sur le pas de la porte, les mains croisées, Sarah regardait autour d'elle.

Ainsi, c'était donc ça un bordel. Elle n'aurait pu dire qu'elle y voyait quoi que ce fût d'excitant. Cela ressemblait davantage à un salon mal meublé, ayant bien besoin d'être dépoussiéré, qu'à autre chose. Les odeurs lourdes, un mélange de senteurs florales trop riches et de sueur, n'avaient rien d'engageant.

Soigneusement, doigt après doigt, Sarah ôta ses gants.

— J'aimerais parler à Carlotta, je vous prie. Est-ce que quelqu'un pourrait lui annoncer que je suis ici ? demanda-t-elle.

Personne ne bougea. Les filles se contentèrent d'échanger des regards. La rousse se remit à examiner ses ongles. Inspirant profondément, Sarah essaya une nouvelle tactique.

— Je viens la voir au sujet d'Alice. Elle restera chez moi jusqu'à ce qu'elle aille mieux, déclara-t-elle.

Là, elle avait accroché leur attention. Toutes les filles la regardaient, à présent. La rousse se leva, son châle fleuri glissant de ses épaules.

— Vous avez recueilli Alice ? demanda-t-elle avec étonnement.

— Oui. Il lui faut des soins, mademoiselle…

La rousse jeta un coup d'œil derrière elle.

— Je suis Nancy. Comment se fait-il que quelqu'un comme vous s'occupe d'Alice ?

— Elle en a besoin. A présent, je vous serais reconnaissante de dire à Carlotta que je souhaite lui parler.

Nancy remonta son châle.

— Je crois que je peux faire ça. Vous direz à Alice qu'on s'inquiétait pour elle.

— Avec plaisir.

Tandis que la rousse disparaissait dans l'escalier, Sarah s'efforça d'ignorer les regards curieux qu'elle sentait posés sur elle. Elle avait revêtu l'une de ses plus belles robes de jour. A son avis, ce gris tourterelle faisait très distingué, avec cette ganse noire. Elle avait acheté son chapeau assorti juste avant de venir dans l'Ouest, et il était à la dernière mode de Paris.

Quand elle vit descendre Carlotta, pourtant, elle se dit que cette tenue n'était sans doute pas des mieux choisies pour une visite dans un bordel.

La propriétaire du Silver Star était resplendissante. Un fourreau de soie, taillé dans sa couleur fétiche, le rouge, moulait les courbes voluptueuses de son corps élancé. Ses seins blancs, rehaussés par son bustier incrusté de fils d'argent, ressemblaient à une offrande. Elle tenait à la main un éventail assorti. Lorsqu'elle le déplia devant son visage, de lourds effluves de rose se répandirent dans la pièce.

En dépit de ses sentiments, Sarah ne pouvait nier que cette femme était superbe. En d'autres temps, en d'autres lieux, elle aurait pu être une reine.

— Voyez-vous ça… Quel honneur vous me faites, mademoiselle Conway !

Elle avait bu. Sous le parfum, Sarah discernait l'odeur du whiskey.

— Il ne s'agit pas d'une visite de politesse.

Carlotta fit la moue, puis ses lèvres peintes esquissèrent un sourire.

— Vous me décevez. J'ai toujours besoin de nouvelles recrues, ici. N'est-ce pas, mesdames ?

Les filles se trémoussèrent, mal à l'aise, et gardèrent un silence prudent. Sans cesser de s'éventer, Carlotta tourna lentement autour de Sarah, l'examinant de la tête aux pieds.

— Je pensais que vous veniez m'offrir vos services. Un peu maigrichonne, mais certains hommes aiment ça. L'ensemble aurait besoin d'être relevé. Néanmoins, je pense que vous pourriez vous en sortir.

— Je ne crois pas que j'aimerais… travailler pour vous, Carlotta, déclara Sarah.

Les yeux bleus de Carlotta se glacèrent.

— Vraiment ? Trop grande dame pour faire payer ses charmes, mais pas trop pour les offrir gratuitement…

Sarah serra les poings, puis s'obligea à se détendre. Elle n'aurait pas recours à la violence, elle ne se laisserait pas prendre à ce jeu dangereux.

— Non, dit-elle, je n'aimerais pas travailler pour quelqu'un qui frappe ses employées. Alice est chez moi, Carlotta, et elle y restera. Et si jamais vous reposez les mains sur elle, je vous ferai envoyer en prison.

— Ah oui ?

La colère enflamma les joues rouges de Carlotta.

— Je poserai les mains sur qui je veux, déclara-t-elle en pointant son éventail sur la poitrine de Sarah. Ce n'est pas une petite bégueule de l'Est qui va venir me faire la leçon chez moi.

Avec une aisance étonnante, Sarah attrapa l'éventail et le brisa en deux.

— Je suis là, pourtant.

Elle n'eut qu'un instant pour se préparer à la gifle qui la projeta en arrière. Cherchant à recouvrer son équilibre, elle se rattrapa à une table et envoya voltiger une statuette qui s'écrasa par terre.

— Les femmes de votre espèce me donnent la nausée ! lança Carlotta.

Sa voix était cassante et haut perchée. Le whiskey et la fureur déformaient son visage.

— Elles jouent les saintes-nitouches, mais elles ouvrent les cuisses de la même façon que les autres, poursuivit-elle. Est-ce que vous vous croyez différente parce que vous êtes allée à l'école et avez vécu dans une grande maison ? Ici, vous n'êtes rien. Rien du tout.

Elle empoigna un chérubin en plâtre et le lança contre le mur.

— Ce n'est pas seulement le fait que je sois allée à l'école et que j'aie vécu dans une maison qui nous rend différentes, Carlotta, répliqua Sarah d'un ton posé. Vous, vous ne me rendez pas malade. Vous me faites simplement de la peine.

— Je n'ai pas besoin de votre pitié ! Cet endroit, c'est moi qui l'ai fait. Ce que j'ai, personne ne me l'a apporté sur un plateau. Personne, jamais, ne m'a donné de l'argent pour que je m'achète de belles robes et de jolis chapeaux. Cet argent, je l'ai gagné.

Elle s'approcha de Sarah. Sa poitrine se soulevait au rythme de sa respiration haletante.

— Si vous croyez tenir Jake, ma belle, vous vous trompez. Dès qu'il sera rassasié de vous, il me reviendra. Et ce qu'il vous fait par ces nuits chaudes, il me le fera à moi.

— Non ! répliqua Sarah d'une voix étonnamment calme. Même si Jake vous revient et vous paie pour vos faveurs, vous n'aurez jamais ce que j'ai avec lui. Vous le savez, ajouta-t-elle posément, et c'est pour cela que vous me haïssez.

Sans quitter Carlotta des yeux, elle commença à enfiler ses gants. Ses mains allaient se mettre à trembler, elle le savait. Elle voulait partir avant que cela n'arrive.

— C'est Alice qui m'a amenée ici aujourd'hui, pas Jake. Elle n'est plus votre employée.

— Je le dirai moi-même à cette traînée, quand elle reviendra me voir !

La chose arriva si vite que Sarah en eut à peine conscience. Elle avait réussi à garder son sang-froid pendant que Carlotta l'insultait, mais entendre traiter de cette façon la malheureuse Alice qui souffrait dans son lit, sans défense, la mit hors d'elle. Son bras se détendit, et sa main nue heurta violemment le visage de Carlotta.

Les filles lâchèrent un cri de surprise. Quant à Sarah, elle eut à peine le temps de savourer son geste que, déjà, Carlotta l'empoignait par les cheveux. Elles roulèrent sur le sol dans une envolée de jupons.

Sarah poussa un cri strident quand Carlotta essaya de lui arracher des poignées de cheveux. Elle tirait de toutes ses forces en débitant sans fin des jurons. Surmontant sa douleur, Sarah se reprit et cogna ; son poing s'enfonça dans de la chair molle. Carlotta grogna, et elles roulèrent sur le tapis. Lorsqu'elles heurtèrent une table, chacune essayant de porter un coup ou de s'en défendre, de la porcelaine s'écrasa par terre. Un coup de poing dans l'estomac coupa la respiration de Sarah, qui réussit cependant à esquiver les ongles mortels de sa rivale.

La haine sauvage qui étincelait dans les yeux de Carlotta confinait à la folie. Sarah lui attrapa le poignet et le tordit, sachant que si son adversaire parvenait à passer les mains autour du cou, elle serrerait jusqu'à ce que mort s'ensuive. Or elle n'avait pas l'intention de mourir étranglée ni rouée de coups. Sa propre rage la poussa à rouler sur son adversaire et à attraper une poignée de cheveux teints. Quand elle sentit des dents s'enfoncer dans son bras, elle hurla et réagit de toutes ses forces, secouant violemment la tête de Carlotta qui répondit par un grondement de fureur et de douleur.

D'autres cris s'élevèrent, mais Sarah était trop absorbée par sa lutte pour s'en soucier. Elle secouait, frappait, tordait avec autant de hargne que Carlotta. Elles étaient à égalité, à présent ; rien ne les séparait plus, ni classe sociale ni éducation. Une lampe s'écrasa dans un fracas de verre brisé tandis que les deux corps enlacés heurtaient une autre table.

— Par tous les diables, qu'est-ce qui se passe ici ?

Barker, qui venait de faire irruption dans le salon, saisit la scène en une seconde et ferma les yeux. Il préférait avoir affaire à cinq cow-boys ivres et en armes plutôt qu'à deux femmes en train de s'étriper.

— Arrêtez ça ! ordonna-t-il. Ça risque de mal se terminer !

Il secoua la tête, avant d'ajouter dans un soupir :

— Surtout pour moi.

A l'instant où il entrait dans la mêlée, Jake franchit la porte à grands pas.

— Il faut les séparer, dit Barker d'une voix sourde. Faites votre choix.

Mais Jake était déjà en train d'attraper Sarah et de la relever. La respiration sifflante, elle tenta de se libérer à coups de pied.

— Rentrez vos griffes, duchesse !

Il lui enserra la taille d'un bras, pendant que Barker s'emparait de Carlotta.

— Sortez-la d'ici ! hurla celle-ci.

Elle se dégagea d'un coup de coude et se dressa devant Sarah, les cheveux en bataille, sa robe déchirée aux épaules.

— Cette salope doit aller en prison ! s'écria-t-elle avec hargne. Elle est venue faire du grabuge chez moi !

— Cette histoire ne me semble pas très claire, répliqua le shérif d'un ton badin. Mademoiselle Sarah, voudriez-vous m'expliquer ce que vous faites dans un endroit pareil ?

Sarah repoussa les cheveux qui lui tombaient dans les yeux.

— Je suis venue régler une affaire. Une affaire personnelle.

— Bien. Je suppose que l'affaire est réglée, à présent. Si vous rentriez chez vous ?

— Merci, shérif. J'ai terminé.

Drapée dans sa dignité, Sarah jeta un dernier regard à Carlotta, puis se dirigea vers la porte sous l'œil admiratif des filles du Silver Star. Dès qu'elle eut mis un pied dehors, Jake lui attrapa le bras.

— Une minute, nom d'une pipe !

C'est alors seulement que Sarah remarqua la foule que son esclandre avait attirée. Soudain, elle se sentit très embarrassée.

— Si vous voulez bien m'excuser, dit-elle avec raideur, je dois rentrer chez moi.

Machinalement, elle porta une main à ses cheveux pour les lisser.

— Oh ! s'exclama-t-elle. Mon chapeau !

— Ce qu'il en reste se trouve par terre, à l'intérieur.

Jake, qui l'observait, réprima son envie de sourire. Elle avait un œil au beurre noir, sa belle robe grise avait une manche arrachée et, à en juger par sa coiffure, on aurait pu croire qu'elle venait d'affronter une tempête. Mais Carlotta était dans un état bien pire encore…

Songeur, il mit les mains dans ses poches.

— On ne le dirait pas à vous voir, duchesse, mais vous êtes un vrai démon.

L'air sombre, Sarah brossa sa jupe froissée.

— Je vois que ça vous amuse…

— Oui, je le reconnais, acquiesça Jake en souriant. J'avoue que je suis flatté, mais nous n'auriez pas dû en venir aux mains pour moi.

Sarah en resta bouche bée. Il avait l'air ravi, le goujat ! Elle avait mal partout, elle était griffée, contusionnée et humiliée — et il souriait jusqu'aux oreilles, convaincu qu'elle s'était battue pour lui !

— Vous croyez donc que je me suis battue à cause de vous ? demanda-t-elle en s'efforçant de lui rendre son sourire. Par jalousie ?

— Je ne vois pas d'autre raison.

— Eh bien, je vais vous en donner une, moi.

Le bras de Sarah se détendit, et son poing heurta avec précision la mâchoire de Jake. Celui-ci se tenait encore le menton quand le shérif Barker sortit du Silver Star.

— Elle a un sacré crochet ! commenta-t-il. Dans la rue, la foule riait et lançait des quolibets tandis que Sarah remontait dans son chariot et faisait démarrer les chevaux.

Barker posa la main sur l'épaule de Jake.

— Vous savez quoi, fiston ? Vous êtes l'homme le plus rapide que j'aie jamais vu avec vos colts, vous jouez plutôt bien au poker et vous tenez le whiskey comme peu d'hommes. Mais vous avez encore un tas de choses à apprendre sur les femmes !

— Apparemment..., murmura Jake.

Il se dirigea vers la pension et détacha son cheval.

Furieuse, Sarah rentrait chez elle aussi vite que le lui permettaient ses chevaux. Elle s'était donnée en spectacle. Elle s'était laissé entraîner dans une bagarre méprisable avec une femme de mauvaise vie. La moitié de la ville était sortie la regarder et se moquer d'elle. Et pour finir, comble du comble, elle avait dû subir l'ironie de Jake Redman.

Au moins lui avait-elle donné une bonne leçon ! Elle s'était peut-être cassé la main, mais il avait eu ce qu'il méritait. Fallait-il qu'il soit d'une vanité colossale, pour penser qu'elle s'était battue pour lui ! Non, elle ne s'était pas battue pour lui...

Enfin, pas seulement pour lui.

Soudain, elle entendit un cavalier arriver au grand galop derrière elle et jeta un coup d'œil par-dessus son épaule. Jake ! Avec un cri de stupeur, elle accéléra encore l'allure de ses chevaux. Pas question qu'elle lui parle. En ce qui la concernait, Jake Redman et son insupportable sourire pouvaient bien aller au diable. Peu lui importait.

Mais ses chevaux de trait n'étaient pas de taille à résister à un mustang. Et Jake montait remarquablement à cheval. Alors qu'il arrivait à sa hauteur, elle le revit avec précision tel qu'elle l'avait aperçu la première fois, par la fenêtre de la diligence. Il avait l'air aussi indomptable et aussi dangereux.

— Arrête ce chariot ! hurla-t-il.

Sarah fit claquer ses rênes de plus belle.

Un de ces jours, pensa Jake, il faudrait que quelqu'un lui apprenne à écouter ! Et pourquoi pas aujourd'hui ? D'un coup d'œil, il estima la vitesse des chevaux, la distance, puis sauta de son cheval dans le chariot. Le pied sûr, il enjamba le siège et lutta avec Sarah pour lui prendre les rênes. Puis il arrêta les chevaux.

Comme elle l'écartait violemment et s'apprêtait à sauter à terre, il essaya de la retenir.

— Quelle mouche t'a piquée, bon sang ? s'exclama-t-il.

— Ne me touchez pas ! Je refuse d'être traitée de la sorte.

Jake écarta sa main à l'instant où elle allait le mordre.

— Tu ne t'es pas assez bagarrée pour aujourd'hui, nom de nom ? Assieds-toi avant de te rompre le cou.

— Si vous voulez ce maudit chariot, gardez-le. Je ne ferai pas la route avec vous.

— Oh ! mais si, tu vas la faire !

A bout de patience, Jake attira Sarah sur ses genoux et la bâillonna d'une main. La jeune femme se tortilla, poussa, tira, se raidit. Puis, il la sentit mollir. Elle céda, lentement, sûrement — comme il cédait lui-même. Et lorsqu'elle entrouvrit les lèvres, ce fut plus fort que lui : il l'embrassa.

Au bout d'un moment, il s'écarta et se passa la main sur le menton.

— Tu frappes fort, duchesse. Est-ce que je peux savoir ce qui m'a valu ce direct ?

Sarah se redressa, furieuse de s'être laissé vaincre par un seul baiser.

— Votre arrogance, monsieur Redman ! Quelle fatuité de croire que je pourrais me battre pour un homme qui n'en vaut pas la peine.

— Ainsi, je n'en vaux pas la peine… Peut-être. Pourtant, tu sembles apprécier ma compagnie.

Sarah essaya d'arranger ce qui restait de sa robe.

— C'est possible.

Jake avait besoin de savoir. Il éprouvait un besoin viscéral de savoir.

— Tu as changé d'avis ? demanda-t-il en obligeant Sarah à le regarder.

De nouveau, elle faiblit. Le doute qui planait dans les yeux gris de Jake était plus qu'elle n'en pouvait supporter. Elle inspira profondément, puis répondit :

— Non, je n'ai pas changé d'avis. Bien que tu ne sois pas revenu, bien que tu sois retourné voir Carlotta au Silver Star.

— On peut dire que rien ne t'échappe. Je me demande ce que tu apprendrais si tu habitais plus près de la ville… Reste dans le chariot.

Alors qu'il s'apprêtait à descendre, Jake surprit la lueur qui s'allumait dans le regard de Sarah.

— Reste là, Sarah. Je vais attacher mon cheval. Si tu t'enfuis, je te rattraperai.

— Je ne m'enfuirai pas.

Le menton levé, elle regarda droit devant elle. Quand Jake la rejoignit, elle garda le silence. Il mit l'attelage en branle, puis ils partirent.

— Quand une femme est en rogne contre moi, j'aime bien savoir pourquoi, avoua Jake. Comment as-tu appris que j'étais allé chez Carlotta ?

— Alice me l'a dit.

— Alice Johnson ?

— Parfaitement. Ton amie Carlotta l'a presque battue à mort.

Jake arrêta brusquement les chevaux.

— Quoi ?

Soudain, de façon inattendue, la fureur de Sarah refit surface, et elle la déversa sur lui.

— Tu as très bien entendu ! s'écria-t-elle. Elle a frappé cette pauvre fille avec une cruauté inimaginable. C'est Eli qui l'a aidée à s'enfuir, après quoi elle est venue à pied jusque chez moi.

— Elle… elle va s'en remettre ?

— Avec du temps et des soins, oui.

— Et c'est toi qui lui donneras tout ça ?

— Oui. Tu as des objections ? lança Sarah avec un regard plein de défi.

— Non.

Jake lui effleura la joue avec une délicatesse qu'elle ne lui connaissait pas, puis il reprit les rênes.

— Ainsi, tu es allée voir Carlotta à cause d'Alice…

— Je n'avais jamais été aussi furieuse, avoua Sarah. Alice est encore une enfant, ou presque. Quoi qu'elle ait fait, elle ne méritait pas d'être traitée de la sorte.

— Est-ce qu'elle t'a dit pourquoi Carlotta l'avait battue ?

— Elle ne sait pas bien. Il paraît que Carlotta était folle de rage, après t'avoir vu.

Pendant un moment, Jake ne dit rien. A l'évidence, il essayait de remettre en ordre les pièces de ce puzzle.

— Elle a passé sa rage sur Alice…, murmura-t-il enfin.

Sarah se tourna vers lui, le visage tendu. Elle ne savait comment exprimer ce qui la torturait.

— Pourquoi es-tu retourné la voir ? Est-ce que… je ne te satisfais pas ? Y a-t-il des choses que je devrais apprendre ? Je sais que je manque d'expérience, mais…

La bouche de Jake lui intima le silence, le temps d'un baiser où se mêlaient la fureur et la passion.

— Personne n'a jamais su me satisfaire aussi bien que toi, affirma-t-il dans un souffle.

Un sourire éclaira le visage de Sarah.

— Je suis allé voir Carlotta pour lui dire que je n'appréciais pas que l'on se serve de mon nom comme référence, expliqua-t-il.

— C'est pour cela qu'elle s'en est prise à Alice, murmura Sarah en secouant la tête et en s'efforçant de dominer sa colère. Parce que c'était elle qui était venue me voir à ce sujet…

— Apparemment.

Sarah croisa les mains sur ses genoux.

— Est-ce bien la seule raison pour laquelle tu es allé voir Carlotta ?

— Non…, répondit aussitôt Jake.

Il s'attendait que Sarah lui jette un regard furibond. Il ne fut pas déçu.

— … J'y suis allé pour lui dire aussi de te laisser tranquille. Je ne pouvais pas me douter que tu irais te jeter sur elle comme une chatte en colère et que tu lui mettrais le visage en sang.

Sarah ne put dissimuler sa joie.

— Je lui ai mis le visage en sang ?

— Oui. Et elle saignait du nez, par-dessus le marché. Je suppose que tu étais trop excitée pour t'en rendre compte.

— C'était la première fois que je me battais avec quelqu'un, avoua Sarah tout émoustillée. Et… j'avoue que ça m'a plu.

Jake se mit à rire et l'attira contre lui.

— Tu es un vrai chat sauvage, duchesse !

12

L'attitude de Sarah envers Alice fut une nouvelle source de surprise pour Jake.

Il avait toujours pensé qu'une jeune personne élevée dans un monde protégé, privilégié, devait mépriser et condamner les créatures comme Alice. Bien des femmes « convenables », ainsi qu'elles se nommaient elles-mêmes, auraient fui la jeune fille comme si elle avait eu la peste. Pas Sarah. Et cela n'avait rien à voir avec une quelconque charité chrétienne !

Combien de fois Jake avait-il vu de prétendus bons chrétiens oublier leur devoir de charité dès qu'ils rencontraient quelqu'un de différent, ou qui pensait autrement qu'eux ; et les bonnes chrétiennes qui avaient tourné le dos à sa mère parce qu'elle avait épousé un sang-mêlé n'avaient pas manqué non plus. Ces gens allaient à la messe le dimanche, citaient les Saintes Ecritures et professaient l'amour de leur prochain. Mais quand le prochain en question ne correspondait pas à l'image qu'ils se faisaient du Bien, l'amour se changeait vite en haine.

Pour Sarah, cet amour n'était pas un vain mot. Il se traduisait par une compassion, une affection et une compréhension sans limites. Avec quelle gentillesse elle s'adressait à la jeune femme qu'elle soignait ! Quant à Alice, il était clair qu'elle vouait une véritable adoration à sa bienfaitrice. Jake ne l'avait pas vue, Sarah ayant déclaré qu'elle n'était pas encore en mesure de recevoir des visites, mais il percevait la timidité et le respect qui perçaient dans sa voix lorsqu'elle répondait aux questions de Sarah.

Elle s'était battue pour Alice... Il avait encore du mal à le croire. La plupart des gens ne se battent que lorsque leur propre intérêt est en jeu, ou pour obtenir quelque chose. Il lui en avait fallu de la fierté et du courage pour entrer dans un endroit tel que le Silver Star et affronter Carlotta. Or elle l'avait fait.

Jake se leva et alla rejoindre Lucius qui, dehors, essayait d'apprendre à Lafitte à donner la patte.

— Bon sang, espèce de sac à puces, je ne t'ai pas dit de me sauter dessus ! Je t'ai dit : « la patte » !

Le vieil homme obligea le chien à le lâcher et s'empara d'une de ses pattes.

— La patte ! C'est compris ?

Lafitte bondit de nouveau et lui lécha la figure.

— On ne dirait pas, commenta Jake.

— Idiot de cabot ! maugréa Lucius tout en frottant le ventre du petit chien qui se roulait sur le dos. Et pourtant y a pas à dire, on s'y attache.

Les paupières plissées, il regarda Jake.

— Toi aussi, on dirait que tu commences à t'attacher.

— Il fallait bien que quelqu'un la ramène.

— Je suppose. Tu pourrais m'expliquer ce que mam'zelle Sarah a fait, pour avoir l'air de sortir d'un pugilat ?

— Elle avait l'air d'en sortir parce qu'elle en sortait.

Lucius grogna et cracha par terre.

— Et puis quoi, encore ?

— Elle s'est battue avec Carlotta.

Les yeux pâles du vieil homme s'écarquillèrent, puis il partit d'un éclat de rire tonitruant.

— Ça alors ! Tu veux vraiment dire que notre mam'zelle Sarah est entrée au Silver Star pour donner une dérouillée à Carlotta ?

— Exactement, confirma Jake avec un grand sourire. Elle lui a cassé le nez et lui a arraché quelques poignées de cheveux.

— Doux Jésus ! J'aurais bien donné deux pintes de whiskey pour voir ça ! Tu y étais ?

— Je ne suis arrivé qu'à la fin. Quand je suis entré au Silver Star, elles étaient en train de rouler par terre, crachant comme des chattes en colère. Carlotta doit bien faire cinq kilos de plus que Sarah… Et pourtant, c'est Sarah qui a eu le dessus. Tu l'aurais vue, assise sur elle, les jupes relevées et l'œil mauvais. Un sacré spectacle, foi de Jake Redman !

— Elle a du cran, acquiesça Lucius.

Il tira sa flasque de whiskey et but une lampée à la santé de sa jeune patronne. Puis, généreux, il tendit le flacon à Jake.

— Je savais qu'elle avait une idée en tête, quand elle est partie, mais je n'aurais jamais pensé qu'elle avait décidé d'aller donner une correction à Carlotta. Cela dit, cette peste la méritait bien. Tu as vu Alice ?

Jake laissa le feu du whiskey se répandre en lui avant de répondre :

— Non. D'après Sarah, il n'est pas correct que je lui parle tant qu'elle est couchée, ou quelque chose comme ça.

— C'est moi qui l'ai portée dans le lit, et je peux te dire que je n'avais jamais vu une femme abîmée de la sorte. L'autre s'est servie d'une ceinture, apparemment. La malheureuse avait le dos et les épaules en sang. Tu ne fouetterais pas un chien comme cette fille a été fouettée, Jake. Il faut que Carlotta soit complètement dérangée.

— Elle n'est pas dérangée, elle est méchante. Méchante comme une teigne.

— Tu es bien placé pour la connaître…

— Il m'est arrivé de payer pour passer un moment avec elle, c'est vrai. Ça ne veut pas dire que je la connais.

— Moi, je préférerais poser le cul sur un serpent à sonnette…

Lucius, qui avait bu une nouvelle rasade de whiskey et tendait la flasque à Jake, se mit à tousser comme s'il s'étouffait.

— Mam'zelle Sarah ! s'exclama-t-il. Je ne vous avais pas entendue arriver.

— C'est ce que j'ai cru comprendre, répliqua Sarah d'un ton glacial. Quand vous aurez fini de boire du whiskey en échangeant des grossièretés, vous daignerez peut-être vous laver avant de venir dîner. Sinon, libre à vous de manger dehors, dans la poussière.

Là-dessus, elle tourna les talons et claqua la porte de la maison derrière elle. Lucius reprit le flacon et avala une autre lampée.

— Ouille-ouille-ouille ! Elle a pas l'air, comme ça, mais elle a la langue bien pendue. Je vais te dire, mon gars : si tu comptes t'acoquiner avec elle, il va falloir que tu te mettes au pas.

Les yeux fixés sur la porte, Jake songeait combien Sarah était belle, aussi fière qu'une reine s'adressant à ses sujets — et ce en dépit de son œil au beurre noir.

— Je ne m'acoquinerai avec personne.

Lucius se leva et brossa son pantalon. Une trace de poussière, et il serait de nouveau bon pour le ruisseau.

— En tout cas, elle, elle a des projets. Et il n'est pas facile de dire non à une femme pareille. Jake acquiesça d'un mouvement de tête distrait, et ils gagnèrent l'intérieur de la maison.

Au cours du repas, Sarah se montra aussi polie que si elle recevait à dîner des hôtes de marque. Elle avait relevé ses cheveux et s'était changée ; elle portait la robe verte qui faisait si bien ressortir ses yeux et ses mèches blondes. Le repas se composait d'un ragoût servi dans des écuelles de terre qui, par la grâce de la maîtresse de maison, aurait pu être un souper fin servi dans des assiettes de porcelaine. Pour la première fois depuis des années, Jake repensa à sa mère et à ses fameux dîners du dimanche soir, entourés de tout un cérémonial.

La jeune femme ne fit aucune allusion à l'incident de l'après-midi ; manifestement, elle n'avait pas envie d'en parler. D'ailleurs, Jake avait du mal à croire qu'il s'agissait bien de la même femme… jusqu'à ce qu'il note les grimaces de douleur qu'elle laissait échapper de temps à autre. Réprimant un sourire, il mordit dans un morceau de pain frais. Apparemment, elle ne souffrait pas que dans son amour-propre. Il se mit à rêver à la manière dont il soulagerait ses maux, un peu plus tard, quand le soleil se coucherait.

— Encore un peu de ragoût, Lucius ? proposa-t-elle.

Le vieil homme se frappa le ventre.

— Non, merci, m'dame. J'suis plein comme un œuf. Si ça ne vous fait rien, je vais aller me promener un peu avant de donner à manger aux bêtes. C'est une belle soirée qui s'annonce.

Il jeta à ses deux compagnons de table un coup d'œil qu'il voulait détaché et ajouta :

— Après un repas comme celui-là, je vais roupiller comme une souche. Y'aura rien à tirer de moi avant demain.

Il repoussa sa chaise et prit son chapeau.

— C'était de la sacrée bonne cuisine, mam'zelle Sarah.

— Merci, Lucius.

La façon dont il sortit en sifflotant, l'air faussement dégagé, fit sourire Sarah.

— J'irais bien me promener aussi, déclara Jake.

— Vas-y.

Alors qu'elle se levait, il lui prit la main.

— J'aimerais mieux y aller avec toi.

Elle sourit de nouveau. C'était la première fois qu'il

lui proposait une chose aussi simple et aussi romantique qu'une promenade. Quant à elle, elle n'avait pas oublié comment agacer un homme.

— C'est gentil, mais je dois faire la vaisselle. En outre, Alice risque de se réveiller ; peut-être voudra-t-elle manger.

— Je trouverai bien à m'occuper une heure ou deux. Nous irons nous promener quand tu auras fini.

— Peut-être…

Elle lui coula un regard par en dessous, puis se mit à rire quand il l'attira brusquement sur ses genoux.

— Vous êtes une brute, monsieur Redman !

Jake passa un doigt sous son œil tuméfié.

— Dans ce cas, tu ferais mieux d'être prudente. Embrasse-moi, Sarah.

Elle sourit, lui effleurant à peine les lèvres.

— Et si je ne le fais pas ?

— Tu vas le faire, répondit Jake.

De la langue, il suivit le contour de sa bouche.

— Oui, tu vas le faire.

Elle obéit. Tandis qu'elle l'enlaçait de ses bras minces, avides, en se blottissant contre lui, sa bouche s'entrouvrit comme une fleur au soleil. Ses lèvres douces et brûlantes exigeaient autant qu'elles quémandaient.

— Ne sois pas trop longue, murmura Jake.

Il l'embrassa encore, fou de désir, puis la remit sur ses pieds. Quand il ferma la porte derrière lui, Sarah laissa échapper un soupir tremblant.

Un peu plus tard, quand elle eut fini son travail et installé Alice pour la nuit, elle sortit dans la lumière apaisante du crépuscule. S'il faisait encore trop chaud pour porter un châle, elle baissa quand même ses manches et boutonna ses poignets. Elle n'avait pas envie de s'attarder sur les bleus qui marquaient ses bras.

Dans la grange, Lucius parlait à Lafitte. Désormais, le chien était à lui plus qu'à elle, pensa-t-elle avec amusement. A moins que, comme cette terre, ils ne soient devenus tous les deux une part d'elle-même.

Les yeux fermés, elle savoura la caresse de la brise sur son visage. Elle était capable d'y deviner un parfum de sauge. Comme elle était capable, avec un peu d'imagination, de se voir assise sous le porche de la maison dont elle rêvait ; chaque soir elle contemplerait le coucher du soleil tandis que Jake roulerait une cigarette et écouterait avec elle la musique de la nuit.

Revenant à la réalité, elle regarda autour d'elle. Où Jake était-il passé, au fait ? Guidée par le son d'une masse frappant du bois, Sarah s'avança dans la cour. A quelques mètres du poulailler, il était en train d'enfoncer un piquet dans la terre. Il avait quitté sa chemise ; Sarah apercevait la sueur qui brillait sur son torse nu et le jeu des muscles sous sa peau lisse. Aussitôt, elle songea à la façon dont ces bras puissants l'avaient emportée dans le monde brûlant de la passion ; dont ces mains, à présent crispées sur le manche usé de la cognée, s'étaient promenées à loisir sur son corps, caressant et prenant tout ce qu'elles voulaient. Elle aussi, sans pudeur, avec frénésie, avait touché et caressé ce long corps mince et souple, l'acceptant comme s'il était sien.

Tandis qu'elle l'observait, qu'elle le voyait prendre son élan, se pencher, frapper, le souffle lui manqua un instant. Avait-elle tort de nourrir ce genre de pensées, de revoir ces instants radieux, tellement excitants ? Elle ne le pensait pas. Elle aimait Jake trop profondément, trop complètement pour que ce soit mal. Elle désirait son cœur, certes, mais elle désirait aussi son corps et ne parvenait pas à en avoir honte.

Brusquement, comme un animal ayant flairé une odeur, il s'arrêta et leva la tête. Il l'avait bel et bien sentie, comprit Sarah. Elle avait beau se trouver à plusieurs mètres, Jake avait reconnu son parfum.

Il se redressa.

A la voir, il aurait pu croire que Sarah venait de descendre le perron d'une belle demeure pour aller se promener dans un jardin. Le vent jouait doucement avec sa robe et avec ses cheveux. Le soleil couchant, derrière elle, lui offrait un décor somptueux. Ses yeux, tandis qu'elle venait vers lui, étaient sombres, sur le qui-vive.

— Vous avez une façon de marcher qui me met l'eau à la bouche, duchesse.

— Je ne pense pas que les bonnes sœurs aient recherché ce but quand elles m'ont appris à bien me tenir, mais j'en suis contente. Très contente, murmura Sarah en s'offrant avec naturel aux bras, puis aux lèvres de Jake.

Pour la première fois de sa vie, celui-ci se sentit gêné devant une femme. Il obligea Sarah à s'écarter.

— Je suis en nage.

Sarah tira un mouchoir de sa poche et lui essuya le visage.

— Je sais. Que fais-tu ?

— Tu as dit que tu voulais élever des cochons. Il te faut une soue.

Jake, qui se sentait aussi gauche qu'un garçon lors de sa première danse, ramassa sa chemise et l'enfila.

— Et toi, demanda-t-il, qu'est-ce que tu fais ?

— Je te regarde, répondit Sarah en lui posant la main sur le torse, dans l'échancrure de la chemise. Et je me demande si tu me désires toujours autant que tu me désirais ce soir-là.

Jake s'empara de sa main avant qu'elle ne le rende fou.

— Non. Je te désire bien plus.

Il ramassa son ceinturon et le jeta sur son épaule.

— Alors, cette promenade ? On y va ?

Tout heureuse, Sarah glissa la main dans la sienne.

— Quand je suis arrivée ici, je me demandais ce qui avait bien pu retenir mon père sur ce coin de terre, avoua-t-elle en jetant un coup d'œil du côté de sa tombe. Au début, je pensais qu'il n'était resté qu'à cause de moi et cela me rendait très triste. Mais plus tard, j'ai compris qu'il avait trouvé ici une forme de bonheur. Savoir qu'il a été heureux allège mon chagrin.

Ils prirent le chemin du ruisseau que Sarah connaissait si bien, maintenant.

— Je ne pensais pas que tu tiendrais, avoua Jake.

Quand je t'ai amenée ici la première fois, tu avais l'air si choquée.

— J'étais sous le choc, en effet. Perdre mon père, découvrir que rien n'était comme il me l'avait décrit… En fait, je l'avais perdu depuis des années. Dans mon souvenir, il reste tel qu'il était le jour où il m'a quittée. Et c'est peut-être mieux ainsi…

Quand ils arrivèrent au bord du ruisseau, Sarah s'installa sur son rocher préféré et se laissa bercer par la mélodie de l'eau.

— … Je ne t'ai jamais dit qu'il m'avait raconté des histoires… Il me parlait toujours de la belle maison qu'il avait bâtie après avoir trouvé le filon principal de la mine. Elle avait quatre chambres, un salon donnant à l'ouest, une véranda très large, avec de grandes et belles colonnes…

Les yeux fixés sur le soleil qui ourlait la ligne des collines, elle sourit.

— … Il pensait sans doute que j'avais besoin de ce genre de rêve, que j'avais besoin de m'imaginer en maîtresse de maison régnant sur une belle et grande demeure, avec des escaliers en volute et de hauts murs…

— Tu étais faite pour ce genre de vie, affirma Jake.

— C'est pour toi, que j'étais faite.

Sarah se leva et lui tendit les mains.

— Je te veux, Sarah. Mais je ne peux t'offrir guère plus qu'une couverture à étendre sur le sol.

Elle jeta un coup d'œil sur les affaires que Jake avait déjà apportées sur la berge ; puis elle s'en approcha pour déplier la couverture.

Lorsqu'ils s'allongèrent, le crépuscule était tombé. L'air s'était adouci, le vent n'était plus qu'une brise légère caressant les buissons. Au-dessus d'eux, le ciel étendait sa voûte d'un bleu profond, de plus en plus foncé. Sous la laine, le sol était dur et peu confortable.

Mais quand Sarah enlaça Jake, ils oublièrent tout le reste.

Ce fut comme la première fois — et, en même temps, ce fut différent. La faim était toujours là, ainsi que l'impatience du désir, mais ils savaient à présent quel miracle, quelle magie ils étaient capables de créer à eux deux. Leurs gestes étaient plus lents, plus assurés.

Quand Jake l'embrassa, Sarah perçut l'avidité de son baiser. Mais elle y devina aussi cette tendresse qu'elle avait tant espérée, dont elle avait tant rêvé. Emue, elle murmura son prénom. Sous sa paume, la joue de Jake était rêche. Sous ses doigts, sa peau était lisse et douce. Il était ainsi fait, plein de contrastes : son corps, son esprit, son cœur.

Une langueur profonde, enivrante, l'envahit quand il commença à la dévêtir. Ce n'était plus la frénésie de la première fois. Les doigts de Jake étaient sûrs et précis. Lorsqu'il écarta le tissu de son corsage, elle sentit la caresse de l'air sur sa peau. Puis ce fut sa bouche, chaude, vibrante, qui le remplaça. Elle poussa un soupir.

Ce soupir sonna aux oreilles de Jake comme la plus douce des musiques. Il voulait lui donner quelque chose qu'il n'avait jamais donné à une autre femme : les attentions qu'elle méritait, cette tendresse nouvelle pour lui, mais qui lui venait si facilement tandis qu'il écartait les différentes étoffes qui la recouvraient. Quand il la sentit se débattre avec la ceinture de son pantalon, il retint son souffle. Son geste n'avait rien d'hésitant, mais il était encore innocent. Il le serait toujours, et cette innocence le troublait bien davantage que toute l'expérience du monde.

Sarah ne faisait pas que le déshabiller, elle le libérait peu à peu de ce cynisme, de cette froideur dont il s'était fait une armure pour survivre ; une armure qu'il utilisait de la même façon qu'il utilisait ses revolvers. Avec elle, il se sentait sans défense, plus vulnérable qu'il ne l'avait jamais été depuis son enfance. Mais il se sentait aussi plus humain.

Lorsque Jake la serra dans ses bras pour l'embrasser, Sarah perçut comme un changement en lui. Une véritable explosion de sentiments, d'émotions, de besoins et de désirs qui le souleva. Elle sentit ce flot passer de lui en elle, et ce fut si violent qu'elle en eut le souffle coupé, qu'elle en resta ébranlée, en même temps qu'une force invincible l'investissait. Sans comprendre, elle lui répondit en lui ouvrant son cœur et son corps.

Puis vint la tempête, sauvage, déchaînée, furieuse.

Emportée par sa violence, Sarah poussa un cri tandis que Jake l'entraînait toujours plus haut à travers les nuées de la passion. Une foule de sensations la traversaient — le son de ses propres gémissements, le contact rugueux du visage de Jake qui descendait le long de son corps tremblant, le goût de lui qu'elle gardait sur ses lèvres, sur sa langue — tandis qu'il lui faisait subir les tortures les plus folles et les plus merveilleuses.

Eperdue, elle lui agrippa les cheveux et pressa sa tête contre elle.

Jake sentit le mélange d'émotion violente et de ravissement qui la secoua lorsqu'il goûta au miel brûlant de sa féminité. La façon dont elle réagit lui sembla un miracle, même s'il ne croyait plus aux miracles depuis longtemps. Il avait peu de chose à lui donner, hormis ces plaisirs qu'il lui faisait découvrir. Et cela, au moins, il le lui donnerait.

Remontant vers elle, il couvrit sa bouche de ses lèvres et unit son corps au sien.

Il resta allongé sur elle, le visage enfoui dans ses cheveux, bien après que les mains de Sarah eurent glissé mollement de son dos, bien après que leur souffle fut redevenu calme et régulier. Jake savait que cela ne durerait pas, et pourtant Sarah avait réussi à lui apporter la paix — la paix de l'esprit, du corps, du cœur. Il n'avait pas recherché l'amour, n'avait pas osé s'y risquer. A présent encore, alors qu'il ne lui était plus possible de se cacher la vérité, il ne pouvait lui avouer qu'il l'aimait.

— Lucius avait raison, lui murmura Sarah à l'oreille.

— Mmm ?

— C'est une belle nuit. Une très belle nuit.

De nouveau, elle fit courir ses mains sur le dos de Jake. Puis elle l'enlaça avec force.

— Je te fais mal ? demanda-t-il.

— Non. Ne bouge pas. Ne bouge surtout pas.

— Je pèse lourd, et tu as quelques beaux bleus.

Si elle en avait eu la force, Sarah aurait ri.

— Je les avais oubliés.

— J'ai dû t'en faire d'autres, murmura Jake en levant la tête pour la regarder. Je ne sais pas être doux.

— Je ne me plains pas.

— Tu devrais.

Comme fasciné, il lui caressa la joue du bout de l'index.

— Tu es si belle. Tu ressembles à un rêve.

Sarah, les larmes aux yeux, tourna légèrement le visage pour lui embrasser la paume.

— Tu ne m'avais jamais dit que tu me trouvais belle.

— J'aurais dû.

— Je me sens belle, en ce moment, avoua Sarah en se blottissant contre lui.

Ils restèrent ainsi un moment, silencieux, contemplant les étoiles. Puis Jake reprit la parole.

— Qu'est-ce que cela signifie quand on dit de quelqu'un qu'il est une énigme ?

— Qu'il est compliqué, difficile à comprendre. Pourquoi ?

— C'est quelque chose que j'ai entendu.

En fait, Jake pensait au journal de Sarah, à la description qu'elle avait faite de lui, et il ne voyait vraiment pas comment ce mot pouvait s'appliquer à lui. Il avait toujours pensé qu'il était exactement ce qu'il semblait être.

— Tu as froid ? demanda-t-il.

— Un peu.

Jake s'assit et chercha sa chemise parmi ses vêtements épars. Sarah lui sourit, en s'étirant sans aucune gêne, et son sourire s'accentua quand elle vit le regard de Jake caresser son corps nu. Lorsqu'il lui eut enfilé la tunique de coton, elle passa les mains derrière sa nuque.

— J'espérais que tu me réchaufferais autrement…

Jake se mit à rire.

— Je me souviens de t'avoir dit un jour que tu apprenais vite… Veux-tu faire quelque chose pour moi ?

— Oui, bien sûr, répondit Sarah en lui mordillant les lèvres.

— Va dans le ruisseau.

Déconcertée, la jeune femme s'écarta.

— Pardon ?

Jake sourit à son tour, amusé, et l'embrassa tendrement.

— J'aimerais que tu ailles au milieu du ruisseau, en chemise, comme tu l'as fait le premier soir.

Sarah fronça les sourcils.

— Quel premier soir ?

Soudain, elle comprit et afficha une expression offusquée.

— Jake Redman ! Tu as osé m'observer pendant que je me lavais ?

— Je voulais juste m'assurer que tout allait bien.

— C'est honteux !

Elle essaya de s'écarter, mais il la retint.

— Dès cet instant, j'ai eu envie de poser les mains sur

toi. J'ai eu du mal à dormir, cette nuit-là. Les suivantes aussi, d'ailleurs.

Il avait baissé la tête et mordillait sa gorge.

— Arrête !

— Tu veux aller dans le ruisseau ?

— Sûrement pas !

Sarah étouffa un rire quand il la fit rouler sur la couverture.

— Je vais m'habiller et rentrer à la maison voir si Alice n'a besoin de rien.

— Inutile. Lucius s'en occupe.

— Je vois. Tu as encore décidé pour moi.

— Si tu veux… En tout cas, tu n'iras pas plus loin que cette couverture. Sauf peut-être jusqu'au ruisseau — si j'arrive à te convaincre.

— Tu ne me convaincras pas. D'autre part, je n'ai aucune intention de dormir dehors.

— Qui parle de dormir ?

Jake s'étendit sur le dos et prit Sarah contre lui.

— As-tu jamais compté les étoiles, Sarah ? demanda-t-il.

— Non. Et toi ?

— Quand j'étais enfant. Ma mère disait qu'elles formaient des dessins. Elle me les montrait, parfois, mais je n'arrivais jamais à les retrouver tout seul.

— Je vais t'en montrer un.

Saisissant la main de Jake, Sarah se mit à tracer des lignes.

— Là, c'est un cheval ailé, Pégase…

Elle retint soudain son souffle.

— Regarde ! Une étoile filante !

La main de Jake dans la sienne, elle regarda l'astre lumineux parcourir le ciel. Puis, très vite, elle ferma les yeux et fit un vœu.

— Est-ce que tu accepterais de me parler de ta mère ? demanda-t-elle alors.

Un long moment, les yeux perdus dans le ciel, Jake resta silencieux.

— Elle était professeur, dit-il enfin. Elle venait de Saint Louis.

— Comment a-t-elle rencontré ton père ?

— Je ne sais pas bien. Je sais seulement qu'il voulait apprendre à lire et à écrire, et qu'elle lui a donné des cours. Pour elle, la lecture était capitale.

— Et c'est pendant les leçons qu'ils sont tombés amoureux.

Jake sourit, amusé par la façon dont Sarah avait dit cela.

— Sans doute. Ils se sont mariés. Ça n'a pas dû être facile, d'épouser un demi-Apache. En tout cas, ils voulaient bâtir quelque chose, laisser quelque chose derrière eux. Mon père parlait souvent de la terre et de ce qu'il en tirerait.

Sarah comprenait ; elle partageait le même désir.

— Etaient-ils heureux ?

— Ils riaient beaucoup, ma mère chantait. Mon père parlait toujours de lui acheter un piano, pour qu'elle puisse se remettre à jouer comme elle le faisait à Saint Louis. Elle répondait en riant qu'elle voulait d'abord des rideaux en dentelle. C'est vrai, murmura Jake. J'avais oublié ça : elle voulait des rideaux en dentelle…

Sentant sa tristesse, Sarah se serra plus étroitement contre lui.

— Lucius m'a raconté ce qui est arrivé, murmura-t-elle. A eux, à toi. C'est terrible.

Jake n'aurait jamais cru qu'il aurait envie de lui en parler, ni même qu'il en éprouverait le besoin presque irrésistible. Pourtant, ce fut ce qui se passa.

— Ils étaient venus de la ville. Huit ou dix, je n'en ai jamais été sûr.

Il les revoyait nettement, chose qu'il s'était interdite durant des années.

— Ils ont commencé par mettre le feu à la grange. Si mon père était resté dans la maison, les laissant crier, tirer et tout saccager, ils s'en seraient peut-être tenus là. Mais ils seraient revenus, il le savait. Alors, il a pris son fusil et il est sorti pour protéger son bien. Ils l'ont abattu sur le pas de la porte…

Sarah lui agrippa le bras. Il lui semblait voir la scène, comme si elle y avait assisté.

— … Nous sommes sortis en courant. Ils étaient comme des loups ayant flairé l'odeur du sang. Ma mère serrait mon père dans ses bras et pleurait. Dans la grange, les chevaux poussaient des hennissements affreux. Le ciel était tout illuminé par les flammes, si bien que je pouvais distinguer le visage de ces hommes pendant qu'ils incendiaient le reste.

En fait, Jake sentait encore l'odeur âcre de la fumée, il

entendait encore le crépitement sinistre des flammes qui dévoraient tout, ainsi que les lamentations poignantes de sa mère.

— J'ai pris le fusil. Pour la première fois de ma vie, j'ai eu envie de tuer. C'est comme une fièvre qui vous embrase le sang, comme une main qui vous empoigne et vous serre de plus en plus fort. Ma mère s'est mise à crier. J'ai vu un cavalier me mettre en joue. J'étais trop lent pour riposter ; à l'époque, j'étais meilleur à l'arc ou avec un couteau. Elle s'est jetée devant moi au moment où il tirait, et c'est elle qui a reçu la balle.

Sarah serra les bras autour de lui tandis qu'un flot de larmes silencieuses coulait sur ses joues.

— L'un d'eux m'a frappé avec la crosse d'un fusil en passant près de moi, poursuivit Jake. Je n'ai repris conscience qu'au matin. Ils avaient tout brûlé. La maison fumait encore. Il n'y avait rien, absolument rien à sauver. La terre était dure, là-bas, et il m'a fallu toute la journée pour enterrer mes parents. Plusieurs fois, j'ai manqué m'évanouir. La nuit suivante, j'ai dormi entre leurs deux tombes. Je me suis juré que si je vivais jusqu'au matin je retrouverais les hommes qui avaient fait ça et que je les tuerais. Le lendemain, j'étais encore vivant.

Sarah ne dit rien. D'ailleurs, sans interroger Jake, elle devinait ce qu'il avait fait : il avait appris à se servir d'un revolver, et à bien s'en servir. Après quoi, il avait retrouvé ces hommes — ou du moins certains d'entre eux.

— Quand Lucius est arrivé, confia-t-il encore, je lui ai

raconté ce qui s'était passé. Depuis, je n'en ai plus jamais parlé à qui que ce soit.

Sarah se tourna pour s'allonger sur lui.

— N'en parle plus. N'y pense plus.

Jake sentit ses larmes sur son torse, leur chaleur. Personne, jamais, n'avait pleuré pour lui. Il saisit la main de Sarah et l'embrassa.

— Montre-moi encore ces dessins dans le ciel, lui demanda-t-il.

Reprenant sa place, Sarah lui expliqua ce qu'elle voyait. Le temps des larmes et des regrets était passé. Celui de la vengeance aussi — du moins l'espérait-elle.

— Dans l'Est, les étoiles sont moins grosses et moins brillantes.

De nouveau, ils restèrent enlacés un moment sans parler, écoutant les bruits de la nuit.

— Au début, je sursautais chaque fois que j'entendais un coyote, avoua Sarah. Maintenant, j'aime les écouter. Le soir, quand je lis le journal de mon père…

— Matt tenait un journal ?

Jake s'était redressé, l'entraînant avec lui. Ses yeux brillaient si fort, tout à coup, que le cœur de Sarah se mit à battre la chamade.

— Oui, pourquoi ?

— L'as-tu lu jusqu'au bout ?

— Non. Je ne lis que quelques pages chaque soir.

Au même moment, Jake se rendit compte qu'il serrait trop fort les bras de Sarah. Il relâcha la pression de ses doigts.

— Me laisserais-tu le lire ?

Le cœur de Sarah s'était apaisé, mais un froid glacial s'insinuait sous sa peau.

— Oui… à condition que tu m'expliques pourquoi il t'intéresse.

Jake se détourna pour chercher sa blague à tabac et son papier à cigarette dans sa sacoche.

— J'aimerais le lire, c'est tout.

Sarah le regarda rouler sa cigarette.

— Quand te décideras-tu à me faire confiance, Jake ?

Lorsqu'il gratta une allumette sur le rocher, la flamme éclaira son visage.

— Que veux-tu dire ?

— Pourquoi as-tu demandé à Lucius de retourner dans la mine ?

— J'ai pensé que cela aurait fait plaisir à Matt.

Déterminée, Sarah lui posa une main sur la joue et le força à la regarder.

— Pourquoi ?

Jake s'écarta et souffla une bouffée de fumée.

— Une idée, comme ça… En général, quand les gens mettent le feu quelque part, c'est qu'ils ont une bonne raison, Sarah. Dans ton cas, je n'ai trouvé qu'une seule raison : ceux qui ont fait ça voulaient te chasser.

— C'est ridicule ! Je ne connaissais pratiquement personne, à ce moment-là. Et le shérif a dit qu'il s'agissait de vagabonds. Tu n'es pas d'accord ?

— Non. D'ailleurs, je ne suis pas sûr que Barker le pense

vraiment. La seule chose que quelqu'un pourrait vouloir dans ce coin, c'est de l'or.

Agacée, Sarah s'assit sur ses talons.

— Il n'y en a pas.

— Si, il y en a.

Jake tira sur sa cigarette.

— Que veux-tu dire ? demanda Sarah avec impatience.

— Lucius a trouvé le filon principal — comme ton père l'avait trouvé, d'ailleurs. Tu vas bientôt être une femme riche, duchesse.

— Attends…

Sarah pressa une main sur sa tempe, qui commençait à la lancer douloureusement.

— … Tu veux dire que la mine a de la valeur ?

— Bien plus que tu ne pourrais l'imaginer, à en croire Lucius.

Avec un petit rire incrédule, Sarah secoua la tête.

— Désolée, mais j'ai peine à le croire. J'ai toujours pensé que cette mine était un rêve, rien d'autre. Ce matin seulement, j'ai commencé à me poser la question… Depuis quand le sais-tu ?

— Un bon moment.

— Un bon moment, et tu n'as pas jugé la nouvelle assez importante pour m'en parler ?

— Trop importante, au contraire, corrigea Jake. Je n'ai jamais rencontré une femme capable de se taire.

— Ah oui ?

— Oui, m'dame.

— Eh bien, tu te trompes ! lança Sarah en se redressant. Je sais parfaitement garder un secret. Mais pourquoi faut-il ne rien dire ?

Jake ne pouvait plus reculer ; il était obligé de tout lui avouer, à présent.

— Matt est mort alors qu'il venait tout juste de trouver le filon.

— C'était un accident…

Soudain transie, Sarah serra les bras autour d'elle. Elle venait de comprendre ce que Jake insinuait.

— Tu essaies de me dire qu'il a été assassiné, c'est ça ? demanda-t-elle. Je n'en crois pas un mot.

Elle voulut se lever, mais Jake la retint.

— Pendant dix ans, il a travaillé dans cette mine et n'en a retiré que quelques poignées de pépites… Et voilà qu'au moment précis où il trouve le filon, un effondrement se produit et il meurt.

— Je n'ai pas envie d'y penser, affirma Sarah en secouant la tête.

Jake lui agrippa les bras.

— Il le faut, pourtant. La mine est à toi, maintenant, avec l'or qu'elle contient. Je ne permettrai jamais qu'il t'arrive la même chose qu'à ton père. Jamais.

Sarah ferma les yeux. Elle ne pouvait assimiler tout cela d'un coup. Un mélange de terreur, d'hystérie et de chagrin ravivé l'envahit. Elle attendit de se calmer. Jake avait raison. Il fallait qu'elle réfléchisse. Après, elle agirait.

Enfin, elle releva les paupières.

— Dis-moi ce que je dois faire, demanda-t-elle d'un ton ferme.

— Aie confiance en moi.

Il effleura ses lèvres d'un baiser, puis l'obligea doucement à se rallonger sur la couverture. Un peu plus tôt, elle l'avait apaisé. A présent, c'était à son tour de le faire.

13

— Je me sens beaucoup mieux, mademoiselle Conway. Alice prit le gobelet en fer-blanc et but avec précaution.

A l'évidence, elle ne voulait pas se plaindre de son dos, de la douleur qui l'enflammait encore malgré le baume. Dans la lumière crue du matin, son visage tuméfié la faisait paraître encore plus jeune, plus fragile, plus vulnérable. Même si les écorchures qui lacéraient ses joues étaient moins rouges, elles ne disparaîtraient pas avant plusieurs jours, pensa Sarah.

— Vous avez meilleure mine, lui assura-t-elle.

Ce n'était pas l'exacte vérité, mais Sarah ne mettrait pas de sitôt un miroir entre les mains de sa malade. Si l'enflure de son œil avait beaucoup diminué, l'ecchymose qui restait l'inquiétait. C'est pourquoi elle avait décidé de se rendre en ville afin de consulter un médecin.

— Mangez un peu de cet œuf poché. Vous avez besoin de reconstituer vos forces.

— Oui, m'dame.

Pour Alice, l'œuf gluant évoquait davantage un œil humide qu'un mets de choix. Toutefois, elle aurait avalé un scorpion frit si Sarah le lui avait demandé.

— Mademoiselle Conway ? appela-t-elle d'une voix timide.

— Oui ?

— Je vous suis très reconnaissante de m'avoir recueillie comme vous l'avez fait, mais… vous m'avez laissé votre lit, cette nuit. Ce n'est pas convenable.

Avec un léger sourire, Sarah écarta l'assiette qui contenait l'œuf.

— Je vous assure que j'étais très bien, Alice. Ne vous inquiétez pas.

— Pourtant, mademoiselle Conway…

Sarah décida d'employer la méthode des religieuses : un mélange de compassion et d'esprit pratique.

— Je vous en prie, Alice. Si vous tenez à me montrer votre gratitude, ne discutez plus, laissez-vous soigner et reposez-vous. Sinon, je vous considérerai comme une ingrate.

Une expression d'horreur passa dans les yeux de la jeune femme.

— Oh, non !

— Bien. Si vous vous sentez assez forte, plus tard dans la journée, je demanderai à Lucius de vous descendre et nous bavarderons un peu.

— Cela me ferait plaisir. Mademoiselle Conway… sans Eli et vous, je crois que je serais morte. Je pensais… Voici : j'ai quelques économies. Ce n'est pas grand-chose, mais j'aimerais vous les donner pour vous dédommager de tout votre dérangement.

— Je ne veux pas de votre argent, Alice.

Celle-ci rougit et détourna les yeux.

— Vous pensez sans doute à la façon dont je l'ai gagné…

— Pas du tout, Alice ! assura Sarah en lui prenant les mains. Est-ce qu'Eli vous a demandé de l'argent pour vous aider à quitter la ville ?

— Non, mais… c'est un ami.

— J'aimerais être votre amie, moi aussi. A présent, reposez-vous. Nous reparlerons de tout ça plus tard.

Elle pressa gentiment la main de sa protégée, ramassa les assiettes vides et entreprit de descendre l'échelle. Elle faillit pousser un hurlement quand deux mains se refermèrent sur sa taille.

— Je t'avais dit que tu n'avais pas besoin de ce corset…

Par-dessus son épaule, Sarah tenta de lancer un regard indigné à Jake.

— Est-ce pour cela que je n'ai pas réussi à le trouver, ce matin ? demanda-t-elle.

— J'ai voulu te rendre service.

Avant qu'elle se décide entre un éclat de rire et un sermon, Jake la fit tournoyer et l'embrassa.

— Jake ! protesta-t-elle. Alice est…

— Elle ne s'évanouira pas si elle devine ce que je suis en train de faire.

Il finit par reposer Sarah, pour mieux apprécier la façon dont le soleil filtré par les rideaux faisait resplendir les cheveux blonds de la jeune femme.

— Vous êtes rudement agréable à regarder, duchesse.

Sarah se sentit rougir.

— Si tu t'asseyais ? proposa-t-elle pour cacher son trouble. Tu pourrais me regarder tout ton soûl pendant que je te préparerai à manger.

— J'aimerais bien, mais j'ai des choses à faire.

D'un doigt, il caressa une boucle échappée du chignon de Sarah.

— Sarah, veux-tu me donner le journal de Matt ?

Un instant, le chagrin et la crainte submergèrent la jeune femme. Durant la nuit, après qu'ils avaient fait l'amour et avant de s'endormir, elle avait pensé à ce que Jake lui avait dit. Une part d'elle-même aurait préféré demeurer dans l'incertitude… mais l'autre, celle qui l'avait poussée à rester à Lone Bluff au lieu de retourner dans l'Est, avait accepté d'affronter l'épreuve de la vérité.

— Oui.

Elle gagna la cheminée et retira la pierre.

— J'ai découvert cette cachette le premier soir, expliqua-t-elle. Elle contenait le journal de papa, ses économies et la concession de la mine.

Quand elle lui tendit le livre, Jake dut se retenir pour ne pas l'ouvrir sur-le-champ. S'il y trouvait ce qu'il pensait, il aurait pas mal de choses à régler — et sans en parler à Sarah.

— Je vais l'emporter, si cela ne t'ennuie pas.

Sarah faillit protester ; elle aurait voulu qu'il en finisse avec cette affaire tout de suite, sans attendre. Mais elle se souvint qu'il lui avait demandé de lui faire confiance.

N'était-ce pas le moment de lui donner une preuve de cette confiance ?

— D'accord.

— J'aimerais aussi que tu me confies la concession, en attendant que nous en sachions davantage.

Sans hésiter ni poser de questions, elle la lui offrit. Un instant, l'acte de propriété de la mine — et le rêve de Matt — reposa dans leurs deux mains.

— Sans rien demander ? murmura Jake.

— Sans rien demander, acquiesça-t-elle dans un sourire.

Devant cette confiance totale, si aisément donnée, Jake se trouva à court de mots.

— Sarah, je veux…

Quoi ? se demanda-t-il, les yeux plongés dans ceux de la jeune femme. La garder et la protéger, l'aimer et la posséder ? Elle lui faisait l'effet d'une source fraîche et douce qui se serait déversée en lui afin d'étancher des années de soif et d'amertume. Mais il n'avait pas les mots pour le lui dire ; et il n'avait pas le droit de la lier à lui par ce genre de déclaration.

— … Je m'occupe de tout.

Sarah haussa les sourcils. Dans les yeux de Jake, elle avait lu autre chose… quelque chose qu'elle aurait aimé voir revenir afin de le déchiffrer et de le comprendre.

— Je croyais que nous nous en occuperions ensemble.

— Non. Il faut que tu me laisses faire. Je ne veux pas qu'il t'arrive quoi que ce soit.

Les lèvres de Sarah esquissèrent une moue.

— Pourquoi ?

— Parce que. Je veux que tu…

Jake s'interrompit et s'approcha vivement de la fenêtre.

— … Tu as de la visite.

Lorsqu'il reconnut le buggy, ses épaules se détendirent.

— On dirait Mme Cody et sa fille.

— Oh ! fit Sarah en portant les mains à ses cheveux. Je dois avoir l'air… je ne sais même pas de quoi, je n'ai pas eu le temps de jeter un coup d'œil à mon miroir.

— Inutile, répliqua Jake en ouvrant la porte. Tu as l'air d'une bonne petite ménagère.

En marmonnant, Sarah détacha son tablier et suivit Jake dehors. Alors, la mémoire lui revint et elle se mordit la lèvre.

— Je suppose qu'elles doivent tout savoir de ce qui s'est passé hier…

— Certainement.

Sans autre commentaire, Jake rangea le journal de Matt Conway et l'acte de concession de la mine dans ses sacoches, posées sur la barrière.

— Cesse de prendre cet air amusé ! lui lança Sarah.

Puis, tout en triturant nerveusement le camée qui fermait son col, elle s'obligea à sourire.

— Bonjour, madame Cody. Bonjour, Liza.

— Bonjour, Sarah.

Anne Cody tira sur les rênes des chevaux pour les arrêter.

— J'espère que vous ne nous en voulez pas de venir de si bonne heure.

— Pas du tout.

Sarah lissait à présent sa jupe pour cacher son embarras. Elle redoutait un sermon. Les bonnes sœurs lui en avaient servi plus que sa part en douze ans, et cette perspective ne la réjouissait guère.

— Je suis ravie de vous voir, ajouta-t-elle. Toutes les deux.

Anne regarda Lafitte qui arrivait en aboyant.

— Dieu du ciel ! Comme il a grandi !

Puis elle tendit une main vers Jake.

— Monsieur Redman !

Jake s'approcha pour l'aider à descendre, s'occupant ensuite de Liza. Il jeta ses sacoches sur son épaule et porta la main à son chapeau.

— Je ferais mieux de me mettre en route. Mesdames…

Anne l'arrêta d'un geste.

— Monsieur Redman, puis-je vous dire un mot ?

— Oui, bien sûr.

— Mon fils John est toujours après vous, depuis quelque temps. Je crains qu'il ne vous ennuie.

— Il ne m'ennuie pas du tout.

Anne lui jeta un regard curieux.

— C'est gentil à vous de dire ça, mais j'en doute. En fait, je tenais à vous remercier.

Vaguement incrédule, Jake la dévisagea un instant en silence.

— Me remercier ?

— Oui. Notre Johnny traverse une période que tous les garçons de son âge connaissent, je suppose. Il est fasciné par les armes à feu et par ceux qui s'en servent. Votre duel avec Burt Donley l'a surexcité. Je commençais à m'inquiéter, quand il est rentré l'autre jour en nous disant que tuer quelqu'un, au revolver ou autrement, n'est pas une façon de devenir un homme. Qu'un homme intelligent ne cherche pas les ennuis, mais s'en détourne quand il le peut et les affronte seulement lorsqu'il ne peut faire autrement.

Elle sourit.

— C'est ce que je me tuais à lui répéter sans grand résultat depuis des semaines. Son père n'avait pas plus de succès. Je suppose que c'est à vous que nous devons ce changement d'attitude, et je tiens à vous exprimer notre gratitude.

Troublé, Jake regarda fixement la main qu'elle lui tendait de nouveau. Il n'avait pas souvent eu droit à un tel geste de reconnaissance — pour ne pas dire d'amitié.

— Votre fils est intelligent, madame Cody. Il aura vite fait le tour de ces histoires.

— Sans doute.

Anne se dirigea vers la maison, puis se détourna encore.

— Maggie O'Rourke vous tient en haute estime, monsieur Redman. Je crois que j'ai compris pourquoi.

Ne sachant que répondre, Jake la salua et marcha vers l'appentis pour seller son cheval.

— Cet homme est précieux, Sarah, observa Anne Cody. A votre place, j'irais lui dire au revoir correctement.

Sarah la considéra avec surprise, puis regarda Jake, partagée entre son envie d'obéir et les bonnes manières.

— Je…

— Vous me permettez de préparer du thé, n'est-ce pas ? demanda Anne en disparaissant dans la maison.

— Bien sûr, faites comme chez vous, répondit aussitôt Sarah. J'en ai pour une minute.

Prenant ses jupes à deux mains, elle s'élança en courant.

— Jake ! Attends, je voulais…

Alors qu'elle l'avait rejoint, Sarah s'arrêta, une main sur le cœur ; non seulement elle était à bout de souffle, mais elle n'avait aucune idée de ce qu'elle voulait lui dire.

— Est-ce que tu… Quand reviendras-tu ?

Le mustang hennit doucement quand Jake le sella.

— Je ne suis pas encore parti.

Sarah détestait se sentir idiote. Mais elle détestait encore plus voir Jake disparaître plusieurs jours d'affilée sans savoir quand il serait de retour.

— J'espérais que tu serais là pour le dîner.

Jake serra la sangle de la selle.

— Tu m'invites à dîner ?

— Sauf si tu as mieux à faire, évidemment.

Il l'attrapa par le bras à l'instant où elle allait tourner les talons. Puis il regarda la maison. Les choses changeaient, et vite. Bientôt, il finirait par se sentir chez lui dans cette cahute en pisé. Et il ne savait toujours pas ce qu'il devait penser de cette situation.

— Si j'avais su qu'il te faudrait autant de temps pour te décider, je n'aurais pas pris la peine de me déranger, lui reprocha Sarah. Tu peux…

La soulevant dans ses bras, Jake lui coupa du même coup la parole.

— Tu t'enflammes aussi vite que de l'amadou, mais j'aime ça.

Il l'embrassa avec force, s'enivrant de sa chaleur et de son goût de miel.

— Lâche-moi ! ordonna Sarah. Mme Cody pourrait nous voir.

Puis elle se mit à rire et l'embrassa à son tour.

— Alors, tu viens dîner, oui ou non ?

Avant de répondre, Jake sauta en selle d'un mouvement plein de souplesse. Le bord de son chapeau assombrissait ses yeux.

— Oui, je viendrai.

— Ce sera prêt à 7 heures ! lui cria Sarah alors qu'il éperonnait son cheval et s'élançait au galop.

Elle le suivit des yeux un long moment, puis rassembla de nouveau ses jupes et courut vers la maison. Le rire qui s'attardait sur ses lèvres s'éteignit brusquement lorsqu'elle entendit les pleurs d'Alice.

Liza se tenait près du poêle, la bouilloire à la main.

— Sarah, maman…

Alors que la jeune femme se ruait déjà vers l'échelle, prête à défendre sa protégée, elle découvrit Anne Cody en train de bercer Alice sur son cœur. D'un geste empli de douceur et de tendresse, elle caressait ses cheveux noirs.

— Oui, mon chou, pleurez, cela vous fera du bien, murmurait-elle, les yeux humides. Bientôt, vous aurez tout oublié.

Quand elle vit Sarah, elle lui fit signe de se taire. Docilement, la jeune femme redescendit.

— Alice t'a appelée, expliqua Liza qui tenait toujours la bouilloire. Maman est montée voir ce qu'elle voulait…

Elle jeta un coup d'œil vers l'estrade.

— … Est-ce que cette… fille a vraiment été battue ? demanda-t-elle à voix basse.

— Oui, horriblement. Je n'aurais jamais cru qu'un être humain puisse se montrer aussi cruel avec son prochain, Liza.

Un instant, Sarah songea à tous les soucis qui l'assaillaient brusquement : son père, la mine, Jake, Alice. Puis elle entreprit de découper son gâteau au miel.

— Est-ce qu'elle travaillait pour Carlotta ?

— Oui, Liza. Et elle est plus jeune que toi et moi.

Partagée entre la sympathie et la fascination, Liza ouvrit de grands yeux et se rapprocha de Sarah.

— Mais elle devait… Enfin, je veux dire… au Silver Star, il a bien fallu…

— Elle ne connaît rien d'autre de la vie…, répondit Sarah, les yeux fixés sur ses mains.

Du thé et un gâteau au miel. Il n'y a pas si longtemps, elle croyait encore que la vie était aussi simple que cela.

— … Son propre père l'a vendue à un homme pour vingt dollars.

Instantanément, la curiosité de Liza se changea en fureur.

— Quoi ? Mais c'est horrible ! C'est lui qui devrait être battu !

— Chut ! fit Anne, qui descendait sans bruit de l'estrade. On ne doit battre personne, Liza.

— Voyons, maman ! Sarah dit que le père d'Alice l'a vendue ! Vendue pour de l'argent, comme un cheval !

Anne, qui lissait sa jupe, s'arrêta net.

— Est-ce vrai, Sarah ?

— Oui. Elle s'est enfuie et s'est retrouvée au Silver Star.

Pinçant les lèvres, Anne réprima des mots que son mari lui-même ne lui avait jamais entendu prononcer.

— Je crois que ce thé sera le bienvenu, déclara-t-elle.

— Je le crois aussi. Asseyez-vous, proposa Sarah.

Elle disposa sur la table les napperons qu'elle avait taillés dans de la toile à carreaux bleus et déclara :

— J'espère que vous apprécierez ce gâteau au miel. C'est une recette que m'a donnée la cuisinière d'une amie très chère, à Philadelphie.

Tandis qu'elle tendait le plat, Sarah eut l'impression qu'elle avait quitté depuis des années ce monde qui avait été le sien.

— Merci, ma chère.

Anne attendit que Sarah s'installe.

— Alice s'est endormie, reprit-elle. Je dois vous avouer

que j'étais inquiète. Je n'étais pas certaine que vous ayez bien fait de la recueillir chez vous. En fait, c'est pour cela que je suis venue vous voir ce matin.

— Je devais la recueillir.

— Vous n'y étiez pas obligée.

Comme Sarah semblait vouloir se rebiffer, Anne posa une main sur la sienne et ajouta :

— Mais vous avez bien agi et je suis fière de vous. Cette pauvre fille a besoin d'aide.

Avec un soupir, elle contempla Liza et songea au monde qui la séparait d'Alice. Puis elle but une gorgée de thé.

— Alice Johnson n'a connu que des malheurs, murmura-t-elle. Ce qu'il lui faudrait, c'est du travail, un travail comme il faut, et un toit. Quand elle sera remise, je pense qu'elle pourrait venir travailler au magasin.

— Madame Cody ! s'exclama Sarah, aussi stupéfaite que transportée de gratitude.

D'un geste, Anne lui imposa le silence.

— Quand Liza aura épousé Will, j'aurai besoin de quelqu'un pour la remplacer. Alice pourra occuper sa chambre, et percevoir une partie de son salaire.

A court de mots, Sarah se pencha pour l'enlacer.

— C'est tellement gentil à vous, balbutia-t-elle. Tellement gentil... Quand j'ai abordé ce problème avec Alice, elle m'a fait remarquer qu'aucune femme de la ville ne pourrait l'accepter en sachant qu'elle a travaillé au Silver Star.

— Tu ne connais pas maman ! s'exclama Liza d'une voix vibrante de fierté. Elle convaincra toutes ses clientes jusqu'à la dernière. N'est-ce pas, maman ?

Anne caressa les cheveux de sa fille.

— Tu peux parier là-dessus. Quant à ton père, je me fais fort de le convaincre aussi.

Satisfaite, elle brisa un morceau de gâteau.

— Sarah, maintenant que cette affaire est réglée, je dois vous parler de votre… visite d'hier au Silver Star.

Gênée, Sarah tenta instinctivement de cacher son œil poché.

— Tout le monde en parle ! intervint de nouveau Liza. On raconte comment tu as roulé par terre avec Carlotta et donné un coup de poing à Jake Redman. J'aurais bien voulu voir ça.

Comme elle croisait le regard de sa mère, elle fit la grimace.

— Seigneur ! gémit Sarah en dissimulant son visage derrière ses mains. Tout le monde ?

— Mme Miller était là quand le shérif est entré, expliqua Liza. Et tu la connais, c'est une vraie pipelette.

Derrière ses mains, Sarah gémit de nouveau.

— Liza ! s'exclama Anne. Tu vas me faire le plaisir de manger ce gâteau et de te taire.

Gentiment, elle écarta les mains de Sarah.

— Ecoutez, mon petit. Comme vous n'avez personne auprès de vous pour vous conseiller, j'étais venue vous dire qu'une jeune fille de votre qualité n'a pas à se compromettre dans un endroit tel que celui-là. Vous ne devriez même pas savoir qu'il existe.

Elle but une gorgée de thé tandis que Sarah, résignée, attendait la suite du sermon.

— Mais sapristi ! Maintenant que j'ai vu l'état de cette fille, je regrette de ne pas y être allée moi-même !

— Maman ! s'exclama Liza, ravie. Tu n'aurais pas fait ça ?

Anne se trémoussa sur sa chaise et rougit.

— Non, mais j'aurais aimé. Quoi qu'il en soit, Sarah, je n'apprécierais pas que vous y retourniez.

— Je n'y retournerai pas, promit Sarah avec un petit sourire contrit. Je pense avoir réglé tout ce que j'avais à régler au Silver Star.

— Elle vous en a mis un bon, pas vrai ? demanda Anne en regardant son œil.

Le sourire de Sarah s'élargit.

— Oui, mais il paraît que son nez saignait. Peut-être même que je le lui ai cassé.

— J'aurais vraiment aimé voir ça ! répéta Liza.

De nouveau, sa mère la rappela à l'ordre d'un coup d'œil sévère.

— Je ne serais pas rentrée, bien sûr, ajouta vivement la jeune fille.

— Je l'espère pour toi !

Anne lissa son chignon, d'un geste digne, puis croisa les bras et demanda :

— Alors, Sarah, allez-vous nous dire à quoi ressemble cet endroit, oui ou non ?

Dans un éclat de rire, Sarah posa les coudes sur la table et commença son récit.

*
* *

Intrigues et machinations étaient choses naturelles pour Carlotta. Allongée dans son grand lit de plume, elle passait en revue tous les torts qui lui avaient été causés et étudiait différents plans pour se venger. La chambre était plongée dans la pénombre ; seuls deux rais de lumière filtraient de chaque côté des stores baissés. C'était une grande pièce, comparée au reste du Silver Star. Carlotta avait fait abattre une cloison, sacrifiant à son confort personnel le revenu qu'aurait pu lui rapporter une fille de plus. Pour elle, argent et confort étaient une seule et même chose. Elle voulait les deux, et en abondance.

Bien qu'il fût à peine 9 heures, elle prit la bouteille de whiskey posée en permanence près du lit et se servit un verre. Le goût puissant et la brûlure de l'alcool comblèrent le vide avec lequel elle s'éveillait chaque matin. Tout en savourant sa boisson, elle regarda pensivement autour d'elle.

Les murs étaient recouverts d'un papier à rayures rouges et argent, très criardes, qu'elle trouvait luxueux et élégant. Des rideaux rouges, beaucoup trop épais pour les étés torrides de l'Arizona, pendaient aux fenêtres. Avec orgueil, elle les assimilait à un univers de reines et de palais. La moquette, de la même couleur, avait grand besoin d'être nettoyée. Mais la poussière était le dernier souci de Carlotta.

Sur sa table de toilette, décorée de chérubins, se trouvait un nécessaire de coiffure en argent gravé d'un *C*. C'était le monogramme qu'elle utilisait toujours. Carlotta n'avait pas de nom de famille, ou, si elle en avait un, elle ne voulait pas s'en souvenir.

Sa mère avait toujours eu un homme dans son lit. Toutes les nuits, ou presque, Carlotta devait aller dormir sur une paillasse, dans un coin de la chambre, bercée par les grognements et les gémissements de l'amour. La façon dont les hommes s'emparaient de sa mère lui donnaient envie de vomir, mais pas autant que les pleurs de cette dernière quand ils s'en allaient.

Elle sanglotait, gémissait, implorait le pardon de Dieu... Elle était la seule putain de cette petite ville perdue dans les montagnes de Caroline, et elle n'avait même pas été fichue de s'en sortir. Elle clamait tout le temps qu'elle faisait ça pour nourrir son enfant, se souvint Carlotta avec une grimace. Pourtant, l'enfant en question devait souvent se coucher le ventre vide... Dans la lumière tamisée, Carlotta contempla le liquide ambré dont elle venait de remplir de nouveau son verre. Et pourquoi ? Parce que maman aimait le whiskey autant qu'elle...

« Mais la différence entre toi et moi, maman, pensa-t-elle, c'est que je n'ai pas honte. Ni du whiskey ni des hommes. Et que moi, je suis arrivée à quelque chose. As-tu pleuré, quand je suis partie ? »

Carlotta se mit à rire en évoquant la nuit où elle avait quitté pour la dernière fois la cabane malodorante, sans fenêtres. Elle avait quinze ans et trente dollars — qu'elle avait gagnés en se vendant aux trappeurs de la région. La jeunesse, ça rapportait ; elle avait eu tôt fait de s'en rendre compte. Sa mère n'avait jamais su que sa propre fille était sa concurrente la plus redoutable.

Elle les méprisait tous. Tous les hommes qui s'emparaient d'elle. Elle prenait leur argent, arquait les hanches et les méprisait. La haine remplaçait fort bien la passion. Ses clients étaient satisfaits et elle, de son côté, épargnait chaque pièce gagnée ainsi.

Une nuit, Carlotta avait empaqueté ses maigres affaires, volé vingt dollars de plus dans la boîte que sa mère cachait sous les poutres, et elle était partie vers l'ouest. Les premières années, elle avait travaillé dans des saloons, appréciant de pouvoir s'offrir de jolies robes et des pots de maquillage. Sa liaison avec le whiskey s'était épanouie, l'aidant à sourire, à séduire des cow-boys aux yeux affamés et des vauriens aux mains rudes. Elle avait économisé, ne soufflant mot à quiconque des bénéfices supplémentaires qu'elle soutirait à ses clients.

C'est ainsi qu'à dix-huit ans, elle avait amassé suffisamment pour ouvrir sa propre maison. Son premier bordel était loin de valoir le Silver Star, se souvint-elle. A peine plus qu'une cabane dans une ville du Texas empestant le bétail. Mais elle s'était toujours arrangée pour avoir des filles aussi jeunes et jolies que possible.

Elle avait eu une brève liaison avec un joueur qui portait des vestes de brocart et des cravates-lacets. Il lui avait empli l'esprit de rêves, de chandeliers d'argent et de tapis rouges. Lorsqu'elle était partie, elle avait emporté son épingle de cravate en perles fines, deux cents dollars en espèces et ses propres bénéfices.

Et elle avait ouvert le Silver Star.

Un jour, elle partirait de nouveau — pour la Californie, cette fois. Mais ce départ-là, elle l'effectuerait avec style. Elle aurait ses chandeliers en argent, se jura-t-elle. Et une baignoire en porcelaine blanche avec des robinets en or.

En or. A cette idée, Carlotta sentit une vague de plaisir l'envahir, fluide comme le whiskey. C'était de l'or qu'il lui fallait pour réaliser son rêve. Et cet or, elle l'aurait. L'homme qui dormait à côté d'elle était l'instrument dont elle se servirait pour l'avoir.

Jim Carlson.

Elle baissa les yeux sur son visage couvert d'une barbe de plusieurs jours, amolli par le sommeil, l'amour et le whiskey. C'était un homme stupide, mesquin, au caractère emporté et qui se laissait facilement manipuler. Mais il était plus beau que bien des hommes que Carlotta avait eus dans son lit. Il avait un corps mince, musclé. Néanmoins, elle préférait les corps jeunes et lisses. Comme celui de Jake.

Furieuse, elle se versa un autre verre. Avec Jake Redman, elle avait enfreint sa règle la plus importante. Elle s'était laissée aller à le vouloir, à le vouloir rien que pour elle. Jamais elle n'avait désiré un homme comme lui. Son corps répondait si bien au sien que pour la première fois de sa vie elle n'avait pas feint l'extase que les hommes attendaient d'une putain, elle l'avait vécue. Et maintenant, elle brûlait de le posséder de nouveau, comme elle brûlait de posséder whiskey, or et pouvoir.

Avec Jake, le désir était comme un poing brûlant noué au

creux de son ventre. Pas seulement parce qu'il avait au lit des manières que la plupart de ses clients jugeaient inutiles. Mais parce qu'il ne se livrait pas totalement, parce qu'elle sentait caché en lui quelque chose de puissant, d'excitant. Quelque chose qu'elle voulait pour elle et qu'elle avait été sur le point de posséder… avant que cette pimbêche à la mine de papier mâché arrive en ville.

Carlotta avait une sacrée revanche à prendre sur Mlle Sarah Conway. Pensive, elle porta une main à sa pommette tuméfiée. Une sacrée revanche, oui. Et cette revanche, elle la prendrait — en même temps qu'elle prendrait Jake et l'or.

Jim Carlson était loin de s'en douter, mais il allait l'aider sur tous les points.

Posant son verre vide, Carlotta prit un miroir à main. Ces bleus l'ennuyaient, mais ils passeraient. En revanche, les fines lignes qui partaient en éventail de ses yeux et celles qui cernaient sa bouche ne partiraient pas, elles. Elles ne feraient que croître et embellir. Avec un juron, Carlotta repoussa le miroir. Avec un sourire satisfait, elle caressa son corps nu, s'attardant sur ses seins, son ventre plat et la toison nichée au creux de ses cuisses. C'était ce corps que les hommes désiraient, ce corps qu'elle utilisait et continuerait d'utiliser pour arracher à la vie ce dont elle avait été privée.

Elle se tourna sur le côté et s'empara sans façon de la virilité de Jim. Il se réveilla en sursaut, le souffle court.

— Bonté divine, Carlotta !

Avec un grognement, il se mit sur le ventre et tenta de

s'emparer d'elle. Elle lui échappa avec adresse, non sans cesser d'exciter son désir.

— Pressé, Jim ?

— Bon sang, je croyais que tu m'avais épuisé à jamais, cette nuit. Je suis content de voir qu'il n'en est rien.

— Je veux te parler, Jim.

— Parle, mon chou ! approuva-t-il en posant les mains sur sa poitrine. Mais je trouve que j'ai mieux à faire pour dépenser mon argent.

Carlotta le laissa mordre et sucer la pointe de ses seins, calculant jusqu'où elle pouvait le laisser aller sans perdre son pouvoir sur lui.

— Ton argent, tu l'as épuisé à l'aube, chéri.

— J'en ai encore.

Il la mordit plus fort. Docile, Carlotta lâcha un gémissement de plaisir.

— On paye d'abord, Jim. Règle d'or de la maison.

Jim Carlson jura et caressa un instant l'idée de la prendre comme il le voulait, à ses propres conditions. Mais s'il le faisait, et même si Eli ne le jetait pas dehors, il savait qu'à l'avenir les portes du Silver Star lui seraient fermées. Il avait de l'argent. Et un désir qu'il devait absolument assouvir.

Comme il changeait de position, Carlotta suivit d'un doigt la ligne de son bras.

— Parlons d'abord, Jim. Et je te donnerai le reste pour rien.

Avec un soupir, elle creusa les reins, offrant à son compagnon de quoi se rassasier les yeux. De la sueur perlait sur la lèvre supérieure de Jim.

— Tu ne fais jamais rien pour rien, remarqua-t-il.

Délibérément, Carlotta se passa une main sur les seins, puis descendit jusqu'à son ventre, puis plus bas encore.

— C'est d'or, que je veux te parler…

Il se raidit, et le sourire de Carlotta s'élargit.

— … Ne crains rien, mon loup. Je n'ai rien dit à personne. Je n'ai jamais répété à qui que ce soit la façon dont Donley et toi aviez tué ce vieux Matt Conway.

Noué par la peur et le désir, Jim s'essuya les lèvres d'un revers de main.

— J'étais ivre, quand je t'ai dit ça. Un homme raconte n'importe quoi, quand il a bu.

Carlotta, qui avait passé ses bras sous sa tête, se mit à rire.

— Ça, mon chou, personne n'est mieux placé pour le savoir qu'une putain ou une épouse. Détends-toi. Et rappelle-toi : qui t'a appris que le vieux Matt avait finalement trouvé le filon ? Qui t'a prévenu que sa fille allait arriver et qu'il fallait faire vite ? N'essaie pas de te défiler, mon cœur. Cette affaire, elle est à moi autant qu'à toi.

D'un geste furieux, Jim se redressa et attrapa la bouteille de whiskey.

— Je t'ai dit un jour que Sam s'en occupait et que tu aurais ta part.

Carlotta le laissa avaler deux lampées, pas plus. L'alcool était utile pour délier la langue d'un homme mais, chez certains, la frontière entre apaisement et violence se franchissait trop aisément. Jim était de ceux-là.

— Si Sam espérait mettre la main sur la concession

en conduisant cette petite salope à l'autel, il a perdu trop de temps. Tout le monde sait qu'elle n'a d'yeux que pour Jake Redman.

Jim n'avait plus la moindre envie de faire l'amour, mais il avait encore moins envie de parler.

— Et toi ? répliqua-t-il en posant un doigt sur la pommette tuméfiée de Carlotta. Tu n'as pas d'yeux pour lui, peut-être ?

— Pur hasard, trésor. Pur hasard.

Elle passa la pointe de sa langue sur ses lèvres, constatant avec plaisir que Jim suivait son geste des yeux. Rien de tel pour mener un homme par le bout du nez que de le prendre au-dessous de la ceinture. Elle quitta le lit, sachant que la lumière tamisée la flatterait. Avec lenteur, elle fit remonter ses mains jusqu'à ses seins, puis elle enfila un déshabillé rouge parfaitement transparent.

— Vois-tu, Jim, j'ai toujours été attirée par les hommes qui prennent des risques, qui savent ce qu'ils veulent et s'arrangent pour l'avoir. Tu te souviens du soir où tu es venu me raconter comment Donley et toi aviez traîné Matt jusqu'à la mine, puis comment vous l'aviez tué parce qu'il refusait de vous donner la concession ? Ce soir-là, sûr que nous avons pris du bon temps, tous les deux.

Jim humecta ses lèvres, les yeux rivés aux aréoles foncées de Carlotta.

— Je m'en souviens, acquiesça-t-il.

— C'était terriblement excitant, de savoir que tu venais de tuer un type pour avoir ce que tu voulais. Cela voulait dire que tu étais un homme, un vrai…

Le négligé de Carlotta glissa, dénudant une épaule.

— … Malheureusement, il ne s'est plus rien produit depuis. J'attends toujours.

— Je te l'ai dit. Sam…

S'efforçant de réprimer sa colère, Carlotta sourit.

— Au diable, Sam ! Il est trop lent, trop prudent. Un homme digne de ce nom passe à l'action. S'il veut la fille Conway, il n'a qu'à la prendre. A moins que tu ne le fasses pour lui, chéri…

Elle s'approcha de Jim, laissant à cette idée le temps de faire son chemin.

— Il n'y a qu'elle qui nous gêne, Jim, insista-t-elle. Arrange-toi avec elle. Et quand je parle de t'arranger, il ne s'agira pas cette fois d'incendier une de ses granges. Menace-la, blesse-la ; elle aura vite fait de te donner la concession. Après, tu n'auras plus qu'à la tuer. Quand elle sera morte, reviens me voir et nous ferons tout ce que tu voudras.

Ces mots lui semblaient aussi doux qu'une chanson d'amour.

— Tout, tu m'entends ? Et ça ne te coûtera pas un dollar.

Elle ne cria pas quand la main de Jim se referma sur son poignet. Son visage était près du sien, il haletait. Ils étaient tous les deux excités, mais pour des raisons différentes.

— Tu t'occuperas d'elle ?

— Oui, sacrebleu ! Viens ici.

Carlotta fixa le plafond avec un sourire amer tandis

que Jim Carlson, qui l'avait plaquée sur le lit, la pénétrait avec sauvagerie.

Une heure plus tard, de sa fenêtre, elle vit Jake arriver à cheval. Elle serra les poings, de fureur autant que de désir. Bientôt, très bientôt, il lui reviendrait.

Elle se tourna vers Jim, qui enfilait son pantalon, et sourit.

— Je crois que c'est le moment d'aller faire une petite visite à Sarah Conway, chéri.

14

Les poings sur les hanches, Maggie accueillit Jake avec un soupir irrité.

— Est-ce une heure pour rentrer, mon gars ? Je n'ai encore jamais vu un homme payer un lit pour ne pas dormir dedans !

— Je paye aussi pour votre poulet et vos boulettes, mais je ne suis pas assez bête pour les manger, répliqua Jake.

Il se dirigea vers l'escalier, résigné d'avance à ce que sa logeuse le suive — ce qu'elle fit. Il savait qu'elle brûlait de savoir d'où il venait et qu'elle le questionnerait jusqu'à ce que sa curiosité soit satisfaite.

— Vous ne semblez pas mourir de faim pour autant. Sarah est bonne cuisinière ?

Sans répondre, Jake ouvrit la porte de sa chambre. Maggie y pénétra derrière lui et passa çà et là un chiffon à poussière.

— Pas de cachotteries avec moi, fiston. A quoi bon ? Tout le monde a vu comment vous la regardiez, le soir du bal. Et chacun sait aussi de quelle manière vous vous êtes lancé à ses trousses, après le direct qu'elle vous a envoyé au menton.

Le regard de Jake avait pris la froideur de l'acier.

— Enfin une réaction ! lança Maggie en s'esclaffant. J'ai toujours dit que vous étiez capable d'étendre un homme, avec un coup d'œil comme celui-là. Mais c'est pas la peine de vous mettre en colère contre moi : à mon avis, Sarah Conway est exactement ce qu'il vous faut.

— Ah oui ?…

Jake jeta ses sacoches sur le lit, puis envisagea de se dévêtir pour faire fuir sa logeuse. Mais il avait déjà essayé ce stratagème, une fois. Sans grand résultat.

— … Je suppose que vous allez me dire pourquoi, avant de me ficher enfin la paix !

— Vous aimez, quand je vous tourne le dos, pas vrai ? Vous avez raison, il paraît que c'est mon meilleur côté.

Jake réprima un sourire. Il n'aurait su dire pourquoi, mais il trouvait Maggie sympathique — et ce en dépit de sa curiosité de fouine.

— Pourquoi ne vous trouvez-vous pas un second mari, Maggie ? Au moins auriez-vous quelqu'un d'autre à persécuter.

Il s'installa dans l'embrasure de la fenêtre, le dos appuyé d'un côté, une botte calée contre l'autre montant.

— Il faut bien qu'on vous agace un peu, expliqua Maggie. Cela vous fait le plus grand bien. Ecoutez, j'ai quelque chose à vous dire, à propos de vous et de Sarah Conway.

Regardant au-dehors, Jake prit un air sombre.

— Laissez-moi tranquille, Maggie.

— Pas question, mon gars. Vous allez m'écouter. Ne

laissez pas filer Sarah. Elle saura vous manœuvrer à merveille.

— Le contraire pourrait aussi bien se passer, marmonna Jake. Une femme est plus facile à manœuvrer qu'un homme.

Maggie leva les sourcils, amusée, et lança en guise de conclusion :

— Vous avez encore beaucoup de choses à apprendre sur les femmes, petit.

C'était la deuxième fois en peu de temps qu'on lui faisait cette remarque, songea Jake quand Maggie ferma la porte derrière elle. Mais ce n'était pas à une femme qu'il devait penser à présent. Sa préoccupation, pour l'instant, c'était une mine d'or. Et un meurtre.

Il prit le journal de Matt et commença à lire.

Contrairement à Sarah, il ne se soucia pas des premières pages. Il en parcourut quelques-unes au milieu, là où Matt évoquait son travail dans la mine et son espoir de trouver le filon principal. De temps à autre, il parlait de Sarah, de son regret d'avoir dû la quitter, de la fierté que lui procuraient ses lettres, de son désir de la faire venir. Mais tout d'abord il voulait bâtir une maison, une vraie maison comme celle qu'il lui avait décrite dans sa correspondance. La mine le lui permettrait.

Tout au long de ces pages, sa confiance ne vacillait jamais.

« Chaque fois que j'entre dans la mine, je le sens. Ce n'est plus un espoir, c'est une certitude. Chaque fois, je suis sûr que ce jour va être le grand jour. Il y a de l'or, ici, assez d'or pour offrir à ma Sarah une existence de princesse — l'existence que j'aurais tant voulu donner à sa mère. Comme elles se ressemblent ! La miniature que Sarah m'a envoyée pour Noël pourrait représenter ma chère Ellen. Quand je la regarde, le soir avant de m'endormir, un chagrin terrible m'assaille à la pensée de la petite fille que j'ai laissée derrière moi, en même temps que le désir, douloureux, de connaître la jeune femme qu'elle est devenue. »

Le fameux portrait disparu, pensa Jake. Le retrouver permettrait sans doute de répondre à bien des questions. Il passa plusieurs pages, s'approchant de la fin.

« Au cours de ces années de prospection, j'ai appris que le succès est aussi volatil qu'un rêve. Un homme peut se procurer une carte et des outils, il peut faire preuve d'adresse et de persévérance. Mais il y a une chose qu'il ne peut ni acquérir, ni apprendre : la chance. Sans elle, un homme peut creuser et piquer sans résultat pendant des années, alors que la veine qu'il cherche n'est qu'à quelques centimètres.

» C'est ce qui m'est arrivé.

» Est-ce la chance qui a fait déraper ma main, qui m'a fait m'étaler dans la poussière en jurant comme un beau diable, les doigts ensanglantés ? Est-ce la chance qui m'a fait me relever, aveuglé par la colère et la frustration, et m'a poussé à aller plus loin dans le tunnel, balançant mon piolet comme un fou, à droite et à gauche ?

» Elle était là, sous mes doigts abîmés. Brillant d'un

éclat sourd dans le rocher noir. Elle courait comme une rivière, s'enfonçait de plus en plus profond dans la bouche sombre de la mine, d'abord étroite, puis de plus en plus large. Je sais que ce n'est pas possible, mais il m'a semblé qu'elle palpitait comme un être vivant.

» De l'or. Enfin.

» Je n'ai pas honte de dire que je me suis assis sur le sol poussiéreux, ma lampe entre les jambes, et que j'ai pleuré. »

Ainsi, il avait trouvé, se dit Jake, les sourcils froncés. Il ne s'agissait plus d'un espoir, d'une intuition, mais bel et bien d'une réalité. Matt Conway avait trouvé son or, et il était mort. Pourquoi ? Comment ? La réponse se cachait peut-être dans les pages restantes.

« Les hommes deviennent-ils plus stupides avec l'âge ? C'est possible. Quoi qu'il en soit, le whiskey suffit à les rendre idiots, qu'ils soient jeunes ou vieux. Et que fait un homme quand il réalise le rêve pour lequel il a sué tant d'années ? Il va fêter ça avec une femme ou une bouteille. J'ai trouvé les deux au Silver Star.

» J'avais l'intention de garder ma découverte pour moi quelque temps encore. Et puis, la lettre de Sarah a tout chamboulé. Elle arrive ! Ma petite fille est déjà en route pour venir me rejoindre. Impossible de l'avertir de ce qui l'attend. Grâce à Dieu, je serai bientôt à même de lui donner tout ce que je lui ai promis.

» Je ne pensais certes pas parler à Carlotta de mon or ni de l'arrivée de Sarah. Mais le whiskey et ma faiblesse m'ont joué un sale tour. Et j'ai durement payé mon indiscrétion, d'abord par une gueule de bois carabinée le lendemain matin, puis par la visite de Samuel Carlson.

» Le fait qu'il veuille brusquement me racheter la mine, après toutes ces années, peut-il constituer une coïncidence ? Son offre était généreuse — trop généreuse, en fait, pour que je puisse croire à un bon mouvement de sa part. Mais mes doutes ne sont peut-être pas fondés. Il a pris mon refus avec bonne humeur, et maintenu son offre. Pourtant, quelque chose m'a intrigué dans la façon dont il s'acharnait à faire taire Donley et son frère ; on aurait dit qu'il retenait deux chiens furieux. Demain, je me rendrai en ville et j'informerai Barker de ma découverte. Je devrais engager quelques hommes pour travailler avec moi à la mine. Plus vite l'exploitation commencera, plus vite je pourrai construire pour ma Sarah la maison qui, pour elle, existe déjà. »

Il n'avait rien écrit de plus. Jake referma le livre et se leva. Il avait toutes les réponses à ses questions.

— Mam'zelle Sarah, vu que vous allez en ville…

Sarah, qui ajustait son chapeau de paille, poussa un soupir.

— Encore, Lucius ?

Le vieil homme gratta sa barbe grise.

— Il fait soif, quand on travaille comme ça…

— Très bien.

Déjà, elle avait réussi à le guérir de sa phobie de l'eau.

Le débarrasser de son penchant pour le whiskey prendrait apparemment plus de temps… Au fil des semaines, il avait pu se rendre compte qu'elle avait le cœur aussi tendre que son esprit était décidé.

— Je vous remercie, mam'zelle Sarah, lui lança Lucius avec un grand sourire. Renseignez-vous donc sur ce bois que vous avez commandé. Je serai sacrément content de vous poser ce plancher, quand il arrivera.

— A mon avis, ce n'est pas pour tout de suite. D'ici là, vous pourriez peut-être finir la soue que Jake a commencée. J'ai l'intention d'acheter quelques porcelets, pendant que je serai en ville.

— Bien, m'dame.

Lucius cracha par terre. Il construirait cette sacrée soue, mais il n'était pas question qu'il soigne des cochons.

— Mam'zelle Sarah…, reprit-il après un moment d'hésitation, je serai bientôt à court de tabac.

Sarah leva les yeux au ciel. Si la mère supérieure avait vent de ce qu'elle était obligée d'acheter, elle en aurait sans doute une syncope.

— Je m'en occupe. Quant à vous, Lucius, surveillez bien Alice, et assurez-vous qu'elle boit son bouillon.

Cette fois, Lucius marmonna qu'il n'était pas une infirmière, et Sarah ne put réprimer un sourire.

— Je serai de retour vers 15 heures. Ce soir, il y aura un repas très spécial. Il faudra que vous changiez de chemise.

Là-dessus, elle claqua les rênes et démarra en trombe avant d'éclater de rire.

La vie était merveilleuse ! magnifique ! Sarah était peut-être même riche, mais ce n'était pas l'or qui comptait. Une foule de choses qui lui semblaient encore capitales quelque temps auparavant n'avaient plus aucune importance. Elle était amoureuse, superbement, farouchement amoureuse, et tout l'or du monde ne pourrait remplacer ce qu'elle ressentait.

Elle rendrait Jake heureux. Cela prendrait du temps, des efforts et beaucoup de patience, mais elle parviendrait à le convaincre qu'ils pouvaient avoir ensemble tout ce que deux personnes peuvent désirer pour une vie commune : une maison, des enfants, des racines, une vie entière à partager.

Ce qu'ils s'étaient déjà apporté l'un à l'autre les avait transformés. Sarah n'avait ainsi plus rien de commun avec la jeune fille qui avait pris le train à Philadelphie, il n'y a pas si longtemps. Elle avait parcouru beaucoup de chemin, pensa-t-elle, les yeux perdus sur la ligne des collines. Et pas seulement en milles. C'était bien plus que ça. Quelques semaines plus tôt, son bonheur dépendait d'un nouveau chapeau. Elle se mit à rire, tandis que le vent chaud soulevait le bord de celui qu'elle portait. Elle était arrivée à Lone Bluff rêvant de belles fêtes et d'assiettes en porcelaine. Elle n'avait trouvé ni les unes ni les autres ; elle avait trouvé beaucoup plus.

Et elle avait fait changer Jake, aussi. Elle s'en rendait compte à la façon dont il la regardait, aux gestes qu'il faisait dans son sommeil pour l'attirer à lui et la garder contre lui. Sans doute avait-il du mal à trouver les mots capables d'exprimer ce qu'il éprouvait. Mais Sarah pouvait attendre. Maintenant qu'elle l'avait trouvé, rien ni personne ne l'empêcherait de rester avec lui.

Soudain, elle aperçut un cavalier qui arrivait au-devant d'elle et, l'espace d'un instant, son sourire s'épanouit. Mais ce n'était pas Jake.

Jim Carlson ralentit sa monture et s'arrêta près du chariot.

— Bonjour, mademoiselle Conway. Vous êtes seule ?

Comme il s'était penché vers elle, elle constata que son haleine empestait l'alcool.

— Bonjour, monsieur Carlson ! Je me rends en ville, et je crains d'être assez pressée.

— Ah oui ? Quel dommage ! Je me rendais justement chez vous.

— Vraiment ? Y a-t-il quelque chose que je puisse faire pour vous, monsieur Carlson ?

Sarah n'aimait pas son regard. Chez lui, le whiskey ne semblait pas aussi inoffensif que chez Lucius.

— Oh ! oui.

Lentement, sans la quitter des yeux, il dégaina son arme et lança :

— Descendez de cette voiture.

— Vous êtes fou !

Sarah s'était figée en apercevant le revolver ; à présent, d'instinct, elle glissait une main vers son fusil.

— A votre place, m'dame, je laisserais ce fusil tranquille. Cela me ferait mal au cœur de devoir coller une balle dans votre jolie main blanche. Et je vous ai dit de descendre !

— Si vous me touchez, Jake vous tuera.

Jim Carlson y avait déjà pensé ; c'était même la raison pour laquelle il avait modifié le plan de Carlotta. Il n'avait pas l'intention de tuer Sarah sur-le-champ, sauf si elle faisait une bêtise.

— Ne vous tracassez pas, mon chou, j'ai des projets pour Redman. Mais je vous en prie, descendez de cette voiture avant que j'abatte vos chevaux.

Elle était certaine qu'il le ferait, et même qu'il lui tirerait dans le dos si elle tentait de s'enfuir. Prise au piège, elle obéit et se tint avec raideur près du chariot.

— Vous êtes vraiment une beauté, Sarah, s'exclama Jim avec un sifflement admiratif. Je comprends que Sam soit fou de vous.

Son arme à la main, il mit pied à terre.

— Vous avez les mêmes airs de grande dame que notre chère maman. Vous avez vu son portrait à la maison, n'est-ce pas ? Sam adore les portraits.

Avec un grand sourire, il s'approcha pour toucher le visage de Sarah. Celle-ci s'écarta d'un geste brusque.

— Mais vous, vous avez du caractère, remarqua-t-il. Elle, elle était juste folle. Folle à lier.

Il fit encore un pas, de façon à coincer Sarah contre le côté de la voiture.

— Sam vous a dit qu'elle était de santé délicate, n'est-ce pas ? C'est le terme qu'il emploie. En réalité elle était folle, si folle que notre père devait parfois l'enfermer pendant des jours. Un jour, quand il a ouvert la porte, il l'a trouvée pendue, un joli foulard de soie rose autour du cou.

En Sarah, l'horreur se mêla à la terreur.

— Laissez-moi partir. Si Samuel apprend ce que vous avez fait, il…

Jim éclata de rire et la força à le regarder.

— Vous croyez que j'ai peur de Sam ? Vous pensez peut-être qu'il est plus doux que moi, ou plus intelligent. Mais nous sommes du même sang. Ne l'oubliez jamais.

Il serra le bras de Sarah.

— Au fait, est-ce que vous l'avez laissé vous approcher ? faire ce qu'il voulait ? Ou est-ce que vous vous réservez pour ce sale Indien ?

Sarah le gifla avec toute la force que lui donnaient sa peur et sa rage. Puis elle essaya de se libérer, jouant des ongles et des poings, dans l'espoir fou de pouvoir atteindre son cheval. Très vite, cependant, elle sentit l'acier du revolver sous sa mâchoire, et entendit le déclic du chien qu'on relevait.

— Recommencez, et j'abandonnerai ce qui restera de vous aux vautours, or ou pas or. Votre père aussi a essayé de s'échapper…

Le regard stupéfait de Sarah réjouit Jim au plus haut point.

— … Pensez à ce qui lui est arrivé et tenez-vous tranquille.

Il avait le souffle court, son doigt tremblait sur la détente. Il avait menti en affirmant qu'il n'avait pas peur de son frère. S'il n'avait pas craint les foudres de Sam, il aurait déjà mis une balle dans la tête de cette pimbêche.

— A présent, vous allez faire ce que je vous dis ; cela vous permettra de rester en vie un peu plus longtemps.

— Intéressant…

Barker, les paupières plissées, gardait les yeux fixés sur le journal de Matt tandis qu'il s'éventait avec son chapeau.

— … Matt avait une jolie plume.

— L'important, c'est surtout qu'il avait trouvé le filon.

Jake se tenait près de la fenêtre du bureau de Barker. Il était nerveux. Il aurait dû régler cette affaire par lui-même, au lieu de venir trouver le shérif. Mais derrière ce geste qui lui ressemblait si peu, il devinait l'influence de Sarah. Maggie avait raison : elle le manipulait sans même qu'il s'en rende compte.

— Lucius a retrouvé l'endroit où Matt travaillait avant sa mort, indiqua-t-il. L'or est bien là.

Pensif, Barker ferma le journal et s'adossa à sa chaise.

— Pauvre vieux Matt. Mourir sous un effondrement au moment où il venait de frapper le grand coup…

— Il était mort avant que ces chevrons cèdent.

Barker prit son temps pour coincer une chique dans sa joue.

— Bon. Peut-être que vous pensez ça, peut-être que ça me turlupine aussi, mais ce journal n'est pas une preuve. Je ne vois pas comment je pourrais me rendre chez Carlson et l'accuser de meurtre avec rien d'autre qu'un livre dans les mains. Attendez ! ajouta-t-il quand Jake reprit le journal d'un geste brusque. J'ai dit que je ne voyais pas comment, je n'ai pas dit que je n'irais pas.

Il se remit à s'éventer. Cette affaire, il voulait y réfléchir à fond. La famille Carlson avait le bras long. Et si quelque chose l'inquiétait, c'était plus cette influence que les bêtises que pourrait faire cette tête brûlée de Jim.

— Quelque chose me tracasse, Jake : pourquoi m'avez-vous apporté ce journal au lieu d'aller droit chez les Carlson pour leur régler leur affaire ?

— Mon profond respect de la loi, je suppose.

Barker éclata de rire, puis cracha.

— Autrefois — avant Mme Barker — j'ai connu une femme qui mentait avec la même aisance. Je ne pouvais pas m'empêcher de l'admirer.

Avec un soupir, il coiffa son chapeau et poursuivit :

— Enfin... Quelles que soient vos raisons, vous m'avez apporté ça, et je suis obligé de faire quelque chose. Mais je vais vous dire : il n'y a rien de plus épuisant que le devoir.

Alors qu'il était en train de boucler sa cartouchière sans le moindre enthousiasme, la porte s'ouvrit en coup de vent.

— Shérif, il faut que je vous parle !

Nancy tirait nerveusement sur la bretelle de sa robe, tout en jetant des coups d'œil affolés derrière elle.

— Ça devra attendre, lui répondit Barker. Je ne vais pas me mettre en quatre parce qu'un cow-boy s'est un peu excité au Silver Star.

— Vous auriez tout intérêt à m'écouter ! insista Nancy sans fléchir.

Elle jeta un coup d'œil à Jake et ajouta :

— Carlotta m'étriperait si elle me savait là, mais je me suis dit que Mlle Conway s'était bien conduite avec Alice, et que je devais bien me conduire avec elle.

— Cessez de jacasser ! s'impatienta Barker. S'il faut vraiment que vous parliez, allez-y.

— C'est Carlotta, déclara Nancy à voix basse, comme si elle craignait d'être entendue depuis le Silver Star. Elle est devenue vraiment méchante, depuis hier.

— Carlotta est née méchante, marmonna Barker. Continuez.

— Hier soir, elle est montée avec Jim Carlson. Il était encore là ce matin. Comme ma chambre est à côté de celle de Carlotta, je les ai entendus parler.

Jake lui prit le bras.

— Que disaient-ils ?

— Carlotta disait que Jim et Donley avaient tué Matt Conway, et que maintenant il devait s'occuper de sa fille.

Elle poussa un cri quand les doigts de Jake s'enfoncèrent dans sa chair.

— Je n'y suis pour rien ! protesta-t-elle. Je suis venue seulement parce que Mlle Conway a soigné Alice…

— Je ferais bien d'aller voir Carlotta, à ce qu'on dirait, bougonna Barker en relevant son chapeau sur son front.

— Non ! se récria Nancy. Elle va me tuer ! Je vous jure ! Et de toute façon il est déjà trop tard.

— Pourquoi ? demanda Jake d'un ton furieux.

— Parce que Jim est parti depuis une heure. Je n'ai pas pu venir avant. Carlotta lui a ordonné de faire peur à Mlle Conway pour qu'elle lui donne la concession de la mine. Ensuite, il doit la tuer.

Jake était déjà dehors, prêt à bondir en selle, quand Barker le rattrapa.

— Je vous rejoins avec Will.

Parfois, il était arrivé à Jake de tuer avec indifférence. Cette fois, ce ne serait pas le cas. Tandis qu'il galopait ventre à terre vers la maison de Sarah, il se jurait que si Carlson l'avait précédé il le tuerait avec plaisir.

Il entendit des chevaux arriver derrière lui, mais il ne se retourna pas. Son mustang semblait sentir l'urgence de la situation. Il allongeait ses foulées, soulevant derrière eux un nuage de poussière jaune.

Lorsque Jake aperçut le chariot au milieu de la piste, immobilisé, la rage froide qu'il éprouvait se changea en une terreur brûlante. Il sauta à terre, auprès des chevaux abrutis par la chaleur. Barker démonta à son tour avec une agilité surprenante.

— Ne vous inquiétez pas.

Il faillit poser une main sur l'épaule de Jake, puis y renonça.

— S'il l'a emmenée quelque part, nous allons le retrouver. Ici, nous veillons sur les nôtres, Jake. Nous la ramènerons.

Jake jeta un coup d'œil aux hommes qui accompagnaient le shérif. Outre Will, il y avait trois hommes de la ville, dont John Cody qui avait encore son tablier d'épicier. Sans un mot, il se baissa pour ramasser le camée qui gisait sur le sol. L'épingle était cassée. Quelques fils bleus y restaient accrochés. Autant d'indices qui indiquaient que Sarah s'était battue. L'imaginer en train de lutter, terrifiée, lui noua l'estomac.

Après avoir glissé la broche dans sa poche, il sauta en selle et se dirigea au plus vite vers le ranch des Carlson.

Les mains de Sarah étaient liées et attachées au pommeau de la selle. Si elle l'avait pu, elle aurait sauté à terre — rien que pour le plaisir de donner un peu de mal à son ravisseur.

Tout ce que Jake avait dit à propos de l'or et de la mort de son père était vrai. Et elle était certaine à présent que le responsable de tout cela était assis derrière elle.

Au début, elle avait cru qu'il l'emmenait dans les collines ou en plein désert. Un endroit où il aurait pu la tuer et cacher sans problème son cadavre. Mais elle ne tarda pas à voir apparaître, déconcertée, l'élégante silhouette du ranch Carlson au fond d'une vallée en contrebas.

C'était une scène paisible, pleine de charme en dépit de la chaleur torride qui montait du sol. Lorsqu'ils approchèrent, un chien se mit à aboyer. Puis Samuel sortit en courant de la maison, livide, sans chapeau, et regarda fixement son frère.

— Pour l'amour du ciel, qu'as-tu fait ?

Jim détacha la corde et souleva Sarah pour la poser à terre.

— Je t'ai apporté un présent.

Les lèvres serrées, Sam défit les liens de la jeune femme.

— Ma chère Sarah… je suis sans voix. Je ne pourrai jamais…

Sans finir sa phrase, il massa ses poignets rougis.

— Il a dû boire. Va rentrer ce cheval ! ordonna-t-il à son frère. Et ensuite, viens me rejoindre dans le salon ; tu as des comptes à me rendre.

Stupéfaite, Sarah vit Jim hausser les épaules et obéir. Elle avait l'impression de rêver. Tout cela devait être une plaisanterie, une plaisanterie sinistre, pensa-t-elle en portant ses mains tremblantes à ses lèvres. Mais au fond d'elle-même elle savait bien que non.

Car il était bien question de mort, dans tout cela.

— Samuel…

— Très chère, je ne sais que vous dire.

Il glissa un bras autour de la taille de Sarah pour la soutenir.

— Je ne sais non plus comment justifier la conduite de mon frère. Etes-vous blessée ? Mon Dieu, votre robe est déchirée ! Vous a-t-il touchée ? molestée ?

Il la tenait par les épaules, à présent, et l'expression de son regard glaça le sang de Sarah. Elle ne put que secouer la tête, une fois, deux fois. Puis elle recouvra l'usage de la parole.

— Samuel, il a tué mon père. A cause de l'or. Car il y a de l'or, dans la mine. Il a dû le découvrir et il a… assassiné mon père.

A bout de souffle, elle agrippait les revers de la veste noire de Samuel. Celui-ci se contentait de la regarder fixement, si fixement qu'elle avait envie de hurler.

— Samuel, vous devez me croire !

— Vous avez les nerfs à vif, déclara-t-il avec raideur. Ce n'est pas étonnant. Entrez vous mettre à l'abri de la chaleur.

— Mais il…

— Ne vous inquiétez pas pour Jim, coupa Samuel en entraînant Sarah à l'intérieur. Il ne vous ennuiera plus. Vous avez ma parole.

Il la conduisit dans son bureau.

— Vous allez m'attendre ici. Essayez de vous détendre. Je m'occupe de tout.

— Soyez prudent, je vous en prie. Il pourrait vous blesser.

— Non, affirma Sam en l'installant sur une chaise et en lui tapotant la main. Il fera exactement ce que je lui dirai.

Quand la porte se referma, Sarah cacha son visage dans ses mains. Un moment, elle laissa libre cours à la terreur qu'elle avait réprimée jusque-là. Jim voulait la tuer, elle en était certaine. Elle l'avait lu dans ses yeux, dans son sourire. Mais pourquoi l'avait-il amenée dans cette maison, où Samuel pouvait la protéger ?

Elle expira longuement, lentement, jusqu'à ce que son

cœur se calme et que son envie de hurler disparaisse. Elle ne craignait plus rien, à présent.

Mais ce n'était pas fini, pensa-t-elle en fermant les yeux un instant. C'était loin d'être fini.

Cette histoire relevait de la folie. Jim Carlson était aussi fou que sa pauvre mère. Seulement, au lieu de se tuer lui-même, il avait tué Matt. Face à ce constat, Sarah aurait voulu pleurer, libérer ce nouveau chagrin qui la déchirait, mais elle ne le pouvait pas.

Incapable de rester en place, elle se leva et se mit à faire les cent pas. La pièce, petite, était superbement meublée. De délicates figurines de porcelaine exposées dans une vitrine, un tableau exécuté dans des tons pastel traduisaient le goût de Samuel et son amour de la beauté. Comme les deux frères étaient différents ! pensa-t-elle. Aussi différents que Caïn et Abel.

Caïn et Abel ! Une main sur le cœur, Sarah se rua vers la porte. Si jamais Samuel tuait Jim, elle ne se le pardonnerait jamais. Le loquet lui résista. Une seconde, elle pensa que sa nervosité lui jouait des tours. Elle essaya de nouveau... La porte était bel et bien fermée à clé.

Pivotant sur elle-même, elle examina la pièce. Il l'avait enfermée. Pourquoi ? Pour la protéger ? Sans doute avait-il pensé qu'elle serait plus en sécurité derrière une porte fermée, en attendant qu'il revienne la chercher. Mais si c'était Jim qui revenait avec la clé ?

Le cœur battant à se rompre, Sarah se mit en quête d'une arme.

Elle ouvrit les tiroirs du bureau, fouilla nerveusement

dans les papiers. Si elle ne trouvait pas un revolver, un couteau ou un coupe-papier ferait l'affaire ! N'importe quoi plutôt que de rester sans défense. Sarah, enfin, ouvrit le tiroir central. Les poignées en laiton heurtèrent l'acajou brillant, et sa main se figea quand elle aperçut la miniature.

Sa miniature.

Telle une somnambule, elle s'en saisit et la fixa dans une sorte de torpeur.

Le portrait qu'elle avait envoyé à son père pour Noël, celui qu'il avait montré avec tant de fierté à ses amis, celui qui avait mystérieusement disparu de ses biens. Parce que son meurtrier l'avait pris.

Quand la porte s'ouvrit, elle n'essaya même pas de repousser le tiroir ou de cacher ce qu'elle tenait à la main. Elle se redressa simplement et fit face à Samuel.

— C'est vous, murmura-t-elle tandis qu'il fermait la porte derrière lui et la verrouillait. C'est vous qui avez tué mon père.

15

Carlson traversa la pièce. Seul le bureau les séparait, à présent.

— Sarah…

Il avait murmuré son prénom dans un soupir, d'un ton patient. S'il tenait à la main une tasse de thé odorant, Sarah remarqua surtout qu'il portait son revolver sous sa veste, à présent.

— … Je comprends que vous soyez bouleversée, après la conduite impardonnable de mon frère. Si vous vous asseyiez, afin de vous reprendre ?

— Vous avez tué mon père, répéta Sarah tandis que des ondes de rage la parcouraient.

— C'est ridicule ! protesta Carlson d'un ton peu amène. Je n'ai tué personne. Tenez, très chère : je vous ai apporté du thé. Cela devrait vous faire du bien.

Le calme et la sincérité qui se lisaient dans ses yeux firent vaciller la certitude de Sarah. Il dut s'en rendre compte, car il sourit et s'avança vers elle. Aussitôt, elle recula.

— Que faisait ceci dans votre bureau ?

Carlson regarda la miniature qu'elle tenait dans sa main.

— Une femme ne devrait jamais fouiller dans les affaires d'un homme, observa-t-il avec indulgence. Mais puisque c'est fait, je dois passer aux aveux. Disons que je suis terriblement romantique... Dès que j'ai vu ce portrait, je suis tombé amoureux de vous. Vous ne pouvez m'en vouloir, Sarah.

Troublée, elle secoua la tête.

— Cela ne me dit pas comment vous êtes entré en possession de ce médaillon.

Elle vit l'impatience gagner le visage de Samuel.

— Il ne vous suffit pas que je mette mon âme à nu devant vous ? Vous saviez dès le début ce que j'éprouvais pour vous. Vous m'avez trompé.

Autre chose se mêlait à l'impatience, à présent. Quelque chose qui semblait enfler en lui, menaçant, terrifiant. Une peur panique serra la gorge de Sarah.

— J'ignore de quoi vous parlez, Samuel, déclara-t-elle lentement, sans le quitter des yeux. Mais vous avez raison, je ne suis pas dans mon état normal. Je préférerais rentrer chez moi et reparler de tout cela plus tard.

Serrant la miniature dans sa main, elle contourna le bureau et se dirigea vers la porte. La violence avec laquelle Samuel la rattrapa et la projeta contre le mur lui fit tourner la tête.

— Trop tard ! L'intervention de Jim a tout changé, ainsi que votre curiosité. J'ai été patient avec vous, Sarah. Maintenant, c'est terminé.

Son visage était tout près de celui de Sarah, si près qu'elle pouvait voir ce qu'il y avait dans ses yeux. Comment avait-elle pu ne pas le remarquer auparavant ? C'était si clair, si net… La folie, une folie meurtrière. Elle voulut parler, mais en fut incapable tant sa gorge était nouée.

— Samuel, vous me faites mal.

— J'aurais fait de vous une reine, déclara-t-il en levant une main pour lui caresser le visage.

Sarah tressaillit. Du regard, il lui ordonna de ne pas bouger.

— Je vous aurais donné tout ce qu'une femme peut désirer : de la soie… des diamants… de l'or…

A chaque mot, il effleurait sa joue, sa gorge, son cou. Et soudain sa main se referma, dangereuse, sur le cou de Sarah. Celle-ci, qui ne pouvait plus respirer, commença à se débattre, affolée. Jusqu'à ce qu'il la relâche.

— … De l'or. Cet or était à moi, Sarah. Rien qu'à moi. Mon grand-père n'avait pas le droit de perdre au jeu cette partie de mon héritage. Quant à votre père, il n'avait pas le droit de me refuser mon bien.

Si elle parvenait à rester calme, peut-être réussirait-elle à le calmer aussi avant qu'il ne soit trop tard.

— Il l'a fait pour moi, remarqua-t-elle d'un ton posé.

Il voulait seulement que je ne manque de rien. Carlson hocha la tête, l'air satisfait.

— Bien sûr. C'était mon désir à moi aussi. Cet or aurait été à vous autant qu'à moi. Si je l'avais repris, vous n'auriez jamais eu à le regretter. Nous serions retournés ensemble dans l'Est. Cela a toujours été mon idée. Si vous étiez rentrée à Philadelphie, je vous aurais suivie et je vous aurais courtisée. Mais vous êtes restée. Vous n'auriez jamais dû, Sarah. Ce n'est pas un endroit pour vous. Je l'ai su dès que j'ai vu votre portrait. Il était là, dans cette misérable cahute, posé près du lit. Je l'ai trouvé alors que je cherchais la concession.

Son expression changea de nouveau. A présent, il arborait l'air furieux d'un gamin auquel on a refusé une autre part de tarte.

— J'ai été très contrarié, quand mon frère et Donley ont tué Matt. C'était très maladroit. Ils devaient seulement le... le convaincre de nous remettre la concession. Ensuite, bien sûr, c'est moi qui ai dû trouver l'idée de l'effondrement pour couvrir leur méfait. Je n'ai jamais trouvé l'acte, mais j'ai trouvé votre portrait.

Sans doute ne se rendait-il pas compte de la rudesse avec laquelle il enfonçait les doigts dans la chair de Sarah. Pas plus qu'il ne se rendait compte de tout ce qu'il avouait. La jeune femme demeura silencieuse, immobile, sachant que son seul allié était le temps.

— Un visage si délicat..., murmura-t-il. Une telle innocence, une telle douceur... Mais tout cela n'est que mensonge, n'est-ce pas, Sarah ?...

Soudain, la violence revenait sur ses traits.

— ... Il n'y a ni délicatesse ni innocence ! Vous vous êtes jouée de moi en m'offrant des sourires, rien que des sourires, alors que vous vous donniez à Redman comme une catin ! Il mériterait d'être mort, pour avoir touché ce qui m'appartenait. Vous mériteriez tous les deux d'être morts.

Sarah était prête à hurler. A se battre de toutes ses forces pour sauver sa vie. Les coups qui furent donnés à la porte l'emplirent d'un mélange de crainte et de soulagement.

— Sam !

Avec un juron, Carlson tira Sarah jusqu'à la porte et ouvrit à son frère.

— Bon Dieu, je t'avais dit de retourner là-bas pour faire disparaître le chariot et les chevaux !

— Des cavaliers arrivent…

La sueur qui inondait le visage de Jim prouvait qu'il était bien parti, et à fond de train.

— … Il y a Redman, le shérif et quelques hommes de la ville, expliqua-t-il. Ils doivent la chercher, ajouta-t-il avec un coup d'œil à Sarah.

Comme celle-ci essayait de se dégager, Samuel l'immobilisa en lui passant un bras autour de la gorge.

— Tu as tout gâché, en l'amenant ici.

— Je l'ai amenée parce que tu la voulais. J'aurais pu lui régler son compte sur la route. Ou encore le soir de la grange, bon sang ! Mais non, tu ne voulais pas qu'on lui fasse de mal.

Sarah planta ses ongles dans le bras de Carlson, qui resserra son étreinte. Elle manquait d'air, sa vision commençait à se brouiller. Les voix des deux frères lui semblaient venir de très loin.

— Dans combien de temps seront-ils là ?

— Dix minutes, pas plus. Tue-la tout de suite.

— Pas ici, espèce d'idiot ! Essaie de les retenir dans les collines.

La dernière pensée de Sarah fut que Jake arrivait, mais trop tard. Puis elle perdit conscience.

Le shérif Barker arrêta les hommes sur la butte qui dominait le ranch des Carlson.

— Ecoutez-moi. Je sais que vous aimeriez foncer droit devant, mais réfléchissez : s'ils la tiennent, nous devons être prudents.

— Elle est avec eux, affirma Jake.

Dans son esprit, les deux frères Carlson étaient déjà morts.

— Dans ce cas, faisons notre possible pour la récupérer vivante. Will, tu vas te diriger vers la grange. John, je voudrais que tu contournes la maison par l'arrière. Et pas de coup de feu avant que ce soit nécessaire !

Avec un signe du menton, il éperonna son cheval et démarra.

Jim, qui les regardait arriver, essuya la sueur qui ruisselait sur son front. Aucun de ses hommes n'était là. D'ailleurs, ils ne lui auraient pas servi à grand-chose. Le seul qui l'aurait aidé contre le shérif, c'était Donley, et il était mort.

Humectant ses lèvres, il pointa le fusil par la fenêtre.

Il fallait attendre qu'ils approchent. C'était ce que Sam lui avait dit. Attendre qu'ils approchent. Alors, il en tuerait autant qu'il pourrait, à commencer par Redman.

La sueur lui coulait dans les yeux. Ses doigts tremblaient.

Sam avait envoyé Donley tuer Redman, mais c'était Donley que l'on avait enterré. Maintenant, c'était à lui de jouer. Quand il aperçut Jake, il se passa de nouveau la langue sur les lèvres. Il allait le faire, aucun problème.

Il était si nerveux que son doigt tressauta sur la détente.

Jake sentit la balle passer près de sa joue. Vif comme l'éclair, il se laissa glisser sur le flanc de son cheval et, ainsi, revolver au poing, il galopa vers la maison pendant que Barker criait des ordres. Il entendait les hommes se ruer vers un abri et répondre aux coups de feu, mais il ne pensait qu'à une chose, une seule : entrer et délivrer Sarah.

Arrivé devant la porte, il sauta à terre. Quand il l'ouvrit d'un coup de botte, il avait déjà tiré son second revolver de son étui. Le vestibule et le salon étaient vides. De dehors, lui parvenaient toujours les cris des hommes et les coups de feu. Jetant un regard rapide autour de lui, il emprunta l'escalier.

Il ouvrit une autre porte. Jim Carlson se tenait près de la fenêtre et lui tournait le dos. Quand une balle venue de l'extérieur se ficha dans le mur près de lui, Jake ne cilla pas.

— Où est-elle ?

Toujours accroupi, Jim se tourna lentement vers lui.

— Avec Sam.

Avec un grand sourire, il leva le canon de son fusil. Depuis des mois, il rêvait de tuer Jake Redman. Enfin, il tenait sa chance…

Quand il tomba en avant, il souriait toujours.

Jake rangea ses revolvers fumants dans leurs étuis. Puis, sans perdre un instant, il entreprit de fouiller la maison. Un moment plus tard, il rencontra Barker dans l'escalier.

— Elle n'est pas ici, annonça celui-ci. J'ai trouvé ça par terre.

Il tenait à la main le médaillon de Sarah. Un instant, les yeux de Jake se posèrent sur ceux du shérif. Ce fut très bref, mais Barker sut qu'il n'oublierait jamais ce regard. Plus tard, il dirait à sa femme que c'était l'expression d'un homme qui venait de perdre son âme.

Pivotant sur ses talons, Jake sortit. Barker le suivit. Et pour la première fois depuis qu'il le connaissait, Jake le vit se mettre à courir.

— Bon Dieu ! jura-t-il.

Après avoir bousculé Jake, il se précipita vers deux de ses hommes qui transportaient Will Metcalf.

— Il n'est pas mort, annonça John Cody, mais il faut le ramener en ville, chez le médecin.

Barker s'accroupit près du blessé.

— Ça va aller, fiston.

Les paupières de Will battirent. Il serra les dents pour ne pas crier quand Cody appliqua un pansement sur le trou qui perforait son épaule.

— Il m'a eu par surprise… C'était Sam Carlson, shérif. Il… il était avec elle, je l'ai vue sur le cheval. Je crois qu'ils allaient vers l'ouest.

— Bon boulot, Will.

Barker utilisa son propre foulard pour essuyer le front de son adjoint.

— Que l'un de vous aille chercher une voiture et quelques couvertures, ordonna-t-il. Emmène ce garçon chez le médecin, John. Redman et moi, nous nous occupons de Carlson.

Lorsqu'il se redressa, il ne vit que la poussière soulevée par les sabots du mustang : Jake était déjà parti au grand galop.

Sarah revint à elle lentement. Elle avait la nausée. Avec un gémissement, elle avala sa salive et voulut porter une main à sa tête, qui tournait. Mais ses deux poignets étaient une nouvelle fois attachés au pommeau d'une selle.

Un instant, elle crut qu'elle était encore avec Jim. Puis elle se souvint.

Le cheval grimpait, se frayant un chemin à travers des rochers poussiéreux d'un vilain marron. Les pierres qui roulaient sous les sabots de l'animal tombaient dans un abîme vertigineux. Luttant pour garder son calme, Sarah tenta de repérer la piste qu'ils suivaient afin de s'en souvenir. Quand elle s'échapperait — car elle s'échapperait —, elle ne tenait pas à errer sans fin dans ce désert.

L'homme qui se trouvait derrière elle respirait péniblement. Soudain, il arrêta le cheval au bord d'un canyon. Loin au-dessous d'elle, Sarah aperçut le fil d'argent d'une rivière. Un aigle qui planait au-dessus de la gorge béante poussa un cri perçant, puis s'éleva vers son nid bâti dans une falaise.

Sarah cria elle aussi quand Carlson tira sur la corde qui liait ses poignets et la fit tomber par terre.

— Samuel, je vous en prie…

Un regard suffit à la jeune femme pour comprendre qu'elle ne parviendrait jamais à le raisonner. Ses yeux brillaient d'un éclat fixe. Son visage, très pâle, était baigné de sueur. Ses cheveux mouillés semblaient noirs. Il regardait sans cesse autour de lui, comme s'il s'attendait à tout moment à voir surgir quelqu'un des amas de rochers.

L'homme qui, quelques semaines plus tôt, ôtait son chapeau pour la saluer et lui baisait les mains n'était plus là. S'il avait jamais existé, il avait disparu. Le Samuel Carlson qui la dominait de sa stature était fou, et aussi féroce que n'importe quelle bête sauvage de ces contrées.

— Qu'allez-vous faire ? lui demanda-t-elle.

— Il arrive…

Encore essoufflé, Carlson passa une main sur sa bouche.

— … Je l'ai aperçu derrière nous. Quand il arrivera pour vous libérer, je l'attendrai.

Il se courba pour forcer Sarah à se relever.

— … Je vais le tuer, Sarah. Le tuer comme un chien.

Il tira son revolver et en frotta le canon contre la joue de la jeune femme, doucement, comme une caresse.

— … Et vous regarderez. Je veux que vous me voyiez le tuer. Alors, vous comprendrez. Il est important que vous compreniez. Un homme de son espèce mérite d'être achevé au pistolet. Il n'est rien. Moins que rien. Et ce bandit, cette brute qui a du sang indien dans les veines a osé porter les mains sur vous.

Une plainte échappa à Sarah quand il lui glissa une main dans les cheveux et déclara :

— Je vais le tuer pour vous, Sarah. Puis nous partirons, vous et moi.

— Non.

Sarah réussit à se dégager. Elle se tenait face à lui, le canyon dans son dos. Si elle avait encore reculé d'un pas, elle serait tombée dans le vide. Mais si, dans sa gorge, elle sentait le goût amer de la peur, ce n'était pas pour elle.

Jake allait arriver, quelqu'un allait mourir.

— Je n'irai nulle part avec vous ! lança-t-elle. C'est fini, Samuel. Ils savent ce que vous avez fait, et ils vous pourchasseront.

Carlson s'esclaffa.

— Un shérif ventripotent ? Sûrement pas. Ce pays est grand, Sarah. Ils ne nous retrouveront pas.

Avant qu'elle ait pu l'éviter, il lui attrapa de nouveau le bras.

— Je n'irai pas avec vous ! affirma-t-elle haut et fort. Je m'enfuirai.

Il lui serra le bras, si fort que la douleur faillit l'obliger à s'agenouiller.

— S'il le faut, je vous enfermerai, comme mon père enfermait ma mère. Pour votre bien.

Sarah entendit le cheval en même temps que lui et hurla un avertissement :

— Non, Jake, il va te tuer !

Puis elle hurla encore, de douleur, cette fois, quand Carlson lui tordit le bras dans le dos. Calmement, il posa le canon de son revolver sur sa tempe.

— C'est elle que je vais tuer, Redman. Sortez lentement, les mains visibles, sinon la première balle sera pour elle.

De nouveau, il tordit le bras de Sarah ; il voulait que Jake l'entende crier, qu'il sache qu'elle souffrait.

— C'est le moment, Redman. Sinon, je la tue et je balance son corps dans le canyon.

— Non ! Oh, non !

Des larmes brouillèrent les yeux de Sarah quand elle vit Jake s'avancer à découvert.

— Je vous en prie, ne le tuez pas, implora-t-elle. Cela ne vous servira à rien. J'irai avec vous…

Elle essaya de tourner la tête pour regarder Carlson.

— … J'irai où vous voudrez.

Il s'esclaffa, et son rire se répercuta contre les rochers.

— Cela ne me servira à rien ? Et le plaisir, ma chère ? J'y prendrai du plaisir !

— Es-tu blessée ? demanda Jake d'un ton calme.

Sarah secoua la tête ; elle aurait tout donné pour pouvoir le renvoyer d'où il venait, à l'abri des rochers.

— Non, il ne m'a pas fait de mal. Il ne m'en fera pas, même si tu t'en vas.

— Vous vous trompez, ma chère. Vous vous trompez lourdement.

Carlson pencha la tête vers Sarah, savourant la fureur de Jake quand il effleura ses cheveux de ses lèvres.

— Je serai obligé de vous faire du mal, sinon vous ne

comprendrez pas. A moins que je ne le tue pour vous, bien sûr. Votre cartouchière, Redman.

Carlson tira en arrière le chien de son revolver, le canon toujours fixé sur la tempe de Sarah.

— Enlevez-la lentement, très lentement, et repoussez-la du pied.

— Non !

Sarah voulut se débattre, mais Carlson lui tordit un peu plus le bras.

— C'est moi qui vous tuerai ! s'écria-t-elle en pleurant de rage et de terreur. Je le jure !

— Quand j'en aurai terminé ici, ma chère, vous ferez exactement ce que je vous dirai, quand je vous le dirai. Avec le temps, vous comprendrez que j'ai agi pour le mieux. Lâchez la cartouchière, Redman. C'est bien.

Carlson sourit, puis écarta le revolver de la tempe de Sarah pour le pointer vers le cœur de Jake.

— Vous savez, je n'ai encore jamais tué un homme. J'ai toujours trouvé plus élégant d'engager quelqu'un pour s'en charger à ma place. Quelqu'un comme vous…

Son sourire s'élargit.

— … Mais je crois que cela va beaucoup me plaire, cette fois.

— Peut-être…

Jake gardait les yeux fixés sur ceux de Carlson. Il n'espérait qu'une chose : que Sarah aurait le bon sens de s'enfuir quand tout serait fini. Barker ne devait pas être loin.

— … Je suppose que cela vous plaira encore plus quand vous saurez que j'ai tué votre frère, déclara-t-il.

Un muscle frémit dans la joue de Carlson.

— Espèce de salaud !

Sarah hurla et se jeta de tout son poids contre la main qui tenait le revolver. Elle sentit l'explosion comme si la balle l'avait traversée. Puis elle se redressa sur ses genoux, et son cœur cessa de battre quand elle aperçut Jake, allongé sur le sol, qui perdait son sang par le côté.

— Non ! Oh ! mon Dieu, non…

Carlson renversa la tête, riant à gorge déployée.

— J'avais raison, ça m'a beaucoup plu. Mais il n'est pas encore mort. Pas tout à fait.

Découvrant ses dents, il leva de nouveau son arme.

Sarah ne réfléchit pas. L'esprit annihilé par le chagrin, elle était incapable de penser. Elle tendit le bras et sentit la crosse lisse du revolver de Jake dans sa main. Agenouillée dans la poussière, elle visa.

— Samuel ! appela-t-elle.

Elle attendit qu'il tourne la tête. Le revolver sauta dans sa main quand elle fit feu. Le bruit de la détonation se répercuta sans fin dans les montagnes. Il la regardait fixement. Craignant de l'avoir manqué, Sarah arma de nouveau et s'apprêta à recommencer, calmement. C'est alors qu'il tituba, la main pressée sur sa chemise ensanglantée, sans cesser de la fixer. Puis, sans un bruit, il tomba en arrière. Il fit un dernier geste pour tenter de se retenir et bascula dans le canyon.

La main de Sarah devint toute molle. Malgré les violents frissons qui la parcouraient, elle rampa vers Jake. Il s'était relevé sur un coude et tenait son couteau à la main.

— J'ai cru qu'il t'avait tué, avoua-t-elle en pleurant à chaudes larmes. Tu avais l'air…

Il y avait tant de sang, pensa-t-elle en déchirant frénétiquement une bande de tissu de son jupon pour panser la blessure de Jake.

— … Tu as besoin d'un médecin. Je vais te hisser sur le cheval dès que…

Et soudain sa voix se mit à monter.

— … C'était de la folie, de t'avancer ainsi à découvert ! Je te croyais plus sensé !

— Moi aussi.

La douleur lacérait Jake. Elle partait de son côté et irradiait tout son corps en vagues brûlantes. Mais il voulait toucher Sarah une fois encore, juste une fois, avant de mourir.

— Sarah…

— Ne parle pas.

Le chagrin lui nouait la gorge. Le sang de Jake traversait le linge, coulait sur ses mains.

— Ne bouge pas ! lui ordonna-t-elle. Je vais m'occuper de toi. Je ne te laisserai pas mourir, sapristi !

Jake ne pouvait voir son visage. Epuisé par l'effort, il ferma les yeux. Il crut entendre des chevaux qui arrivaient, mais il n'en était pas sûr.

— Tu es une sacrée bonne femme, murmura-t-il.

Et il perdit conscience.

*
* *

Quand Jake s'éveilla, tout était noir autour de lui.

Il avait un goût amer dans la bouche et une douleur lancinante à la base du crâne. Son côté le faisait toujours souffrir, mais d'une façon constante, plus atténuée. Immobile, il se demanda depuis combien de temps il se trouvait en enfer.

Il ferma les paupières, songeant que cela n'avait de toute façon aucune importance, puisqu'il était condamné à y rester pour l'éternité…

C'est alors qu'il la sentit. Il sentit cette odeur douce qui était Sarah. Malgré l'effort, il rouvrit les yeux et voulut s'asseoir.

— Non, reste allongé.

Elle était là, elle lui parlait dans un murmure, elle l'obligeait doucement à s'appuyer contre son oreiller, elle appliquait un linge frais sur son visage brûlant.

— Combien de temps…

Epuisé, Jake ne put continuer. Sarah passa un bras sous sa tête et porta un verre à ses lèvres.

— Ne t'inquiète pas. Bois un peu, et après tu te rendormiras. Je reste avec toi.

Jake essayait de distinguer son visage, mais il ne voyait que le contour flou de sa silhouette.

— Je ne suis… Je ne suis donc pas en enfer…, murmura-t-il.

Et il sombra de nouveau dans les ténèbres.

Lorsqu'il s'éveilla pour la deuxième fois, il faisait jour.

Sarah était là, penchée sur lui, souriante, murmurant quelque chose qu'il ne parvenait pas à comprendre. Des larmes séchaient sur ses joues trop pâles. Elle s'assit près de lui, prit sa main et la pressa contre ses lèvres.

Alors qu'il luttait pour parler, Jake perdit connaissance une nouvelle fois.

Pendant cette première semaine, Sarah pensa qu'elle allait devenir folle, à le voir osciller ainsi sans cesse entre l'éveil et l'inconscience. La fièvre qui le dévorait était telle que le médecin ne lui avait laissé aucun espoir. Pourtant, heure après heure, jour après jour, elle demeurait à son chevet, baignant sa peau brûlante, apaisant les frissons qui le secouaient, priant quand il retombait dans ce sommeil profond et silencieux.

Qu'avait-il dit, la première fois qu'il s'était réveillé ? S'approchant de la fenêtre devant laquelle Jake s'asseyait souvent — selon Maggie —, Sarah écarta le rideau pour regarder la rue déserte. Il avait dit qu'il n'était pas en enfer... Il se trompait, pensa-t-elle. C'était l'enfer. Et elle le savait mieux que quiconque, elle qui était plongée dedans chaque jour, redoutant qu'il la quitte pour toujours.

Il avait perdu tant de sang ! Quand Barker était arrivé, elle avait presque réussi à stopper l'hémorragie ; mais le retour à cheval avait rouvert la plaie. De nouveau, elle avait dû étancher le flot de sang pendant que le médecin fouillait le côté de Jake pour en extraire la balle. Elle n'aurait jamais pensé que cette opération serait aussi pénible pour elle que le moment où la même balle avait pénétré dans la chair de Jake.

Puis la fièvre s'était déclarée, féroce, sans pitié. En huit jours, il n'était resté éveillé que quelques minutes, délirant souvent, parlant parfois en apache. Si cette fièvre ne cessait pas bientôt, Sarah savait qu'elle emporterait Jake en dépit de ses efforts et de ses prières.

Retournant auprès de lui, elle contempla son visage dans la lumière pâle de l'aube. Le temps n'avait pas plus de sens pour elle que pour lui. Elle perdait la notion des minutes, des heures, des jours. Au matin, alors qu'elle lui tenait la main, elle pensa aux moments qu'ils avaient partagés. Ses mains avaient une telle force, alors ! Ravalant un sanglot, Sarah posa le front sur l'épaule de Jake. Oui, ses mains étaient fortes et douces quand il la touchait, quand il lui apprenait les gestes de l'amour.

Avec lui, elle avait découvert quelque chose de merveilleux, aussi puissant et magnifique qu'un lever de soleil, qu'un torrent de montagne, qu'un orage. A présent, elle savait que l'amour, le désir, la passion et la tendresse pouvaient ne former qu'une seule et même émotion. Entre la frénésie de la première découverte dans le foin et la douceur de ce qu'ils avaient partagé au bord du ruisseau, elle savait qu'il lui avait donné bien plus que ce que beaucoup de femmes recevaient dans toute une vie.

— Mais je ne suis pas rassasiée, lui murmura-t-elle. Je veux plus encore. Ne me quitte pas, Jake. Ne me prive pas de ce que nous pourrions avoir ensemble.

Elle refoula ses larmes quand elle entendit la porte s'ouvrir derrière elle.

— Comment va-t-il ? demanda Maggie.

— Toujours pareil.

Sarah se leva et attendit que Maggie dépose un plateau

sur la table. Elle avait cessé depuis longtemps de refuser de se nourrir. Au bout de quelques jours, elle avait compris que si elle voulait veiller sur Jake, elle avait besoin de garder ses forces, et donc de manger.

— C'est Anne Cody qui vous a préparé ce petit déjeuner, annonça Maggie.

Sarah essuya les larmes qui, bien malgré elle, lui avaient échappé.

— C'est gentil à elle.

— Elle voulait avoir des nouvelles de notre gars, là, et vous dire aussi qu'Alice se débrouille très bien.

— J'en suis contente.

Avec indifférence, Sarah déplia le torchon qui couvrait les crêpes toutes chaudes. Une vapeur odorante en monta.

— Il paraît que Carlotta a déserté la ville, reprit Maggie.

— Peu importe, maintenant. Le mal est fait.

D'un regard morne, Sarah contempla son reflet dans le miroir ; au-delà, elle apercevait Jake, immobile dans le lit.

— Vous avez besoin de dormir, mon petit, lui murmura Maggie d'une voix douce, et mieux que vous ne le faites dans ce fauteuil. Allez donc vous reposer dans ma chambre ; je veille sur lui.

Sarah ne toucha pas aux crêpes. Elle prit seulement du café.

— Je ne peux pas. Il m'appelle, quelquefois. J'aurais trop peur qu'il... s'en aille, si jamais je n'étais pas là. C'est peut-être ridicule, Maggie, mais je ne peux pas le laisser.

— Je comprends.

Alors que Maggie lui posait une main sur l'épaule, un bruit, à la porte, la fit se retourner.

— Eh bien, que viens-tu faire par ici, John Cody ?

Johnny se faufila dans la chambre, serrant son chapeau dans ses mains.

— Je voulais juste le voir.

— Une chambre de malade n'est pas un endroit pour les garnements.

— Laissez-le, Maggie, déclara Sarah en s'efforçant de sourire au jeune garçon. Je suis sûre que Jake serait heureux de savoir que tu es venu le voir, Johnny.

— Il ne va pas mourir, n'est-ce pas, Sarah ?

Cette simple question suffit à raviver la confiance qu'elle avait perdue pendant la nuit.

— Non. Non, il ne va pas mourir, Johnny.

— Maman dit que vous vous occupez rudement bien de lui, affirma le garçonnet.

Il tendit une main, puis la retira aussitôt.

— Vas-y, petit, caresse-le, l'encouragea Maggie d'un ton radouci. Profites-en pendant qu'il ne se rend compte de rien. C'est ce que je fais aussi.

Avec précaution, Johnny passa la main sur le front de Jake.

— Il est brûlant.

— Oui, mais la fièvre va bientôt tomber, affirma Sarah. Très bientôt.

Johnny lui décocha un petit sourire contraint.

— Will va mieux, annonça-t-il. Il a le bras en écharpe

et tout ça, mais il est de nouveau comme avant. Il ne veut même plus que Liza s'occupe de lui.

Quelques heures plus tard, Sarah sommeillait, engourdie par le soleil de l'après-midi. La tête appuyée contre une aile du fauteuil, elle avait les mains jointes sur son journal. Elle avait consigné dans ses pages tout ce qu'elle ressentait — ses craintes, ses espoirs, sa détresse. Soudain, quelqu'un prononça son nom. Elle fit un geste de la main comme pour se protéger ; elle voulait encore dormir.

— Sarah.

Ses paupières se soulevèrent brusquement, et elle bondit hors du fauteuil. Jake était à moitié assis dans son lit, l'air à la fois ennuyé et déconcerté. Mais le regard qu'il fixait sur elle était vif et clair.

— Qu'est-ce qui se passe, bon sang ? demanda-t-il.

Stupéfait, il la vit s'effondrer en pleurs sur le bord du lit.

Jake dut attendre trois semaines encore pour pouvoir se lever. Son immobilité forcée lui donnait le temps de réfléchir — trop, à son avis —, mais dès qu'il tentait le moindre mouvement, il se découvrait aussi faible qu'un bébé et cela le mettait en rage.

Un matin, il s'en prit par deux fois à Maggie. Avec joie, celle-ci annonça à Sarah, qui venait d'arriver, que leur malade était en bonne voie de guérison.

— C'est un dur, ce Jake, poursuivit-elle tandis qu'elles montaient ensemble vers sa chambre. Il m'a dit qu'il en avait plus qu'assez d'avoir des femelles autour de lui, toujours à le bousculer, à lui enfiler Dieu sait quoi dans le corps et à vouloir lui donner des bains.

— Bel exemple de gratitude ! commenta Sarah en s'esclaffant.

Soudain, elle vacilla et dut se cramponner à la rampe. Maggie lui prit le bras.

— Ça va, mon chou ?

Sarah attendit un instant que le vertige passe.

— Oui, c'est stupide. Je dois être fatiguée, c'est tout.

— A combien en êtes-vous ? demanda Maggie en lui jetant un coup d'œil acéré.

Sarah fut surprise de ne pas se sentir rougir. Et elle savait très bien à quel moment elle avait conçu l'enfant de Jake : c'était au bord du ruisseau, sous la lune.

Elle sourit.

— Environ un mois. Depuis quelques jours, je suis incapable de garder quoi que ce soit dans l'estomac, le matin.

Maggie était rayonnante.

— Moi, ma petite, j'ai deviné que vous étiez enceinte il y a trois jours, quand je vous ai vue verdir devant les crêpes d'Anne Cody. Jake le sait ?

— Non, je ne lui ai encore rien dit, déclara vivement Sarah. Je ne veux pas qu'il le sache avant qu'il… que nous…

Elle porta ses mains à ses joues.

— … Pas tout de suite, Maggie.

— C'est à vous de décider.

— Vous ne direz rien à personne, n'est-ce pas ?

— Je n'en soufflerai pas un mot.

Satisfaite, Sarah se remit à monter l'escalier.

— Le médecin a dit qu'il pourrait se lever d'ici à deux ou trois jours. Bientôt, nous pourrons de nouveau parler de choses importantes.

Elle frappa à la porte et l'ouvrit. Le lit était vide.

— Qu'est-ce que… Maggie !

— Il était là il y a une heure. Je me demande bien…

Déjà, Sarah dévalait les marches au mépris du danger.

Dans la rue, elle rencontra Johnny, un ruban de réglisse enroulé autour de la main.

— Sarah ! Sarah ! J'ai vu Jake partir à cheval, tout à l'heure ! lança-t-il. Il a l'air d'aller beaucoup mieux.

— De quel côté se dirigeait-il ? s'écria-t-elle en lui agrippant les épaules. De quel côté ?

Surpris par la violence de sa réaction, Johnny indiqua une direction.

— Par là. Je l'ai appelé, mais il ne m'a pas entendu.

— Saleté de tête de bourrique ! grommela Maggie du perron de sa maison.

— Il croit donc qu'il peut s'en aller comme ça ? dit Sarah entre ses dents. Eh bien, M. Jake Redman va avoir une surprise. Il me faut un cheval, Maggie. Et un fusil.

Jake avait bien réfléchi.

Il n'avait d'ailleurs eu que cela à faire, ces dernières semaines. Sarah serait furieuse, il n'en doutait pas. Folle de rage, même. Cette idée lui tira presque un sourire. Mais elle s'en remettrait. Avec le temps, elle finirait par trouver quelqu'un qui lui conviendrait.

Lui parler n'aurait servi à rien. Jamais il n'avait rencontré femme plus têtue qu'elle. Il avait donc sellé son cheval et quitté Lone Bluff comme il avait déjà quitté tant d'autres villes auparavant. Sauf que, cette fois, il avait mal. Et il ne souffrait pas seulement de sa blessure, pas encore cicatrisée. Non, c'était une douleur beaucoup plus profonde, beaucoup plus aiguë que tout ce qu'aurait pu provoquer une balle.

Lui aussi s'en remettrait. En s'autorisant à penser qu'elle pouvait être à lui, il n'avait fait que se duper.

Il n'oublierait jamais le spectacle qu'elle lui avait offert, agenouillée dans la poussière, son revolver à la main. Dans ses yeux, il avait lu de l'horreur. A cause de lui, elle avait appris à tuer, et il n'était pas sûr de pouvoir se pardonner une chose pareille.

Elle lui avait sauvé la vie. Le moins qu'il pût faire en retour, c'était de sortir de la sienne.

Elle était riche, à présent. Jake se rappelait encore l'excitation de Lucius lorsque celui-ci était venu lui rendre visite ; il parlait sans arrêt de la mine, de la façon dont l'or semblait prêt à tomber entre les mains du premier venu. Sarah pourrait retourner dans l'Est, ou encore rester et construire cette grande maison avec un salon dont elle lui avait parlé.

Quant à lui… il continuerait sa route.

Lorsqu'il entendit arriver un cavalier, derrière lui, Jake tourna bride aussitôt et posa une main sur la crosse de son arme. Il poussa un juron en reconnaissant Sarah, qui approchait à vive allure.

— Espèce de salopard ! lança-t-elle.

Il l'accueillit d'un signe de tête. A présent, il n'avait plus qu'un seul moyen de se débarrasser d'elle. Avant que le simple fait de la regarder le fasse crier de douleur.

— Je ne savais pas que vous saviez monter, duchesse, déclara-t-il d'un ton neutre. Vous avez fait tout ce chemin pour me dire au revoir ?

— Je n'ai pas que cela à te dire.

Les mains crispées sur les rênes, elle luttait pour contenir sa fureur.

— Comment as-tu pu partir ainsi, Jake ? Sans un mot à personne, pas même à moi ? On selle son cheval et on s'en va, tout simplement ?

— Quand c'est le moment de partir, on part.

— Tu oses dire que tu n'as aucune raison de rester ?

— Exact.

Jake savait déjà que la vérité pouvait blesser. En revanche, jusqu'à ce moment, il ignorait qu'un mensonge pût faire mal à ce point.

— Vous êtes sacrément jolie, duchesse. J'aurai du mal à trouver mieux.

Le coup porta ; il le vit dans les yeux de la jeune femme. Puis elle releva le menton.

— Est-ce un compliment ? Tu as parfaitement raison, Jake : tu auras beaucoup de mal à me remplacer. Tu n'aimeras jamais aucune femme comme tu m'aimes ; tu ne désireras aucune autre comme tu me désires ; et tu n'auras besoin d'aucune autre comme tu as besoin de moi.

— Rentre à Lone Bluff, Sarah.

Jake commençait à faire demi-tour, mais il s'arrêta net quand il vit le fusil pointé sur lui, à hauteur de son cœur.

— Tu ne voudrais pas viser ailleurs ? demanda-t-il d'un ton las.

Pour toute réponse, elle abaissa le canon de quelques centimètres, de façon on ne peut plus éloquente, et sourit quand il haussa les sourcils.

— Tu as déjà entendu parler de la colère du ciel, Jake ?

Il changea légèrement de position.

— Je l'imagine assez bien. Si cela ne vous fait rien, duchesse, je préférerais que vous remontiez vers ma poitrine.

— Descends de ton cheval.

— Bon sang, Sarah !

— Je t'ai dit de descendre ! répéta Sarah d'une voix forte. Et tout de suite !

D'un geste vif, elle arma le chien du fusil. Jake se pencha en avant.

— Qu'est-ce qui me dit qu'il est chargé ?

— Tu vas voir.

Sarah visa et tira. Le chapeau de Jake s'envola. Ahuri, il passa une main dans ses cheveux ; il sentait presque la chaleur de la balle.

— Tu es folle ? hurla-t-il après un instant de stupeur. Tu as failli me tuer !

— Je touche ce que je vise. C'est bien ce que tu m'avais recommandé ?

De nouveau, elle arma le fusil.

— A présent, descends de ce cheval avant que je vise une partie plus vitale de ton individu.

Avec un juron, Jake se laissa glisser à terre.

— Qu'est-ce que tu cherches à me prouver, avec toutes ces histoires ?

— Ne bouge pas.

Sarah démonta à son tour. Un vertige la prit, et elle dut s'appuyer de la main contre son cheval.

— Sarah…

— Je t'ai dit de ne pas bouger.

Elle secoua la tête.

— Tu te sens mal ? insista Jake.

— Non, répondit-elle dans un sourire. Je ne me suis jamais sentie mieux de ma vie.

Jake se détendit un peu.

— Bon, dit-il, si tu as envie de me tuer après avoir passé un mois à me garder en vie, à ta guise. Vas-y.

— Oui, je t'ai gardé en vie. Et ce n'était pas pour que tu me quittes dès que tu pourrais tenir sur tes jambes. Je l'ai fait parce que je t'aime, parce que je ne veux et ne voudrai jamais rien d'autre que toi. Maintenant, dis-moi donc pourquoi tu partais.

— Je te l'ai déjà dit. Le moment est venu.

— Tu n'es qu'un menteur ! Ou plutôt… un lâche.

Ses paroles eurent l'effet escompté. Les yeux gris de Jake perdirent leur expression froide, presque ennuyée, et se mirent à flamboyer.

— Ne me pousse pas, Sarah.

— Je ne fais que commencer. Je vais te dire pourquoi tu es monté sur ce cheval, moi : tu l'as fait parce que tu avais peur. Peur de moi. Ou, plus exactement, peur de toi-même et de ce que tu éprouves pour moi…

Le menton levé, les yeux brillants, elle le mettait au défi de prétendre le contraire.

— … Tu m'aimes assez pour t'être avancé sans défense devant un fou, mais pas assez pour affronter ce que te dicte ton propre cœur.

— Tu ne sais pas ce que je ressens.

— Vraiment ? Si tu crois ça, alors tu es un idiot en plus d'être un menteur et un lâche.

Le nouvel éclair de fureur qui illumina les yeux de Jake ravit Sarah. Elle poursuivit :

— Ne penses-tu pas que j'ai pu m'en rendre compte chaque fois que tu m'as touchée, chaque fois que tu m'as embrassée ?

Il ne dit rien, et elle prit une longue inspiration avant d'ajouter :

— Bon. Tu peux remonter sur ce cheval, tu peux t'en aller dans les collines, jusqu'à la prochaine ville. Tu peux galoper pendant des centaines de milles, si tu veux. Peut-être seras-tu assez rapide pour réussir à m'échapper. Mais avant, tu vas me le dire…

— Te dire quoi ?

— Que tu m'aimes.

Jake observa Sarah. La détermination embrasait ses yeux, la colère enflammait ses joues. Le vent qui soufflait dans ses cheveux les ramenait en arrière. Il aurait dû savoir dès le départ qu'il n'avait plus nul endroit où aller, désormais.

— Un homme peut dire n'importe quoi, quand un fusil est pointé sur son ventre.

— Alors, dis-le.

Se penchant pour ramasser son chapeau, Jake le fit claquer par deux fois contre sa cuisse pour le dépoussiérer. Après quoi, d'un geste nonchalant, il glissa un doigt dans le trou qui le perforait.

— Je t'aime, Sarah. A présent, veux-tu écarter ce fusil ?

Il se coiffa du chapeau. Un vide immense envahit Sarah. La colère avait disparu, en même temps que la dernière flamme d'espoir qui brûlait dans son cœur. Sans un mot, elle se tourna pour enfiler le fusil dans son étui.

— J'ai dû te l'extorquer sous la menace, mais au moins te l'ai-je entendu dire une fois. Tu peux partir, maintenant. Je ne te retiendrai pas. Il n'y aura plus de fusil braqué sur toi.

Elle ne pleurerait pas ! Sarah s'était juré qu'elle ne retiendrait pas Jake par des larmes. Refoulant celles qui venaient, elle s'efforça de se remettre en selle.

Jake lui toucha le bras. Légèrement, sans la tenir.

— Je t'aime, Sarah, répéta-t-il. Plus que je ne le devrais. Et diablement plus qu'il n'est supportable.

Les yeux fermés avec force, elle pria le ciel de ne pas commettre une erreur fatale. Puis, lentement, elle se tourna vers lui.

— Si tu t'en vas maintenant, déclara-t-elle, je te suivrai. J'irai partout où tu iras. Je ferai de ta vie un enfer, je te le jure.

Jake ne put retenir un sourire.

— Et si je ne m'en vais pas ? demanda-t-il en posant une main sur la joue de Sarah.

— Ta vie ne sera un enfer que de temps en temps.

— Cette offre-là me paraît meilleure.

Il pencha la tête pour l'embrasser, doucement. Puis, avec un grognement, il la serra contre lui, à l'écraser.

— Je ne serais sûrement pas allé très loin, avoua-t-il. Même si tu ne m'avais pas tiré dessus.

— Je voulais tirer au-dessus de ta tête, figure-toi ; tu as eu de la chance.

Il soupira et l'éloigna un peu de lui.

— Vous me devez un chapeau, duchesse.

De nouveau, il ôta son feutre pour contempler le trou qu'elle y avait fait.

— Quand une femme tire comme ça, je suppose qu'il n'y a plus qu'à l'épouser.

— Serait-ce une proposition ?

— On dirait, acquiesça Jake en haussant les épaules.

Sarah leva les sourcils.

— Tu ne peux pas faire mieux ?

— Je n'ai jamais été un grand causeur, moi.

Irrité, Jake se dirigea vers son cheval. Puis il s'arrêta et se retourna. Sarah attendait, les bras croisés, un demi-sourire sur les lèvres. Il grommela un juron.

— Il y a un prêtre qui vient en ville toutes les trois ou quatre semaines, annonça-t-il. Il peut nous marier — avec tout le tralala que tu voudras. Je te bâtirai une maison entre la mine et la ville, avec un salon comme tu en as envie, et un plancher, et une vraie chambre.

Pour Sarah, il ne pouvait y avoir de demande plus éloquente. Elle tendit les mains vers Jake en précisant :

— Il nous en faudra deux.

— Deux quoi ?

— Deux chambres.

Les mains de Jake se refermèrent sur les siennes.

— Ecoute, duchesse, j'ai entendu dire que les gens de l'Est ont de drôles de façons, mais je veux bien être damné si ma femme couche dans une autre chambre que la mienne.

Un sourire illumina le visage de Sarah.

— Ce n'est pas ça. Je veux dormir dans la même chambre et dans le même lit que toi jusqu'à la fin de mes jours. Mais nous aurons tout de même besoin de deux chambres — au printemps.

— Je ne vois pas…

Et soudain, il comprit. Il en fut tellement stupéfait qu'il ne put que regarder Sarah sans bouger. Il n'aurait pas été plus ébranlé si elle avait repris le fusil pour le lui pointer sur le ventre.

— Tu es sûre ?

Elle retint son souffle.

— Oui. Un enfant se prépare, Jake. Notre enfant.

Jake n'était pas certain de pouvoir bouger, et encore moins de pouvoir parler. Lentement, avec précaution, il prit le visage de Sarah entre ses mains et l'embrassa. Puis, alors que les émotions le submergeaient, il appuya simplement le front contre le sien.

— Deux chambres, murmura-t-il. Pour commencer.

Ivre de bonheur, Sarah passa les bras autour de sa taille et hocha la tête.

— Oui. Pour commencer.

DANS LA MÊME COLLECTION

Par ordre alphabétique d'auteur

MARY LYNN BAXTER	*La femme secrète*
MARY LYNN BAXTER	*Un été dans le Mississippi*
JENNIFER BLAKE	*Une liaison scandaleuse*
MEGAN BROWNLEY	*La maison des brumes*
CANDACE CAMP	*Le bal de l'orchidée*
CANDACE CAMP	*Le manoir des secrets*
CANDACE CAMP	*Le château des ombres*
CANDACE CAMP	*La maison des masques*
ELAINE COFFMAN	*Le seigneur des Highlands*
PATRICIA COUGHLIN	*Le secret d'une vie*
MARGOT DALTON	*Une femme sans passé*
EMMA DARCY	*Souviens-toi de cet été*
SALLY FAIRCHILD	*L'héritière sans passé*
FIONA HOOD-STEWART	*Les années volées*
FIONA HOOD-STEWART	*A l'ombre des magnolias*
RONA JAFFE	*Le destin de Rose Smith Carson*
PENNY JORDAN	*Silver*
PENNY JORDAN	*L'amour blessé*
PENNY JORDAN	*L'honneur des Crighton*
PENNY JORDAN	*L'héritage*
PENNY JORDAN	*Le choix d'une vie*
PENNY JORDAN	*Maintenant ou jamais*
PENNY JORDAN	*Les secrets de Brighton House*
ELAINE KNIGHTON	*La citadelle des brumes*
CATHERINE LANIGAN	*Parfum de jasmin*
RACHEL LEE	*Neige de septembre*
LYNN LESLIE	*Le choix de vivre*
ANN MAJOR	*La brûlure du mensonge*

... / ...

DANS LA MÊME COLLECTION

Par ordre alphabétique d'auteur

CURTISS ANN MATLOCK	*Sur la route de Houston*
MARY ALICE MONROE	*Le masque des apparences*
NORA ROBERTS	*Retour au Maryland*
NORA ROBERTS	*La saga des Stanislaski*
NORA ROBERTS	*Le destin des Stanislaski*
NORA ROBERTS	*L'héritage des Cordina*
NORA ROBERTS	*Love*
NORA ROBERTS	*La saga des MacGregor*
NORA ROBERTS	*L'orgueil des MacGregor*
NORA ROBERTS	*L'héritage des MacGregor*
NORA ROBERTS	*La vallée des promesses*
ROSEMARY ROGERS	*Le sabre et la soie*
ROSEMARY ROGERS	*Le masque et l'éventail*
JOANN ROSS	*Magnolia*
DALLAS SCHULZE	*Un amour interdit*
JUNE FLAUM SINGER	*Une mystérieuse passagère*
ERICA SPINDLER	*L'ombre pourpre*
ERICA SPINDLER	*Le fruit défendu*
CHARLOTTE VALE ALLEN	*Le destin d'une autre*
CHARLOTTE VALE ALLEN	*L'enfance volée*
SUSAN WIGGS	*Un printemps en Virginie*
SHERRYL WOODS	*Refuge à Trinity*
SHERRYL WOODS	*Le testament du cœur*

6 NOUVEAUTÉS À PARAÎTRE EN DÉCEMBRE 2006

Composé et édité par les
éditions Harlequin
Achevé d'imprimer en septembre 2006

par

LIBERDÚPLEX

Dépôt légal : octobre 2006
N° d'éditeur : 12356

Imprimé en Espagne